Susan K. Downs / Susan May Warren
TATJANA

Susan K. Downs
& Susan May Warren

TATJANA

Russland, mein Schicksal – Band 4

francke

Über die Autorinnen:

Susan K. Downs wohnt mit ihrem Mann in Ohio. Die fünffache Mutter und Großmutter hat ihre Arbeit in einem Adoptionsbüro aufgegeben, um vollzeitlich Bücher zu schreiben.

Susan M. Warren kennt Russland aus ihrer Zeit als Missionarin in Chabarowsk. Sie arbeitet als Schriftstellerin und lebt mit ihrer sechsköpfigen Familie am Lake Superior in Minnesota, wo ihr Mann eine Ferienpension betreibt.

Bibliografische Information Der Deutschen Bibliothek
Die Deutsche Bibliothek verzeichnet diese Publikation in der Deutschen Nationalbibliografie; detaillierte bibliografische Daten sind im Internet über http://dnb.ddb.de abrufbar.

ISBN 978-3-86827-063-1
Alle Rechte vorbehalten
© 2005 by Susan K. Downs and Susan May Warren
Originally published in English under the title *Oksana*
Published by Barbour Publishing, Inc.,
Urichsville OH 44683, USA
German © 2009 by Verlag der Francke-Buchhandlung GmbH
35037 Marburg an der Lahn
Deutsch von Doris C. Leisering – Übersetzungsarbeiten und Lektorat
Umschlaggestaltung: Verlag der Francke-Buchhandlung GmbH
Satz: Verlag der Francke-Buchhandlung GmbH
Druck: Bercker Graphischer Betrieb, Kevelaer

www.francke-buch.de

Prolog

Alexanderpalast, Zarskoje Selo
Südlich von Petrograd
(früher und später Sankt Petersburg), Russland
27. Februar 1917

Von außen betrachtet lebte sie ein Märchen – ein Bauernmädchen, das in das Leben einer Prinzessin geraten war. Doch ungeachtet dessen, was der bolschewistische Pöbel von denjenigen hielt, die der kaiserlichen Familie dienten, Tatjana Nikolajewna Terechowa hatte mit ihren zwanzig Jahren schon so manches Leid erlebt. Sie war vor allem gegen Herzeleid nicht immun, besaß keinen kaiserlichen Anspruch auf nie endende Glückseligkeit. Genau genommen wandelte sich das Märchen gerade jetzt, direkt vor ihren Augen, in eine Tragödie.

Und die begann bei ihrem Haar.

Sie konnte es noch immer nicht ertragen, in den Spiegel zu schauen. Natürlich, die festgesteckten Damastgardinen ließen nur ein Minimum an Tageslicht herein, doch sie wusste, wie sie aussah. Plump, kahl.

Tatjana ließ die Fingerspitzen über ihre nackte Kopfhaut gleiten. Eine besonders schwere Windpockenerkrankung hatte dazu geführt, dass ihr Haar in Büscheln ausgefallen war, und die offenen Wunden, die ihren ganzen Körper überzogen hatten, hatten es nötig gemacht, dass Julia Tatjanas Kopf rasierte, um zu verhindern, dass der zähe Ausfluss das wenige Haar verklebte, das noch übrig war.

Für den Rest der Welt war das völlig uninteressant, das wusste sie. Sie war nur eine Waise, die dazu erzogen worden war, der

Zarenfamilie Romanow zu dienen. Dennoch hatte sie das Gefühl, dass sie vor Scham sterben würde, noch bevor ihr Haar wieder wuchs.

Wenn die Revolutionäre sie nicht vorher umbrachten.

Revolutionäre.

An diesem Morgen hatte man erfahren, dass Petrograd, die Hauptstadt, in die Hände der Rebellen gefallen war. Die aufständische Horde, die darum kämpfte, die Monarchie zu stürzen, hatte auch schon die Kontrolle über Zarskoje Selo übernommen. Jetzt rückten sie auf das Gelände des Alexanderpalastes vor, fest entschlossen, die Zarenresidenz anzugreifen. Hatte irgendjemand sich die Mühe gemacht, den Revolutionären mitzuteilen, dass Zar Nikolaj II. gar nicht zu Hause war?

Als ob die Bedrohung von außen nicht Belastung genug wäre, waren bei den Kindern des Zaren die Windpocken ausgebrochen und hatten sie ans Bett gefesselt. Über eine Woche schon litt nun auch Tatjana an dieser Krankheit, isoliert von allem menschlichen Kontakt außer dem zu ihrer Freundin Julia Petrowa, die hier auch Dienerin war.

Wenn sie die Augen schloss, konnte sie so tun, als wäre alles gut, doch sie wusste, dass das nicht der Fall war.

Der zarte Duft von Flieder und Lilien stieg ihr in die Nase, und Tatjana wusste, ohne ihre schwerfälligen Lider zu öffnen, dass Ihre Kaiserliche Hoheit, Zarin Alexandra höchstpersönlich, an ihrem Bett stand. Vor Entsetzen steckte Tatjana ein Kloß im Hals. Ein mitternächtlicher Besuch der Zarin in der Schlafkammer einer ansteckend kranken Dienerin verhieß nichts Gutes.

Selbst der trübe Schein der Kerze, die die Zarin mitgebracht hatte, tat in Tatjanas Augen weh, doch sie wischte sich die Tränen weg und bemühte sich, sich aufzusetzen.

„Bleib liegen, Kind. Ich weiß, dass du krank bist." Die Zarin sprach Englisch, ihre Stimme klang so weich wie ein sanfter

Windhauch. Sowohl die Sprache, die die Zarin gewählt hatte, als auch ihr Ton verliehen Tatjanas Ängsten neue Nahrung. „Armes Ding. Du siehst genau wie meine Mädchen aus."

Tatjana ließ sich zurück auf ihr Kissen sinken. Dass sie solch hohen Besuch hatte, trug nur noch zu ihrer Verlegenheit über ihr fürchterliches Aussehen bei.

Wie immer in ihre Rot-Kreuz-Uniform gekleidet, sah die Zarin selbst nicht adlig aus. Die politischen Spannungen sowohl im In- als auch im Ausland ließen sie mehr und mehr wie ein Gespenst aussehen – bleich im Gesicht, ausgezehrt in der Gestalt. Sie setzte ihre Kerze auf dem Nachttisch ab und ließ sich dann auf dem Stuhl neben dem Bett nieder.

„Ich bedaure, dass ich dich stören muss, wo du so krank bist ..."

Tatjana krümmte sich unter dem forschenden Blick der Zarin und sie spürte, wie ihr Fieber stieg, bis sie erkannte, dass Ihre Majestät sie nicht an-, sondern durch sie hindurchstarrte.

Die Zarin schüttelte ihre Trance ab und nahm ihren Gedanken wieder auf. „Doch unsere gegenwärtigen Umstände machen es unerlässlich, dass ich mit dir spreche." Sie seufzte und wandte den Blick ab. „Ich versuche, mich kurz zu fassen."

Das flackernde Kerzenlicht ließ die Silhouette der Zarin über die Decke und die Gipswände zucken. „Wir alle beten, dass diese Zeit der Rebellion bald beendet und die Ordnung in unserem Land wieder hergestellt wird, doch im Fall, dass solches nicht eintritt ..."

Tatjanas Puls dröhnte ihr in den Ohren. Glaubte die Zarin wirklich, dass diese Rebellion, dieser Affront gegen alles Edle und Gerechte, so viele Jahrhunderte der heiligen Regierung umstürzen könnte? Sie schluckte schwer.

Zarin Alexandras Blick richtete sich auf ihre Hände, während sie ihre Uniform glättete und an den Falten zupfte. „Nun ja ... wie du weißt, ist der Zar ein sorgfältiger und bedächtiger Mann, und obwohl er, wie auch ich, sein volles Vertrauen in die Stärke und Fähigkeiten unserer Truppen setzt, uns zu schützen, ist er der Ansicht, dass wir uns auf alle Eventualitäten vorbereiten sollten. Ich bin gewiss, dass ich mich wie immer auf deine Diskretion verlassen kann, was alle Angelegenheiten betrifft, die wir besprechen?"

„Natürlich, Eure Majestät." Tatjanas Antwort kam unsicher und schwach hervor. Sie räusperte sich und begann, ihre Worte zu wiederholen, doch die Zarin fuhr fort.

„Kind, ich habe beschlossen dir anzubieten, aus den Diensten unserer Familie auszuscheiden. Du musst dich in Sicherheit bringen, solange die Gelegenheit dafür noch besteht."

„Nein –" Tatjanas Protest kam kaum über ihre Lippen, als die Zarin sie auch schon mit dem Heben der Hand zum Schweigen brachte.

„Lass mich ausreden." Großfürstin Alexandra tätschelte Tatjanas zugedeckten Arm mit der gleichen sanften Berührung, die sie bei der Zarin gesehen hatte, wenn sie verletzte Soldaten im Krankenhaus pflegte.

„Vom ersten Tag an, als die Nonnen dich als Kind zu uns brachten, hast du uns gut und treu gedient", sagte die Zarin. „Du bist allem nachgekommen, um das wir dich gebeten haben. Unsere Mädchen betrachten dich mehr als Schwester denn als Dienerin. Doch in deiner Stellung als persönliche Dienerin der Großherzoginnen bist du in Informationen eingeweiht, die, sollten sie in die falschen Hände fallen, der Krone zum Verhängnis werden könnten."

In die falschen Hände fallen? Eine Welle von Übelkeit zwang Tatjana, die Augen zu schließen.

„Ich fürchte, es naht der Tag, an dem die Entscheidung zur Loyalität der Krone gegenüber dein Leben in große Gefahr bringen wird. Denk über mein Angebot nach, bevor du antwortest. Wäge den Ernst dieser Entscheidung ab. Andere Diener haben sich bereits entschieden zu gehen. Ich hege keinen Groll gegen sie. Im Gegenteil, ich verstehe ihre Angst. Doch ich kenne dich gut genug, um zu mutmaßen, dass du darauf bestehen wirst, bei uns zu bleiben – sowohl aufgrund deiner Stellung als Waise als auch aufgrund deines Festhaltens an dem, was edel ist."

Tatjana nickte zustimmend, bevor sie erkannte, dass ihre Erwiderung nicht mit dem Enthusiasmus aufgenommen wurde, den sie erwartet hatte. Die Zarin schüttelte mit zusammengepressten Lippen den Kopf. „Ich muss dich warnen, Tatjana Nikolajewna: Solltest du dich entscheiden zu bleiben, wird dir wahrscheinlich jede Strafe zuteilwerden, die dem Adel auferlegt wird. Die Folge könnte Gefangenschaft oder, was Gott verhüten möge, der Tod sein."

Die Stimme der Zarin brach, doch sie gewann ihre Haltung mit einem raschen Kopfschütteln wieder.

„Ich muss dich fragen: Solltest du dich entscheiden, unserer Sache treu zu bleiben, bist du dann willens, jede Entscheidung zu akzeptieren, die dein Souverän für die beste hält?"

Tatjana brauchte nicht über ihre Antwort nachzudenken. Außerhalb des Kreises der einzigen Familie zu leben, die sie je gekannt hatte, wäre für sie schlimmer als der Tod. Ungeachtet aller Umstände wusste Tatjana, dass sie nur eine Antwort geben konnte. „Eure Majestät, jetzt, wie auch zuvor, werde ich tun, was Ihr verlangt."

Kapitel 1

3. März 1917

Ganz Russland war verrückt geworden. Auch Anton Klassen würde bald seinen Verstand verlieren, wenn er nicht bald aus diesem Zug herauskäme. Aus irgendeinem Grund war er am Mittag auf den Gleisen stehen geblieben. Schon lange hatte Anton jedes Gefühl in seinem rechten Arm verloren, auf den der zur Seite gekippte Kopf eines schlafenden Soldaten drückte. Fettiges schwarzes Haar stand ihm entgegen. Anton drückte seinen Ellenbogen in die Seite des schnarchenden, erbärmlich nach Wodka stinkenden Mannes, der sich Antons Schulter als Kopfkissen gewählt hatte, doch dieser rührte sich nicht. Wenigstens konnte sein Platznachbar keine Fragen stellen, wenn er schlief.

Eine Kraft, stärker als Antons persönliche Entschlossenheit, zog seinen Blick wieder auf den Gazeverband, in den das blutige Ende des rechten Armes des Soldaten gewickelt war.

Instinktiv ballte Anton seine Finger zu Fäusten und spreizte sie dann breit auf seinen Hosenbeinen aus. Er wusste nicht, was ihn mehr erschaudern ließ – die Leere unter dem ausgefransten Uniformärmel des Offiziers oder der vorwurfsvolle Umriss seiner eigenen unversehrten gesunden Hände.

Den ganzen letzten Monat über, den er im Auftrag der Sattlerei seiner Familie in der Mennonitensiedlung Molotschna verbracht hatte, seiner Heimat, sprachen alle Nachrichten und Gerüchte in den Straßen dieses ruhigen Dorfes davon, dass in Petrograd das Chaos herrschte und ganz Russland zu überrollen drohte. Anton hatte gehofft, ohne Probleme in seine Wohnung in der Hauptstadt zurückkehren zu können und festzustellen, dass die Gerüchte nicht der Wahrheit entsprachen. Stattdessen hielt ihn der haltende Bahnwaggon in einem Mikrokosmos des russischen Wahnsinns gefangen.

Im Gang neben ihm hielt eine Babuschka ein Huhn im einen und eine wertvolle Ziege im anderen Arm. Sie drückte die armen Tiere fest an sich. Das vereinte Elend der beiden Nutztiere reichte, um in Anton den Wunsch zu wecken, sich die *Schapka* aus Nerzfell über die Augen zu ziehen. Bauern, Zigeuner und Milizangehörige rangen darum, sich noch ein oder zwei Zentimeter Platz zu erobern. Als Anton sein ukrainisches Dorf verlassen hatte und sich einen Platz in einem Schlafwaggon hatte buchen wollen, hatte man ihn ausgelacht. Für kein Geld der Welt war so etwas im Moment möglich. Und die Aussicht, zwei Tage lang in einem Zug zu reisen und einen weiteren Tag tatenlos herumzusitzen, hätte wahrscheinlich die gesamte Armee von Kaiser Wilhelm II. mit Mann und Maus in die Flucht geschlagen.

Anton schaute hinaus in die Nacht. Durch das Fenster erschien ihm die Welt mehr wie eine Halluzination denn wie die Wirklichkeit. Dicker Frost schickte das Mondlicht in zackigen Streifen über ein brachliegendes Kartoffelfeld und in die ersten Baumreihen des dahinterliegenden Waldes.

Eine Reihe von Laternen bildete einen gepunkteten Pfad neben den Schienen. In ihrem nebligen Schein verkauften Händler aus einem nahegelegenen Dorf ihre Ausbeute an Lebensmitteln an die Zugpassagiere, der frühen Morgenstunde zum Trotz. Dampf stieg von den Karren und behelfsmäßigen Ständen auf, die mit warmen Speisen wie *Tschebureki, Piroschki*, gekochten Eiern, Kartoffeln oder Borschtsch beladen waren. Anton knurrte der Magen. Er hatte das letzte Essen, das seine Stiefmutter ihm eingepackt hatte, schon vor einigen Stunden aufgegessen, weil er voll und ganz damit gerechnet hatte, bis zum Abendessen in Petrograd zu sein.

War es erst gestern Abend gewesen, dass ihr Zug, ohne Angabe von Gründen, mitten in der Pskower Landschaft stehen geblieben war? Auch wenn Verspätungen auf Russlands Schienen eher die Regel als die Ausnahme waren, war ein so langer Halt doch außergewöhnlich. Mittlerweile war die Zeit, die es normalerweise dauerte, um gewöhnliche Behinderungen wie tote Kühe oder Schneeverwehungen zu beseitigen, längst verstrichen. Und die ewig zuvorkommenden Einheimischen wurden immer unruhiger, je länger sich die Nacht hinzog. Es war nicht besonders hilfreich, dass die Toiletten routinemäßig abgeschlossen worden waren, als der Zug angehalten hatte.

Anton wägte seinen Hunger und die anderen natürlichen Bedürfnisse gegen die Unannehmlichkeiten ab, die ihm, das wusste er, begegnen würden, wenn er ausstieg. Er hatte Glück gehabt, diesen Platz zu bekommen, und er wusste sehr wohl, dass sein kleiner Fleck auf der Sitzbank von diesem Menschenmeer verschlungen werden würde, sobald er aufstand.

Gleichwohl ließ ihm der Gedanke an warme *Piroschki* das Wasser im Mund zusammenlaufen. Was nützte ihm ein Sitzplatz, wenn er darauf verhungerte?

Mit einer Hand drückte Anton den schlafenden Soldaten hoch und hob seinen Mantel und Rucksack von ihrem Platz zwischen seinen Füßen auf. Ganz langsam erhob er sich.

Die Babuschka, ihre Tiere immer noch an sich gedrückt, verschmolz mit einem Nicken und einem „Spasiba" mit dem freien Platz. Ein Lächeln huschte über die Lippen des schlafenden Soldaten, als er sich an die gut gepolsterte Schulter seiner neuen Platznachbarin schmiegte.

Anton bahnte sich zentimeterweise seinen Weg durch das Menschenknäuel, bis er auf der Plattform zwischen den Waggons stand. Er blieb oben an der Leiter stehen und sog die frostige Luft ein. Kohlestaub, Achsenfett und gebackene Kartoffeln vereinten sich miteinander zu einem seltsam tröstlichen Geruch. Anton schlüpfte in seinen Mantel, zog die Handschuhe über, verließ den Zug und ging auf den ersten Karren mit Essen zu.

Dunkle, müde Augen starrten unter den Lagen aus Wollschals, Röcken, Pullovern und Mänteln hervor. Die gedämpfte weibliche Stimme nannte ihren Preis für die mit Quark gefüllten Teigtaschen, über denen sie Wache hielt.

Anton zog seinen rechten Handschuh mit den Zähnen aus und behielt ihn dort, während er in seiner Tasche nach Kopeken suchte. Er nahm die in Zeitungspapier eingewickelten *Wareniki* und ging auf der Suche nach einem ruhigen Plätzchen auf den Wald zu. Er versuchte, nah genug beim Zug zu bleiben, um es rechtzeitig zurückzuschaffen, falls die Lokomotive doch wieder hustend zum Leben erwachen sollte, entfernte sich aber wenigstens so weit, dass er von den tausend gelangweilten und neugierigen Augen im Zug abgeschottet war. Er wollte seinen Mitternachtsimbiss in Frieden einnehmen und die frische Nachtluft tief einatmen – eine Art Galgenfrist, bevor er in den stickigen Zug zurückkehren musste.

Warum konnte sein Vater ihm nicht einfach erlauben, das Geschäft von Petrograd aus zu führen, ohne alle zwei Monate in Molotschna Bericht zu erstatten? Man sollte denken, dass ein Mann, der versucht hatte, sein einziges Kind fast drei Jahrzehnte lang zu ignorieren, glücklich sein sollte, ihn einige tausend Werst nördlich zu wissen.

Doch das würde ja voraussetzen, dass Johann Klassen Anton vertraute – oder ihn zumindest respektierte. Er würde niemals dieses ungewollte Kind schätzen können, das sein Leben zerstört hatte.

Anton benutzte seinen Rucksack als Kissen und lehnte sich an eine bequeme Stelle in der Gabelung einer Birke mit zwei Stämmen. Dann schlug er das Papier zurück und zog die Teigtaschen eine nach der anderen heraus. Beim Essen starrte er immer wieder in den schwarzen Wald hinaus und lauschte dem Knistern und Knacken des Waldbodens. Dieses Waldgebiet war ein ganz eigenes Universum. Er fragte sich, welche Geheimnisse es barg.

Anton sah, wie kurz ein Licht im Inneren des Waldes aufflackerte. Dann verschwand es.

Zunächst dachte Anton, er hätte es sich nur eingebildet. Seine müden Augen, die ihm einen Streich spielten.

Doch dann erblickte er es wieder.

Er beobachtete den blassen Strahl. Vor und zurück. Langsam. Schnell. Wieder langsam. Erst in die eine Richtung, dann in die andere. Schlingernd. Tanzend – ein wildes Zickzackmuster, das der Spur des Glühwürmchens im Sommer glich.

Je länger Anton darauf starrte, desto sicherer wurde er sich, dass das Licht von einer Laterne stammte. Jemand war da draußen.

Aller Wahrscheinlichkeit nach ein Betrunkener aus dem Zug, der hinausgewandert war, um sich im Wald zu erleichtern, und sich verlaufen hatte. Anton schaute über die Schulter zurück auf seinen Waggon und überlegte, ob er wieder einsteigen sollte. Doch konnte sein Blick nicht der faszinierenden Anziehungskraft des unsteten Lichtscheins entfliehen.

Was, wenn eine Frau oder ein Kind die Lampe trug – ein kleines Mädchen vielleicht, das sich verlaufen hatte, sich beinahe zu Tode ängstigte und verzweifelt versuchte, den Weg aus dem Wald zu finden, der ihm gespenstisch vorkommen musste? Was für ein Mensch, was für ein Christ war er, wenn er sich abwandte und wegging, ohne auch nur nachgesehen zu haben? Anton warf noch einen Blick auf den Zug, dann entfernte er sich langsam von seinem Baum. Er ließ den Rucksack über dem rechten Arm baumeln und bahnte sich vorsichtig, Schritt für Schritt, den Weg auf das Licht zu.

Als er noch etwa zwölf Meter davon entfernt war, schob sich Anton in den Schatten eines Baumes und schaute auf die kleine beleuchtete Lichtung.

Der Laternenträger war weder eine Frau noch ein Kind, sondern ein Mann. Ein Mann, der eher klein von Gestalt und militärisch gekleidet war.

Aus der Ferne und wegen der Tatsache, dass Anton nie im Heer gedient hatte, wusste er nicht genau, welchen Rang der Mann hatte. Er schien nicht betrunken zu sein, denn er durchschritt die kleine Lichtung auf einer geraden Linie und in aufrechter Haltung. Der Mann führte Selbstgespräche oder vielleicht betete er. Anton konnte seine Worte nicht verstehen.

Gemessen an der Art, wie der Mann stehen blieb, sich mit der Hand übers Gesicht rieb und dann die Finger durchs Haar gleiten ließ, war offensichtlich, dass er sich in einem inneren Kampf befand. Schließlich fiel der Mann auf die Knie. Er drückte seine Laterne auf den lehmigen Waldboden und barg den Kopf in den Händen.

Anton verspürte einen Anflug von Scham, weil er einfach so zuschaute. Er selbst hatte schon solche Auseinandersetzungen mit dem Allmächtigen gehabt. Und er hatte kein Bedürfnis, irgendjemanden an diesen Gesprächen teilhaben zu lassen. Er wandte sich leise um und wollte gehen, da zerbrach ein Zweig unter seinem Schritt.

Der Fremde schaute auf. „Prjujiet? Zeigt Euch!"

Anton zuckte zusammen, trat aber bei der Aufforderung ins Licht vor.

„Herr, verzeiht, dass ich Euch gestört habe", sagte Anton. „Ich sah Euch hin und her laufen und war ... besorgt. Verzeiht. Ich werde Euch –"

„Bleibt." Der Fremde verlagerte das Gewicht auf die Knie und erhob sich. Er bürstete die trockenen Blätter ab, die an den Knien seiner Hosenbeine hingen, zog am Rücken seines Mantels und richtete sich auf.

Selbst in dem schwachen Licht kamen Anton der rostbraune Vollbart des Mannes und sein durchdringender Blick sehr bekannt vor. Auf der linken Seite seines Uniformmantels verlief eine Reihe von Knöpfen. Goldene Bänder und Epauletten zierten den Mantel, und ein rotes Wappenabzeichen schmückte seine Brust. Anton nahm an, dass er selbst etwa einen guten Kopf größer war als dieser Mann, aber trotz der eher schmächtigen Statur verströmte der Offizier eine Atmosphäre von Autorität, die über seine militärische Uniform hinausging.

Eine gewaltige und erschreckende Erkenntnis erfasste Anton und zwang ihn in eine tiefe Verbeugung. „Eure Kaiserliche Hoheit! Ich bitte untertänigst um Vergebung ... verzeiht, dass ich störte ... ich würde niemals ... hätte ich gewusst, dass ...“ Er verstummte. Jeder vernünftige Gedanke war von ihm gewichen. Alles, was er wollte, war, dass der Waldboden sich auftun und ihn verschlingen möge. Wie hatte er nur den Souverän Russlands beobachten können? Er fühlte sich noch schlechter als vorhin im Zug.

„Spart Euch das Protokoll, junger Mann. Heute Nacht sind wir nur zwei von Mütterchen Russlands Partisanen.“

Anton wagte, den Kopf zu heben.

Zar Nikolaj Alexandrowitsch Romanow nickte ihm zu, bevor er den Blick abwandte, um die Ränder der Lichtung zu untersuchen. Sicher sorgten jenseits des Lichtkreises Wachposten für den Schutz des Herrschers. Warum hatten sie ihn nicht aufgehalten?

„Keine Angst. Ihr seid nicht in Gefahr.“ Zar Nikolajs Stimme schien ihnen beiden die Unstimmigkeit dieses Gedankens zu vermitteln. Anton nickte, als stimmte er zu, und bemerkte die Sorge, die tiefe Täler in die Stirn des Monarchen grub. „Verzeiht meinen Mangel an Höflichkeit“, fuhr Zar Nikolaj fort. „Offenbar wisst Ihr, wer ich bin, doch ich habe noch nicht Eure Bekanntschaft gemacht. Dürfte ich Euren Namen erfahren?“

„Anton, Eure Majestät. Anton Johannowitsch Klassen.“ Er nannte die russische Version seines Namens mit seinem besten russischen Akzent. Mit einem weiteren flüchtigen Blick auf den Zaren senkte er die Augen. Er wusste wirklich nicht, wohin er sie richten sollte. Er hatte nie das angemessene Protokoll für

Gespräche mit Königen studiert, war nie in die Lage gekommen, ein solches Wissen zu benötigen.

„Ihr scheint ein junger und gesunder Mann zu sein, doch ich sehe, dass Ihr in Zivil gekleidet seid. Habt Ihr Eure militärische Pflicht bereits erfüllt, oder seid Ihr gegenwärtig auf Urlaub?"

„Weder noch, Eure Majestät. Ich bin Mennonit und somit vom Dienst in den Streitkräften ausgenommen." Anton hoffte, dass der blasse Schein der Laterne seine Scham nicht verriet.

„Ah ja, Mennonit. So habt Ihr wohl Eurem Land als Sanitäter im Roten Kreuz gedient oder bei den Forsteinheiten?"

Hitze stieg in Antons Nacken auf, kroch über sein Gesicht und brannte bis in die Spitzen seiner Ohren. „Verzeiht, Eure Majestät, aber nein." Da war es – Antons größte Beschämung vor Zar Nikolaj selbst offengelegt. Wie er sich danach sehnte, einfach zurück zum Zug zu kriechen.

„Ich war bereit zu dienen, Eure Majestät. Aber als ältester Sohn bin ich vom aktiven Dienst ausgenommen, um in der Sattlereifabrik unserer Familie zu helfen. Ich leite unsere Lagerhäuser und Verkäufe in Petrograd."

Er wünschte, dass seine Entschuldigung nicht so ... schwach klänge. In diesem Augenblick würde er den Hof, die Fabrik und all seinen Wohlstand aufgeben, um einfach nur ehrenvoll neben seinen Landsmännern zu stehen.

Und dabei seine Familie und seinen Glauben verlieren.

Er seufzte. Es war klug, die Leidenschaften seines Herzens zu zügeln, so wie ihn seine Religion mahnte und die Heilige Schrift warnte.

„Natürlich seid Ihr bereit, Euer Land zu verteidigen. Ich spüre Eure Hingabe, sehe das Feuer des Patriotismus in Euren Augen brennen. Der Kampf zwischen geistlichen Überzeugungen, Familienloyalitäten und Treue zum Land ist mir nicht unbekannt."

Der gnädige Ausdruck in den Augen des Monarchen grub sich in Antons Seele.

„Sagt mir dies ..." Seine Kaiserliche Majestät ließ das Vorwort in der Luft hängen. „Als Mennonit seid Ihr ein gläubiger Mann, nicht wahr?"

Anton wunderte sich, wie still ein Wald mitten im Winter sein konnte. „Ja, mein Herr. Ich strebe danach, meinem christlichen Glauben hingegeben zu leben. Ich betrachte mich als Pilger auf der Suche nach der Wahrheit."

Das zumindest entsprach der Wahrheit. Er mochte wohl manchmal damit ringen, alle Grundsätze des mennonitischen Glaubens seiner Familie zu unterstützen, doch Anton sah sich nicht genötigt, das dem Herrscher des ganzen russischen Zarenreiches zu sagen.

„Nun, mein Junge, manchmal beruft uns Gott, auf eine Art und Weise zu dienen, die wir weder wählen noch vorhersehen. Vielleicht hat er Euch zu einem besonderen Ziel bestimmt."

Trotz der Kälte stieg Anton unter dem prüfenden Blick des Zaren die Hitze ins Gesicht – ein Blick, der ihn von innen nach außen zu durchforschen schien.

„Wie Euch zweifellos bekannt sein dürfte, hatte ich in der Vergangenheit meinen Teil an Differenzen mit den Leitern Eurer Glaubensgemeinschaft. Dennoch bewundere ich Eure Leute für ihre Hingabe, nach Heiligung zu streben. Und ich kann nicht anders, als zu glauben, dass es dem Herrn in seiner Barmherzigkeit gefallen hat, mein Gebet um Hilfe zu erhören, indem er uns hier zusammenführte. Manch einer würde es Schicksal oder Zufall nennen, doch ich persönlich glaube, es ist Gottes Vorsehung, die Euch zu mir gebracht hat."

Der Zar trat einen Schritt zurück, dann noch einen, bis er gerade außerhalb des Laternenscheins stand. Sein Blick glitt suchend über die Wand aus Bäumen, während er Anton winkte, ihm zu folgen. „Lasst mich von der vorliegenden dringenden Notlage sprechen. Ich glaube nicht, dass meine Wächter mich noch sehr lange in Frieden lassen werden. Ich denke, sie haben mich bis jetzt hier allein gelassen, in der Hoffnung, dass ich meinem Leben ein Ende setzen und ihnen die Entscheidung ersparen würde, was aus mir werden soll." Wieder streifte sein Blick über den Wald hinter Anton. „Ich bin einige Werst von hier aus meinem Zug gestiegen unter dem Vorwand, Pilze suchen zu wollen. Ich brauchte dringend etwas Luft." Der Zar atmete tief ein.

Luft. Anton verstand das Bedürfnis nach frischer Luft.

„Ganz Russland wird es bald wissen, also ist es sinnlos, jetzt noch ein Geheimnis daraus zu machen. Vor einigen Stunden habe ich mein Amt als Monarch über unser herrliches Vaterland niedergelegt." Er seufzte, und für einen kurzen Augenblick ließ er die Schultern hängen.

„Ich bin nicht mehr Zar." Seine Stimme verlor bei dieser Erklärung an Kraft.

Nicht mehr Zar? Antons Mund wurde trocken; Fragen stiegen in ihm auf. Marschierte der deutsche Kaiser Wilhelm in Petrograd ein? Oder hatten die russischen Rebellen die Zarenfamilie gefangen genommen?

Vielleicht hatten der Krieg, das Chaos im Land und die Anschuldigungen von Misswirtschaft dem Zaren am Ende den Verstand geraubt?

Anton schluckte die Unzahl von Fragen hinunter, die ihm im Hals kribbelten. Ungeachtet der Aussagen des Zaren war Anton nicht in der Position, dem Souverän von Russland Fragen zu stellen oder seinen Realitätsbezug in Zweifel zu ziehen.

„Ich habe zwar den Thron meinem Bruder Michael überlassen, doch er hat sich zurückhaltend geäußert. Er will die Herrschaft nicht übernehmen, wenn das Volk ihn nicht akzeptiert. Ich weiß nicht, was aus der Monarchie wird. Ich kann nicht einmal denen trauen, die mir am nächsten stehen, und die gegenwärtigen Umstände gestatten es mir nicht, die zu erreichen, an die ich mich um Hilfe wenden könnte. Ich suche nach einem zuverlässigen jungen Mann wie Euch, um eine Mission von schwerwiegender Bedeutung zu erfüllen." Autorität brannte in diesen starken Augen und straften die Worte von seiner Abdankung Lügen. Anton fühlte sich herausgefordert, die Bitte des Zaren abzuschlagen.

Mission? Eine militärische Mission etwa? Er als Mennonit könnte niemals …

Als ob er Antons Gedanken lesen könnte, fuhr der Zar fort. „Ich glaube nicht, dass Ihr Eure pazifistische Überzeugung aufgeben müsstet, solltet Ihr die beiden Aufträge annehmen, die ich Euch anzuvertrauen hoffe. Noch glaube ich, dass Eure Dienste sehr lange vonnöten sein werden. Wenn über unsere unmittelbare Zukunft entschieden ist, wird auf der Stelle mit Euch Verbindung aufgenommen, Ihr werdet von Euren Pflichten entbunden und reichlich für Eure Mühen entschädigt."

Anton bemühte sich, dem Gesagten zu folgen. Dienste? Entschädigt? Was genau hatte der Zar im Sinn?

„Darf ich auf Euch zählen? Wärt Ihr bereit, dem Vaterland jetzt als mein Sondergesandter zu dienen, auch wenn ich nicht mehr Zar bin?" Zar Nikolaj kam näher, und seine dunklen Augen fixierten Anton.

Anton räusperte sich und versuchte Zeit zu gewinnen. Wie könnte er den Herrscher – entthront oder nicht – von ganz Russland abweisen?

Vielleicht war er selbst der Verrückte, dass er auch nur zögerte.

„Eure Majestät, ich würde es als Ehre und Vorrecht betrachten, Euch zu Diensten zu stehen." Er hörte die Worte hervorkommen, sah, wie sich die Züge des Zaren für einen kurzen Augenblick entspannten, und fragte sich in diesem kurzen Augenblick, welchem Auftrag er wohl zugestimmt hatte.

Zar Nikolaj nickte, warf noch einen Blick auf den Waldesrand und senkte seine Stimme dann noch weiter. „Nun gut. Beeilen wir uns, bevor wir entdeckt und unsere Pläne durchkreuzt werden. Zuallererst müsst Ihr einen jungen Mönch namens Timofea aufsuchen. Er lebt im Kloster in Petschori – nicht weit von hier, aber in Anbetracht meiner Lage unerreichbar für mich. Es wird Euch nicht schwerfallen, ihn zu finden. Sagt ihm, dass Tatjanas Vormund Euch sendet. Er wird verstehen. Er muss mit Euch nach Zarskoje Selo gehen und seine Schwester Julia und die Kammerzofe Tatjana herausholen, bevor es zu spät ist. Er wird die Dringlichkeit verstehen und wissen, was zu tun ist. Ich werde Euch hier keine genaueren Anweisungen geben müssen." Der Zar unterbrach sich und schüttelte den Kopf. „Ich bete, dass es nicht bereits zu spät ist. Die Revolutionäre machen kurzen Prozess mit –" Er schloss den Mund und trat zurück.

Womit? Ein kalter Schauer lief über Antons Rücken. In welcher Angelegenheit machten die Revolutionäre kurzen Prozess? Was war so schlimm, dass der Monarch es zu entsetzlich fand, um darüber zu sprechen? Und welche Schwierigkeiten hatte Anton gerade in seinem eiligen Wunsch, den Zaren zufriedenzustellen, auf sich genommen?

„Ich habe keine Garantie dafür, dass die Telegramme, die ich meiner Frau geschickt habe, sie wirklich erreicht haben. Vielleicht versteht sie den vollen Ernst unserer Notlage, vielleicht aber auch nicht. Wie auch immer, sie und ich haben in den vergangenen Tagen über die Möglichkeit dieser Situation gesprochen. Erklärt ihr, dass ich Euch die Verantwortung für Tatjana Terechowas Sicherheit übertragen habe. Sie wird die Reisevorbereitungen treffen und die junge Dame in Eure Obhut entlassen. Timofea und Julia werden Euch beistehen, wo sie können. Die Last, das Mädchen zu schützen, liegt allerdings allein auf Euren Schultern."

Der Zar schaute Anton an, und sein Oberlippenbart dehnte sich über seinem breiter werdenden Lächeln aus. „Schaut nicht so düster drein, mein Junge. Die Aufgabe bringt ihren Lohn mit sich. Die junge Dame ist hübsch anzusehen. Eine wahre Schönheit."

Anton zwang sich, dem Zaren in die Augen zu schauen und das Lächeln zu erwidern.

Zar Nikolaj zwinkerte, dann nahmen seine Züge wieder ihre frühere Ernsthaftigkeit an. „Sorgt für ihren Schutz. Vor allem möchte ich, dass sie sicher ist, egal was es kostet. Sie hat unserer Familie treu gedient und ist eine Waise. Sie kann in einer solch dunklen Stunde wie dieser nirgendwohin. Wir schulden ihr nicht nur Dankbarkeit, sondern sie hat auch Kenntnis von Dingen, die meinen Feinden nicht in die Hände fallen dürfen. Schützt sie mit Eurem Leben, wenn es nötig sein sollte. Tretet Eure Verantwortung an keinen anderen ab."

Der Zar zuckte bei seiner unglücklichen Wortwahl in stummer Kritik an sich selbst zusammen. „Eure Mission sollte nicht lange dauern. Ich werde durch den Mönch Timofea nach Euch schicken lassen und Euch bitten, Tatjana zurück zu uns zu begleiten, sobald wir uns wieder sicher niedergelassen haben und außer Gefahr sind."

Der Zar griff unter seinen Kragen und zog eine Goldkette hervor, die er über den Kopf hinweg abnahm.

„Sollte meine Frau einen Beweis fordern, dass ich es bin, der Euch geschickt hat, zeigt ihr dies hier als Zeichen meiner Handlungsvollmacht – aber lasst äußerste Diskretion walten." Ein juwelenbesetztes Wappen hing am Ende der Kette. Rubine, Saphire, Smaragde und Diamanten funkelten im Laternenlicht. Der Zar fing die tanzenden Farben mit der Hand ein und betastete die Edelsteine, während er sprach.

„Bis zu der Zeit, da ich nach Euch schicke, bestimme ich Euch hiermit zum Wächter und Beschützer dieses Stückes, des Wappens des Heiligen Vasilij des Seligen. Ich vertraue darauf, dass der Herr einen rechten Gesandten für diese Aufgabe geschickt hat – einen Mann voll Glauben, einen Mennoniten, wie Ihr es seid, ohne Vorurteile der orthodoxen Kirche oder dem Staat gegenüber, die Euch dazu treiben könnten, diese Mission zugunsten politischen oder finanziellen Gewinns aufzugeben."

Der Zar hob die Kette an und bedeutete Anton, dass er sich

hinabbeugen sollte, damit er ihm das Wappen über den Kopf gleiten lassen konnte. Anton spürte das Gewicht der Juwelen, noch bevor er den Anhänger unter sein Hemd schob. Das wertvolle Metall erzeugte bei ihm eine Gänsehaut, als es am Ende der Kette auspendelte.

„Seid vorsichtig. Zu Eurer eigenen Sicherheit, wie auch zur Sicherheit des Wappens, verbergt es gut. Manch ein Rebell würde dafür morden. Mehr als ein Jahrtausend lang – Generation um Generation – hat das Wappen die gesegnete Vereinigung zwischen unserer Kirche und der Krone symbolisiert."

Mit anderen Worten, Anton trug jetzt einen goldenen Mühlstein um den Hals.

Sein Gesichtsausdruck musste seine Bestürzung verraten haben, denn der Zar legte Anton die Hand um die Schulter und drückte sie. „Fasst Mut, junger Mann. Der Herr wird bei Eurer Mission mit Euch sein."

Ein Knacken von Zweigen nördlich der Lichtung ließ Zar Nikolaj verstummen und ihn und Anton wie angewurzelt auf ihren Plätzen stehen bleiben. Der Zar hob die Hand als Signal für Anton, still zu bleiben, und flüsterte mit rauer Stimme eine Anweisung. „Versteckt Euch, bis Ihr sicher seid, dass ich den Wald weit hinter mir gelassen habe. Dann eilt nach Petschori." Er trat einen Schritt auf die Lichtung, hielt aber inne und schaute Anton in die Augen. „Gott mit Euch. Und möge er uns alle retten."

Der Zar hob seine Laterne von der Lichtung auf und stapfte nordwärts, über den knirschenden Teppich von gefrorenen Blättern hinweg, auf die lauter werdenden Schritte seiner Wächter zu.

Anton drückte eine Hand gegen seine Brust, um seinen rasenden Herzschlag zu zügeln. Wie ein Brandeisen spürte er den Umriss des Wappens in seiner Handfläche. „O ja, Herr, bitte rette uns alle!"

2. Kapitel

Anton kauerte unter einer großen Kiefer und starrte auf die Mauern, die das Kloster von Petschori umgaben. Jenseits der weißen Außenwände mit dem Gipsputz, hinter den massiven Torbögen, glänzten goldverzierte Sterne vor saphirenen Zwiebeltürmen. Zur vollen Stunde ertönte ein Glockenspiel von einer Kuppel.

Zum tausendsten Mal schüttelte Anton den Kopf. Was war über ihn gekommen, dass er diese Aufgabe angenommen hatte? Nein – *Mission*. Er berichtigte seinen Gedanken, als er sich an die Abschiedsworte des Zaren erinnerte.

Ganz gleich, ob er eine Aufgabe oder eine Mission angenommen hatte: Tief in seinem Inneren wusste er um den wahren Beweggrund, der ihn diesen Auftrag hatte annehmen lassen. Er sah es als seine große Gelegenheit, mehr als der Mann zu sein, für den sein Vater ihn hielt. Schwach. Erfolglos. Nicht wert, den Namen Klassen zu tragen.

Warum kauerte er also hier draußen wie ein Landstreicher? Nur weil die Gerüchte von der Abdankung des Zaren – in der Tat dessen eigene Worte – sich als wahr herausgestellt hatten, und nur weil Revolutionäre das Land nach Kronloyalen durchsuchten, bedeutete das nicht, dass irgendjemand von seiner Mission wusste – oder von den Juwelen, die an seiner Brust hingen.

Bitte, lass das keine Falle sein.

Er hatte auf der anderen Seite des Feldweges, der vor dem Kloster entlanglief, gewartet und beobachtet, wie die Priester das Gelände betraten und verließen. Diese religiöse Festung schien Anton absolut fremd. Selbst wenn es ihm gelang hineinzukommen, hatte er keine Ahnung, wie er einen orthodoxen Priester ansprechen sollte. Sollte er sich verbeugen? Seine Hand küssen? Welche Worte sollte er wählen? Anton hatte gehofft, er könnte eine Begrüßung oder ein Gespräch zwischen Klerus und Laien beobachten, doch in der ganzen Stunde, in der er hier schon auf seinem Spähposten war, hatte sich ihm keine solche Gelegenheit geboten.

Es war auch unbegreiflich für Anton, warum der Zar glaubte, dass die Sicherheit eines einzelnen Dienstmädchens aus dem Palast eine solch wichtige Angelegenheit war. Welche Geheimnisse konnte sie denn tatsächlich kennen, außer, zu welcher Zeit der Zar aufstand und zu Bett ging oder wie die Zarin ihre Eier mochte? Wenn er nur einen Weg finden konnte, dass Wappen zurückzugeben –

„Gott segne dich, Sohn."

Anton zuckte zusammen, dann schaute er über die Schulter und sah einen Mann in Priesterkleidung. Er hatte dunkle Augen und einen langen Bart, der grau und verfilzt auf seiner Brust hing. Anton erhob sich zu seiner vollen Größe und stand dem Mönch Auge in Auge gegenüber, doch er konnte keine angemessene Erwiderung hervorbringen.

„Ich habe dich gesehen, als ich gegangen und gekommen bin. Du wartest hier schon eine ganze Weile. Hast du ein Anliegen, bei dem ich dir helfen kann?"

„Ähm, ja, Herr", stotterte Anton. „*Batjuschka* – Vater." Anton unterbrach sich erneut. „Möglicherweise." Er holte tief Luft. „Ich suche nach einem Mönch namens Timofea. Mir wurde gesagt, dass ich ihn hier finden könnte."

„Timofea? Ja, ich kann dich zu ihm bringen." Der Priester strich den Bart an seine Brust. „Ich bin neugierig. Warum wünschst du, meinen Sohn zu sehen?"

„Euren Sohn, Herr?"

„Timofea. Er ist mein Sohn."

Anton war jetzt vollends verwirrt. Bedeutete das auch, dass

die Julia, von der der Zar gesprochen hatte, die Tochter des Priesters war? Vielleicht bezeichnete er ja Timofea im geistlichen Sinn als seinen Sohn. Anton begriff nicht, wie ein im Kloster lebender Mönch Kinder haben konnte. Nach allem, was er gehört hatte, lebten sie im Zölibat. Andererseits passte alles, was er über den orthodoxen Klerus wusste, in einen Teelöffel.

„Ich wurde geschickt, um ihm eine Botschaft zu übermitteln, und verzeiht, Vater, aber ich habe den Eindruck, ich sollte zuerst mit ihm selbst reden, bevor ich die Angelegenheit mit einem anderen bespreche."

Der Priester studierte Anton. Dann neigte er den Kopf. „Folge mir."

Anton folgte dem Geistlichen über die Straße und durch die schweren Flügeltüren des Klosters in einen Außenhof.

„Geh ruhig in die Kapelle und bete", sagte der Priester mit einem Nicken über seine Schulter hinweg, „oder warte einfach hier." Er deutete auf eine Bank entlang der Hofmauer. „Es wird nicht lange dauern."

Der Mann wandte sich um und verschwand in einem Säulengang. Seine Kutte rauschte wie eine Sturmwolke um seine Füße.

Als Anton allein im Hof war, hielt er in der Richtung, in die der Priester genickt hatte, nach etwas Ausschau, das irgendwie einer Kirche ähnelte. Stattdessen sah er den Eingang zu einer weiß getünchten Höhle. Seine Neugierde trieb ihn vorwärts, und ganz langsam bewegte er sich zu der Grotte und spähte hinein. Ein Meer von brennenden Kerzen erleuchtete die Höhle und schickte schwarze Rauchspiralen zu der rußbedeckten Decke. Feuchtigkeit und Weihrauch machten die Luft schwer, und das Atmen fiel Anton schwer. Ikonen der Madonna mit Kind prangten in vergoldeten Rahmen über ihm. Anton wusste nicht, ob man es begrüßen würde, wenn er in den kleinen Altarraum trat, da er ja nicht der gleichen Glaubensrichtung wie die orthodoxen Mönche angehörte, doch da kein Mensch in der Nähe zu sein schien, trat er trotzdem ein.

Eine heilige Stille umfing ihn, und ob es nun angemessen war oder nicht, fühlte sich Anton bewegt, auf dem festgetretenen Boden niederzuknien. Er beugte den Kopf und hatte das dringende Bedürfnis zu beten. Wenn er hoffte, die Aufgabe zu erfüllen, die ihm der Zar übertragen hatte, brauchte er eine Stärke, die weit über jede Kraft hinausging, die er in sich selbst trug. Ohne Hilfe vom Allmächtigen waren seine Aussichten auf Erfolg gleich null.

Er schüttete Gott sein Herz aus, flehte um Weisheit und betete um Mut, bis seine Bitten auf den immer gleichen Satz hinausliefen: „Hilf mir, Herr. Bitte hilf mir, Herr. O Herr, hilf mir, bitte."

Anton spürte, dass jemand die Kapellenhöhle betreten hatte. Hitze stieg ihm in den Nacken. Er unterbrach sein Gebet und warf einen verstohlenen Blick hinter sich.

Ein junger Mann in Mönchskleidung kam auf ihn zu und bekreuzigte sich. Das Licht der Kerzen tanzte vor seinen dunklen Augen und er lächelte. „In seiner Heiligen Schrift verspricht der Herr, dass er diejenigen hören und erhören wird, die ihn von Herzen suchen."

„Ja, danke. Darauf zähle ich." Anton stand auf und klopfte die Erde von seinen Knien. „Ohne die Hilfe des Allmächtigen bin ich ganz sicher verloren."

Anton studierte das Gesicht des jungen Mannes, um zu beurteilen, wie ernst er wohl zu nehmen war. Er hatte sich Priester immer als alte Heilige mit grauen Bärten vorgestellt, aber dieser hier sah mit seinem dünnen Kinnflaum sah, als wäre er etwa so alt wie Antons Stiefbruder Jonas – nicht älter als achtzehn oder neunzehn. Höchstens zwanzig. Anton erschauderte bei dem Gedanken, einen geistlichen Rat von Jonas anzunehmen, der nur an zwei Dingen interessiert war: schnellen Pferden und hübschen Mädchen. Und mit seinen durchdringenden braunen Augen und hohen Wangenknochen, breiten Schultern und einer stämmigen Gestalt sah Timofea eher aus wie für die Aristokratie und den Kampf hoch zu Ross gemacht als für den Dienst in einem Kloster. Allem Anschein nach hatte dieser Bursche solchen jugendlichen Beschäftigungen entsagt, ungeachtet seines Lebensalters. Dennoch hatte Anton jemand Älteren für diese Mission erwartet.

Andererseits: welche Mission? Der sichere Transport einer Kammerzofe aus dem Hause Romanow? Dazu brauchte man keine Kavallerie.

„Seid Ihr der Mönch Timofea?" Anton konnte sich nicht dazu bewegen, einen so jungen Mann „Vater" zu nennen.

„Ich bin Timofea." Der Mönch verschränkte die Arme und vergrub die Hände in den Ärmeln seiner Kutte. Auf seinem Gesicht lag ein Blick ruhiger Neugierde.

„Gibt es noch andere Brüder mit dem gleichen Namen?" Anton überlegte, ob er den Mönch bitten sollte, seine Identität zu beweisen. Er wollte den jungen Mann nicht beleidigen, doch er wollte die vertrauliche Mission des Zaren auch nicht dem Falschen verraten.

„Nein, es gibt keinen anderen wie mich. Ich bin der Einzige." Timofea lachte in sich hinein. Als Anton nicht in gleicher Weise reagierte, wurde das Gesicht des Mönches ernst. „Wie kann ich Euch zu Diensten sein?" Er unterstrich seine Frage mit hochgezogenen Augenbrauen.

Anton glaubte, einen Hauch von Ungeduld in der Stimme des jungen Mannes zu bemerken, doch er war nicht bereit, seine Worte unbesehen zu glauben. Selbst bei jemandem, der wie ein Mitglied des Klerus gekleidet war, musste man vorsichtig sein. „Würde es Euch etwas ausmachen, mir den Namen Eurer Schwester zu nennen? Ihr habt doch eine Schwester, nicht wahr?"

„Julia. Meine Schwester heißt Julia." Besorgnis legte sich um die Augenwinkel des Mönches. „Warum fragt Ihr? Ist sie in Schwierigkeiten?"

„Es tut mir leid, wenn ich Euch erschreckt habe. Sofern ich weiß, geht es ihr gut." Die ehrliche Sorge hinter der Rückfrage des jungen Mannes zerstreute Antons Zweifel, doch nur um ganz sicher zu gehen, stellte er eine weitere Frage. „Bevor ich mehr sage, würdet Ihr bitte bestätigen, wo Eure Schwester arbeitet?"

Der Mönch schien zu zögern. Er wägte ab, ob Anton Freund oder Feind war, und seine dunklen Augen glitten forschend über sein Gesicht. „Sie dient im Haushalt des Zaren als Kammerzofe. Vergebt meine Unhöflichkeit, aber was geht Euch Julia an?"

„Ich wurde von Julias Dienstherrn beauftragt, Euch zu finden und um Eure Hilfe zu bitten."

Timofeas Gesichtszüge wurden weicher. „Was kann ich für Seine Kaiserliche Hoheit tun?"

„Er bittet darum, dass Ihr mich nach Zarskoje Selo bringt, um das Dienstmädchen Tatjana Terechowa herauszuholen. Ihr sollt Eure Schwester ebenfalls mitnehmen." Anton warf einen Blick nach rechts und links, dann drehte er sich um, um hinter sich zu schauen. „Wir müssen in aller Eile handeln. Derjenige, der mich geschickt hat, sagte, dass Ihr wüsstet, was zu tun ist."

Timofea ließ einen Augenblick vergehen, einen Moment, in dem er Antons Bitte bedachte.

Das Gewicht des Wappens schnitt in Antons Nacken. Er betastete es und dann, einem Impuls folgend, zog er es heraus. „Ich habe das, um meine Worte zu beweisen."

Timofea trat zurück, den Mund offen, die Augen starr auf die Juwelen gerichtet. „Nur der Zar –"

„Er gab es mir zum Beweis."

Timofeas Augen verengten sich.

„Bitte", sagte Anton. „Ihr werdet mir vertrauen müssen."

Der Mönch seufzte. „Lasst das sofort wieder verschwinden." Er schürzte die Lippen, dann nickte er steif. „Ich werde meine Vorgesetzten verständigen, und dann machen wir uns auf den Weg." Er wandte sich um und eilte zurück zum Kloster.

Anton drückte das juwelenbesetzte Wappen gegen seine Brust. Er wusste nicht genau, wie viel Vertrauen er diesem jungen

Mann entgegenbringen konnte, aber zum ersten Mal hatte er das Gefühl, dass es vielleicht eine Möglichkeit für ihn gab, die Mission auszuführen, die ihm anvertraut worden war.

❧

Ihr Weg war entschieden. Ihr Schicksal besiegelt.

Durch eine geheime Botschaft kam ein Edikt vom Zaren und wurde an die Zarin weitergegeben, die wiederum ihr die Nachrichten brachte. Sie sollte den Palast zusammen mit Julia, Julias Bruder Timofea und einem Fremden verlassen ... einem Mennoniten aus Südrusslands Steppe. Ihre Sicherheit war der Fürsorge eines Mannes übertragen worden, der sich weigerte, eine Waffe zu tragen.

Egal, welche Bedenken sie hatte, und egal, wie schwerwiegend diese waren, sie musste gehen, ohne den Zaren ihre Zweifel mitteilen zu können. Letzten Endes zählte nicht, was sie selber wollte. Dennoch fühlte sie sich betrogen, im Stich gelassen – nicht nur von der Zarenfamilie, sondern auch von Gott. Offenbar hatte der Allmächtige nicht auf ihre Bitten gehört.

Die frühe Sonne verwandelte den Frost am Rand ihres Fensters in Diamanten. Das elektrische Licht im Raum blitzte vom goldenen Überzug ihrer Zimmerikone wider, als ob diese sie zum Gebet rief.

Sie wandte sich ab. Beten würde ihr jetzt nichts nützen.

Sie nahm ein Bild der Familie Romanow von ihrem Sekretär und ließ den Finger über jedes der teuren Mitglieder fahren. Sie drückte einen Kuss auf das Glas, wickelte dann die eingerahmte Fotografie in ein Satintuch und steckte sie in ihren Koffer.

Draußen hörte sie Bellen, dann Gelächter. Es zog sie zum Fenster. Einen Augenblick lang schwand ihr der Atem vor Sehnsucht. Dort war Gleb, der draußen mit ihrem King-Charles-Spaniel Jimmy unterwegs war.

Der Cousin des Zaren hatte aller Wahrscheinlichkeit nach von der dramatischen Zuspitzung der Rebellion gehört und war vorzeitig von seinem Jagdausflug mit Prinz Felix zurückgekommen. Um durchs Tor zu kommen, hatte er aber wohl seinen Charme bei den Wachen spielen lassen müssen oder ihnen vielleicht sogar eine Bestechung angeboten. Seine Hingabe an die Familie Romanow in dieser dunklen Zeit berührte ihr Herz. Wie immer raubte er ihr den Atem mit seinen geheimnisvollen dunklen Augen, seinen breiten Schultern, mit der Art, wie er irgendwie den Sonnenschein dazu brachte, sein Haar in die Farbe von Ebenholz zu tauchen. Er bewegte sich mit einer Gewandtheit, die seine Liebe zum Ringen und Schwimmen verriet, während Jimmy um ihn herumhechelte. Jede junge Dame am Zarenhof, die Großfürstinnen eingeschlossen, hatte romantische Träume, in denen Gleb vorkam.

Er drehte sich um, und sie duckte sich hinter den Vorhang.

Sie konnte sich nicht daran erinnern, jemals von ihnen allen getrennt und auf sich selbst gestellt gewesen zu sein. Sie waren ihr Leben, und der Gedanke daran, nicht mit dieser Familie zusammen zu sein, riss sie fast entzwei. Allein die Vorstellung trieb ihr Tränen in die Augen. Was, wenn ihnen etwas passierte – oder ihr selbst? Die Rebellen rückten in diesem Augenblick auf Zarskoje Selo vor. Wenn sie jetzt nicht ging, würde sie vielleicht niemals gehen.

Dennoch, wie konnte sie sie verlassen? Sie brauchten sie doch. Sie spähte zurück zum Fenster. Gleb und Jimmy waren nicht mehr da.

Ihr Kopf schwirrte von Zweifeln, Fragen, Ängsten. Der Plan des Zaren schien zu weit hergeholt, um glaubhaft zu sein. Wer war dieser Mennonit, der ihr als Wächter zugeteilt worden war? Wohin würden sie gehen? Wann würden sie zurückkehren? Wie würde sie über das Ergehen der Zarenfamilie unterrichtet bleiben? Was für eine Welt würde sie jenseits der Palastmauern vorfinden? Dieser Plan, diese List von monumentalen Ausmaßen, hatte ebenso große Aussichten auf Erfolg wie die Hoffnung der Zarin, dass der Zarewitsch geheilt werden würde.

Sie hatte die kaiserliche Mutter angefleht, gegen den Plan des Zaren vorzugehen, seit sie von der Entscheidung erfahren hatte, sie wegzuschicken. Offenbar waren diese Bitten auf taube Ohren gestoßen.

„Ihre Majestät sagt, sie muss noch die Änderungen an zwei Kleidern beenden, bevor wir diese Tasche schließen können." Julia legte eine gefaltete Bluse auf einen bereits schwankenden Stapel von Kleidung, der in den Koffer gestopft werden sollte.

„Ich glaube nicht, dass ich kräftig genug bin, um in diesem schweren Rock zu laufen. Man sollte meinen, die kaiserliche Mutter hätte den gesamten Bestand an Kronjuwelen in diese Säume eingenäht. Warum sie darauf bestanden hat, das zu tun, geht über meinen Verstand. Es gefällt mir nicht, solch eine Verantwortung zu übernehmen, selbst für die – wie ich annehme – kurze Zeit, die wir verreist sein werden."

Ihre Worte klangen hart, selbst in ihren eigenen Ohren, doch sie glaubte nicht einen Augenblick lang, dass sie Julia mit ihrer gespielten Tapferkeit getäuscht hatte. Unter ihrem schroffen Ton bröckelten und zerfielen ihre Gefühle – und drohten eine Lawine nach sich zu ziehen.

Julia schaute von ihrer Arbeit auf. „Warum legst du dich nicht wieder hin? Du musst deine Kräfte schonen."

„Nein, ich möchte erst diese Perücke anprobieren." Sie schluckte die drohenden Tränen hinunter. „Ich sehe aus wie ein Clown. Ein kahlköpfiger, gepunkteter Zirkusclown." Die dicken, strohblonden Locken der Perücke bedeckten ihre Hände und fielen über ihre Arme. „Ich kann nicht glauben, dass ich, so schrecklich, wie ich aussehe, in die Öffentlichkeit gehe."

„Komm, ich helfe dir." Julia ließ den Rock aufs Bett fallen, den sie gerade zusammenlegte, und nahm das Haarteil. Sie setzte es der anderen mit der gleichen Sorgfalt auf, die sie walten ließ, wenn sie die Krone der Großfürstin ausrichtete. „Bitteschön.

Windpocken oder nicht, du wirst immer königlich aussehen – für mich bist du so hübsch wie eine Prinzessin."

Ein Blick in den Spiegel sagte der Zarentochter Olga Nikolajewna Romanowa etwas anders. Sie sah schlimmer aus, viel schlimmer als die Kammerzofe Tatjana, die ihrer Herrin gestattet hatte, ihren Namen zu benutzen. In diesem speziellen Augenblick fühlte sich Olga alles andere als königlich. Ungeachtet Julias freundlicher Worte widerlegte die Realität die Behauptungen der Dienerin. Auch wenn sie von adliger Geburt war, sah Olga im Moment weder adlig aus noch konnte sie ihren Adelstitel als eine von Russlands Großfürstinnen rechtmäßig in Anspruch nehmen – dank der Abdankung ihres Vaters.

Eine Prinzessin, die zur Bäuerin werden sollte. Nicht nur durch die Abdankung des Zaren ihrer kaiserlichen Rechte beraubt, sondern auch kurz davor, aus ihrem Zuhause im Palast verbannt zu werden, getrennt von ihren geliebten Eltern und Geschwistern, gezwungen, einen neuen Namen und damit eine neue Identität anzunehmen.

„Königlich, sagst du?" Olga schob eine verirrte Strähne des groben, flachsblonden Haares zurück an ihren Platz. „Nun, das Aussehen kann täuschen, liebe Julia. Wenigstens hoffe ich, dass das stimmt. Unser Leben hängt davon ab."

3. Kapitel

Die Morgendämmerung schob schlanke, rosa Finger durch den abgenutzten Schleier der Nacht und gewährte der ältesten Großfürstin einen letzten flüchtigen Blick auf den heimatlichen Palast, bevor sie dem eiligen Drängen ihrer drei nervösen Wächter nachgab.

Julia stand auf einer Seite, in ihre *Dublonka* gehüllt, und stampfte gegen die durchdringende Kälte mit den Füßen auf den Boden. Neben ihr stand ein Mönch, am Kinn einen unordentlichen Bart, das Haar lang und dunkel in die Falten seiner Kutte gewunden. Er trug keine Kopfbedeckung und verbeugte sich leicht, als sie sich näherte. Olga erkannte sofort die Ähnlichkeit zwischen ihrer dunkelhaarigen Begleiterin und diesem breitschultrigen jungen Mönch.

Ein weiterer Mann trat hervor. Er hatte kurz geschnittenes blondes Haar, ernste graue Augen und ein Grübchen an seinem glatt rasierten Kinn. In einen Schal, eine wollene *Schuba*, Lederhandschuhe und eine *Schapka* gekleidet, hielt er ihr die Hand hin. „Posle vas – nach Ihnen, Fräulein Terechowa."

Sie erschrak bei der Erkenntnis, dass dieser Anton Klassen sie ansprach. An ihren neuen Namen würde sie sich erst noch gewöhnen müssen. Sie ignorierte den Arm, den ihr der Fremde anbot, und nahm stattdessen die Hilfe ihrer Dienerin Julia in Anspruch.

Der Fahrer der Troika, mit seinem langen Bart, dem schweren Mantel und dem viereckigen Hut aus blauem Samt, saß auf seinem Kutschbock und wartete auf das Signal zur Abfahrt. Julia Petrownas Bruder, der junge Mönch Timofea, bildete das Schlusslicht der Gruppe und diente als Späher. Er hatte ein wachsames Auge auf die Umgebung gerichtet, als sie sich anschickten, in die Kutsche einzusteigen und das Palastgelände zu verlassen.

Der gestrige Sturm hatte Unmengen von Schnee und Eis mit sich gebracht, die noch beseitigt werden mussten, und Olga musste sorgfältig auf ihre Schritte achten. Heute war sie zum ersten Mal seit ihrer Erkrankung draußen, und selbst jetzt sollte sie eigentlich nicht auf den Beinen sein – wäre da nicht die noch größere Gefahr für ihr Leben, die Revolutionäre darstellten. Ihre Beine fühlten sich unsicher an, als würde sie auf Wasser laufen, doch sie war entschlossen, ihre Reisegefährten nicht das Ausmaß ihrer Schwäche sehen zu lassen.

Olga deutete auf die Koffer, die um die Füße des Mönchs herum auf dem Boden standen. „Stellt mein Gepäck hier zu uns hinein. Ich möchte es nicht außer Sichtweite haben."

Herr Klassens verwirrter Gesichtsausdruck sagte ihr, dass sie für ein angebliches Dienstmädchen mit zu viel Autorität gesprochen hatte. Wenn sie hoffte, diese Maskerade durchzuhalten, würde sie ihre Zunge im Zaum halten müssen.

Selbst wenn ihr neu ernannter Beschützer ihre wahre Identität kennen sollte – obwohl ihr versichert worden war, dass dies nicht der Fall war –, hatte sie kein Recht, grobe Befehle zu geben. Ihre Mutter hatte noch nie Unhöflichkeit Untergebenen gegenüber ausstehen können.

Allerdings war die Zarin nicht hier.

Diese Erkenntnis traf Olga schwer. Sie schluckte den Kloß in ihrem Hals hinunter, der ihr den Atem zu nehmen drohte. Im Augenblick war Olga nicht nach Höflichkeit zumute. Sie war zu krank, um sich darum zu sorgen. Sie litt nicht nur an den Windpocken, sondern war auch krank vor Sorge und Angst.

Ihr Kopf schmerzte unaufhörlich und ihre Ohren dröhnten. Ihre Kopfhaut juckte unter der Perücke, sodass sie die Qualen kaum aushalten konnte. Olga massierte ihre Schläfe mit Daumen und Zeigefinger. *Bitte, lass uns bald fahren.*

Die Männer schoben das Gepäck vor sich in die Kutsche, stiegen dann über die Taschen und platzierten sich den Damen gegenüber. Ihre Mutter, gewissenhaft wie immer, hatte sie mit genügend Gepäck für eine Weltreise ausgestattet, obwohl Olga voll und ganz erwartete, nur wenige Tage weg zu sein und sich nicht mehr als eine kurze Kutschfahrt weit von zu Hause zu entfernen.

„Unsere Fahrt sollte höchstens eine Stunde dauern", sagte Anton von seinem Platz ihr gegenüber aus. Er hatte sanfte Augen, ganz anders als die vielen Soldaten, die sie gepflegt hatte.

„Danke." Olga lehnte sich in den mit einem Bärenfell bedeckten Sitz neben Julia zurück, drückte die Augen fest zu und zwang sich, nicht zu weinen. Sie weigerte sich, dem Gedanken, sie könnte diesen Weg vielleicht nie wieder zurückkommen, fruchtbaren Boden zu schenken.

Immer wieder kehrte sie zu der Hoffnung zurück, dass sie aufwachen und entdecken würde, dass all dies nur ein vorübergehendes Delirium gewesen war, ein zeitweiliger Verlust ihrer Sinne wegen des Fiebers. Die Berichte konnten nicht der Wahrheit entsprechen. Mit jedem Augenblick, der verging, zerfiel die Romanow-Dynastie immer mehr, und die Bedrohung für die Sicherheit ihrer Familie wuchs.

Mit geschlossenen Augen wandte sie ihre Gedanken dem Gebet zu, während sie den Umriss des einfachen Goldkreuzes ihrer Mutter nachzeichnete, das diese ihr beim Abschied als Letztes in die Hand gedrückt hatte. Olga betete für Mütterchen Russland, dass die Rebellion bald erstickt würde und ihre Bürger wieder zu Verstand kamen; sie betete für ihre eigene Gesundheit und Sicherheit; sie betete für ein rasches Wiedersehen mit ihren Schwestern und ihrem Bruder und für deren eigene schnelle Genesung von den Windpocken. Schließlich betete sie besonders für ihre lieben, lieben Eltern.

„Dein Vater und ich brauchen deine Stärke jetzt mehr als je zuvor, Olga." Die quälende Erinnerung an die Worte ihrer Mutter, als

sie sich an Olgas Feldbett gekniet hatte, stach ihr ins Herz und trieb ihr Tränen in die Augen. Ein Blick in Mamas Gesicht hatte verheerende Nachrichten prophezeit. Olga hatte gefürchtet, dass allein der Bericht von der Abdankung ihres Vaters sich als tödlich für diese zarte Frau erweisen könnte.

Noch nie hatte sie ihre Mutter so bleich und ausgezehrt gesehen, die Stirn gerunzelt, die Züge eingefallen, ihre Gestalt so zerbrechlich.

„Es ist nicht für immer. Ich versprech's." Sie ließ die Versicherung ihrer Mutter über den Schmerz in ihrem Herzen sinken und es mit Hoffnung erfüllen. Ihr war klar, dass Maria und Anastasia zu jung waren, um solch eine Reise weg von Freunden und Verwandten zu unternehmen, doch sie fragte sich, warum ihre älteste Schwester, die auch, wie jetzt Olga selbst, Tatjana hieß, nicht gebeten worden war, sich auf eine ähnliche Reise zu begeben. Allerdings war keine der anderen mit einer Doppelgängerin gesegnet wie sie selbst. Gesegnet – oder vielleicht auch gestraft. Sie war jetzt Tatjana Terechowa.

„,Es ist aber der Glaube eine feste Zuversicht auf das, was man hofft, und ein Nichtzweifeln an dem, was man nicht sieht.' Halte an deinem Glauben fest, Olga. Mit ihm hast du alles. Doch ohne ihn wirst du nichts haben." Dann hatte die Zarin sie umarmt, während stumme Tränen über ihre Wangen geflossen waren.

Die Kutsche knarrte und ruckte nach vorn.

Olga drückte ihren Schal an ihre bebenden Lippen. Sie vermutete, dass ihre Mutter vom Fenster ihres Boudoirs zuschaute, als sie wegfuhren. Sie sehnte sich danach, sich umzusehen und vielleicht sogar zu winken, doch sie blieb wie angewurzelt auf ihrem Platz sitzen. *Warum sollte ein Dienstmädchen der Kaiserlichen Mutter winken?*, ermahnte sie sich.

Abgesehen von Julias Schniefen und dem Umstand, dass sie sich gelegentlich mit der behandschuhten Hand die Tränen abwischte, durchdrang Schweigen die Kutsche. Die Luft triefte vor Missmut wie schmelzende Eiszapfen im sibirischen Frühling. Olgas Gefährten schienen in ihre eigenen Gedanken versunken zu sein – Julia drehte das Taschentuch auf ihrem Schoß, der Mönch betete mit gebeugtem Kopf und gefalteten Händen, der Mennonit schaute mit leerem Blick aus dem Fenster, und sie selbst schmiegte sich in ihren Mantel und ihre Decken. Sie fror und sie fühlte sich hässlich und beraubt. Sie konnten Petrograd gar nicht schnell genug erreichen.

Die Welt draußen war still. Sie hatten ihre Abfahrt auf eine so lächerlich frühe Stunde gelegt, dass der Großteil Russlands noch schlief. Selbst die Dissidenten und Rebellen hatten wohl genug Verstand gehabt, um noch in den Betten zu liegen.

Soweit Olga das einschätzen konnte, waren sie entkommen, ohne dass die Wachen am Dienstboteneingang sie mehr als nur oberflächlich überprüft hatten. Eine bunt zusammengewürfelte Mannschaft von Milizionären mit hängenden Schultern hatte die Elitewachen des Palastes ersetzt, deren imposante Erscheinungen normalerweise an jedem Eingang postiert waren. Diese lärmenden neuen Wächter schienen mehr an ihrem Tarockspiel interessiert zu sein als an der Abreise von weiteren fliehenden Dienstboten.

Dennoch würde ihre nette kleine Reisegesellschaft unweigerlich neugierige Blicke auf sich ziehen und Argwohn erregen, wenn sie in Petrograd aus der Kutsche stiegen. Es wäre weniger riskant gewesen, mit dem Zug vom privaten Bahnhof der Zarenfamilie aus zu reisen, doch durch das gegenwärtige politische Chaos waren vorerst alle Bahnverbindungen lahmgelegt. Und ganz sicher würden die Rebellen die Bahnlinie beobachten.

Sie verstand nicht, wie sie überhaupt mit dieser Maskerade durchkommen wollten – ein junger Mönch und seine Schwester, ein Dienstmädchen; sie selbst, die dick eingemummte, kahlköpfige und von den Windpocken geplagte Prinzessin, verkleidet als Kammerzofe; über sie alle wachend ein Mann, der mehr geeignet für politische Diskussionen schien als dafür, sie gegen Revolutionäre zu verteidigen. Wahrscheinlich hatte sie selbst die meiste militärische Ausbildung von allen. Ihr Vater hatte sie in Waffenkunde und Strategie unterrichtet, sie hatte direkte Erfahrungen mit den Kriegserlebnissen der Verwundeten gesammelt, und sie hatte stundenlange Schießübungen mit der Pistole hinter sich, die ihr Vater ihr gegeben hatte.

Doch sie war keine Prinzessin mehr, ausgebildet in Staatsangelegenheiten, dem russischen Volk ergeben. *Tatjana. Ich muss mich jetzt als Tatjana Nikolajewna Terechowa betrachten. Eine Waise. Eine Kammerzofe.*

Dieser Gedanke wurmte sie. Solange sie zurückdenken konnte, hatten sie und ihre Schwestern sich „OTMA" genannt, der Geheimname der Prinzessinnenschwestern, die von den ersten Buchstaben ihrer Namen abgeleitet waren – Olga, Tatjana, Maria und Anastasia. Jetzt fragte sie sich, ob von diesem Tag an das O jemals wieder für seine rechtmäßige Besitzerin stehen würde.

Sie blinzelte gegen diese albernen Fragen an, die sich in ihre Gedanken gruben.

Unter den Mitgliedern der Zarenfamilie hatte nur sie eine Doppelgängerin. Solange sie sich erinnern konnte, war das Dienstmädchen Tatjana Nikolajewna Terechowa ausgebildet worden, um sich als Olga auszugeben, sollte sich je die Notwendigkeit für höchste Sicherheitsvorkehrungen ergeben. Die wenigen Male, die sie Tatjana Nikolajewna zu diesen unerträglich langweiligen Empfängen geschickt hatte, statt selbst hinzugehen, waren ein großer Spaß gewesen.

Das Lachen schien jetzt eine weit entfernte Erinnerung zu sein. Sollte ihre List auffliegen ...

Ein kalter Schauer zog sich über Olgas Rücken, als sie über die tödlichen Konsequenzen nachdachte. Vater hatte die besten Absichten, diese drastischen Maßnahmen zu ergreifen, doch während sie seine Sorge um ihre Sicherheit liebenswert fand, zweifelte sie doch seinen Plan an. Zumindest fand sie, dass ihr Vater voreilig gehandelt hatte. Er war nicht einmal rechtzeitig nach Zarskoje Selo gekommen, um ihr Lebewohl zu sagen, denn die Rückkehr in den Palast von seinem militärischen Hauptquartier in Mogiljow war verzögert worden. Die Übergangsarmee hatte ihn gefangen genommen. Sie konnte sich nicht vorstellen, was ihr selbst zustoßen würde, wenn man sie außerhalb der Palastmauern entdecken würde. Hoffentlich würde die Rebellion bald enden und ihr Vater seine rechtmäßige, gottgegebene Position wiedererlangen.

Sie kannte die Ansichten ihres Vaters. Wenn er auch nur einen von ihnen retten konnte, würde er das Risiko eingehen. Sie wiederum sah keinen Sinn darin, nur sich zu retten, wenn es keine konkreten Pläne gab, die anderen ebenfalls in Sicherheit zu bringen. Olgas Herz raste, und auf ihrer Stirn bildeten sich Schweißperlen.

Was war nur aus der Familienphilosophie geworden, dass sie jede Krise gemeinsam durchstehen wollten? Sie hatte geglaubt, sie alle hätten sich dem oft zitierten Credo ihres Vaters verschrieben, das in die alten Mauern einer italienischen Gefängniszelle geritzt worden war: „Besser der Tod als ein Leben ohne dich."

Sicher ersannen ihre Eltern aber bereits in diesem Augenblick einen Plan, die Flucht der restlichen Familie zu ermöglichen, sollte das politische Klima weiter außer Kontrolle geraten. Hatten nicht die Verwandten ihrer Mutter, die britische Königsfamilie, zugesichert, ihnen zu Hilfe zu kommen, trotz ihrer distanzierten Haltung in letzter Zeit?

„Ich konnte mich nicht einmal richtig von meinen Schwestern oder dem Kleinen verabschieden." Dieser geflüsterte Gedanken brannte in Olgas Hals wie Salz in einer offenen Wunde. Eingemummt in viele Kleiderschichten gegen die Kälte, spürte sie kaum, wie Julia ihr den Arm tätschelte. Wenn das Dienstmädchen Worte des Mitgefühls sprach, konnte Olga sie nicht hören, so laut war das Dröhnen in ihren Ohren – noch ein Symptom der Windpocken. Olga schloss die Augen wieder.

Endlich ließ das Dröhnen nach und mit ihm auch der heiße Strom von Gefühlen. Olga öffnete die Augen gerade rechtzeitig, um Herrn Klassen dabei zu ertappen, wie er den Blick abwandte. Er hatte sie angestarrt! Ein heißer Blitz durchschoss sie und drang bis hinauf in ihre Wangen. Wie konnte er es wagen! Wusste er nicht, wie er sich in aristokratischer Gesellschaft zu verhalten hatte?

Er weiß nicht, dass er in aristokratischer Gesellschaft ist, Olga. Sie ließ ihren Blick auf ihren Schoß sinken. Offenbar wurde es wohl schwerer als gedacht, sich an ihre neue Position zu erinnern. Ihrer Mutter zufolge hatte Vater diesen merkwürdigen Mann beauftragt, über sie zu wachen, bis die Lage stabil genug war, um sie heimzuholen. Man hatte ihr gesagt, dass er aus einem der südrussischen Mennonitendörfer kam. Vermutlich hatten sie ihm zu ihrer Sicherheit nicht die Wahrheit gesagt.

Sie konnte verstehen, warum ihre Eltern sie mit Julia und deren Bruder wegschickten. Julia hatte der Familie einige Jahre als Kammerzofe gedient, und niemand würde angesichts der Situation etwas Ungewöhnliches vermuten, wenn ihr Bruder, der Geistliche, kam, um sie nach Hause zu holen. Da Tatjana eine Waise war, war es einleuchtend, dass sie bei ihrer Freundin und Mitdienerin Zuflucht suchte. Doch warum diesen anderen Kerl beauftragen?

Gemessen an der Qualität der schwarzen Kutsche, sei sie nun sein Eigentum oder von ihm gemietet, wie auch am maßgeschneiderten Anzug ihres Fahrers, war Herr Klassen ein Mann mit einigem Wohlstand. Olga durchsuchte ihre Erinnerungen, doch vergeblich. Sie konnte sich nicht entsinnen, ihn je bei einem politischen oder gesellschaftlichen Anlass gesehen zu haben. Wie hatte ihr Vater ihn gefunden – war er in geheimer Mission in der Armee des Zaren beschäftigt? Olga wünschte, sie hätte Gelegenheit gehabt, Einzelheiten darüber zu erfahren, unter welchen Umständen ihr Vater diesen Fremden zu ihrem Beschützer bestellt hatte.

Trotz der Massenflucht der Truppen, die ihre Loyalität von der Krone ab- und der Übergangsregierung zugewandt hatten, musste es noch eine Anzahl von treu ergebenen Offizieren oder Palastwachen geben, die dem Zaren weiterhin zu Diensten standen. Was hatte ihren Vater geritten, diesen Mann anzustellen? Er konnte nicht viel älter sein als sie selbst, doch er sah, nun, schwerfällig aus; mehr wie einer der langweiligen Duma-Abgeordneten als wie ein Altersgenosse. Unter seinem schweren Übermantel und einer Nerzkappe trug er einen dreiteiligen Geschäftsanzug und eine Fliege. Seine Erscheinung, zusammen mit dem Umstand, dass seine Religion ihm nicht erlaubte, eine Waffe zur Selbstverteidigung zu benutzen, raubte ihr jegliches Vertrauen in seine Fähigkeit, sie zu beschützen. Dennoch, das resolut gehobene Kinn, die Augen, denen nichts zu entgehen schien – das alles ließ sie sich insgeheim fragen, was für einem Mann sie hier ihr Leben anvertraute.

Olga vergrub ihre Nase im Kaninchenpelzkragen ihres Reisemantels. Sie konnte trotz des Futters die Juwelen spüren, die ihre Mutter in den Saum eingenäht hatte, und durch sie fühlte sich der Mantel schwer und lästig an. Um des Mannes wie auch um ihretwillen betete sie, dass sie dieses Theater nicht lange würde aufrechterhalten müssen. Selbst gesund und geistesgegenwärtig glaubte Olga nicht, eine ernsthafte Täuschung oder eine Geheimniskrämerei durchhalten zu können. Und durch die Windpocken war sie alles andere als gesund. Egal. Sie erwartete voll und ganz, morgen oder übermorgen zurückkehren zu können, wann auch immer ihr Vater nach Hause kam und all dieses Durcheinander in Ordnung brachte.

Aus dem Kutschenfenster sah sie, wie die Gegend um Zarskoje Selo in die Außenbezirke der Hauptstadt überging. Zu ihrer Überraschung erstreckte sich der frühen Stunde zum Trotz eine Schlange von rastlosen Kunden über den Bürgersteig vor einer Bäckerei. Nebenan stieg Rauch von dem verkohlten Skelett eines geplünderten Spirituosenladens auf. Ihre Kutsche versank in einem der schmutzigen Schneehaufen, um die sich kein Straßenfeger gekümmert hatte.

„Wohin genau bringt Ihr uns in Petrograd?", fragte Olga heiser. Sie sah sich schon in einem rattenverseuchten Getto gefangen.

Anton Klassen räusperte sich. „Meine Wohnung ist viel zu klein, um uns alle bequem unterzubringen, also habe ich arrangiert, dass wir alle im Haus meines Lagerverwalters bleiben. Er heißt Sergej Borowski und wohnt unweit des Newskij-Prospekts. Es ist kein Palast, doch wir sollten die Unterbringung mehr als angemessen finden. Herr Borowski ist einer der wenigen Bürger von Petrograd, die ein eigenes Haus besitzen. Er hat es von seinem Großvater geerbt."

Die Augen von Herrn Klassen, so blassgrau wie der Winterhimmel über Petrograd, waren den ihren bisher ausgewichen. Stattdessen schaute er immer auf einen Punkt dicht über ihrer Schulter, wenn er sprach. Ein deutlich deutsch klingender Akzent durchzog sein Russisch, und Olga, deren kranke Ohren die Worte noch mehr verzerrten, musste sich auf seinen Mund konzentrieren, um zu verstehen, was er sagte.

„Letzte Woche hat Herr Borowski seine Kinder und seine Frau zu ihren Eltern nach Moskau geschickt, und er selbst schläft im Lager, um unsere Waren vor den Vandalen und Dieben zu schützen. Wir haben das Haus also für uns; nur die Köchin ist noch da. Macht Euch keine Sorgen. Ich habe nichts von Eurer Position als Dienerinnen des Zaren verlauten lassen. Ich habe nur erklärt, Ihr wärt Reisegefährten, die durch den Bahnstreik auf der Strecke geblieben sind. Herr Borowski ist nicht gerade übermäßig neugierig und vertraut meinem Wort."

Olga versuchte zu lächeln. „Bitte, wenn Ihr ihn seht, dankt ihm für seine Gastfreundschaft."

An Herr Klassens Seite sitzend, nickte der Mönch Timofea zustimmend.

„Ja. Gewiss." Herr Klassen warf einen kurzen Blick in ihre

Richtung, bevor er sich umwandte und aus dem Kutschenfenster schaute.

Je tiefer sie in die Stadt fuhren, desto mehr wimmelten die Straßen von Einwohnern jeden Ranges, die alle um das Lebensnotwendigste kämpften – Kohle oder Feuerholz, Brot, Kohl, Fleisch. Petrograds ruhiges, kultiviertes Aussehen war dahin. Die Polizei schien auf Urlaub zu sein, denn Olga hatte noch keinen einzigen der Beamten gesichtet. Herr Klassen schien ihre Gedanken zu lesen. Er warf einen raschen Blick in ihre Richtung, dann schaute er wieder hinaus.

„Um der Sicherheit willen habe ich den Kutscher gebeten, die Hauptstraßen so weit wie möglich zu umfahren, doch wir können die Massen nicht ganz und gar umgehen. Ich bitte schon im Voraus um Entschuldigung, wenn Euch das ängstigt, doch offen gesagt, ist die Stadt verrückt geworden. Je schneller wir zu Borowskis Haus und von der Straße kommen, desto besser für uns." Er musste ihr Stirnrunzeln bemerkt haben, denn er brachte ein schwaches Lächeln zustande. „Doch keine Sorge. Uns wird nichts geschehen."

Olga fand seine Zusicherung nicht besonders tröstlich. Der gesamte Verkehr war zum Stillstand gekommen, als Fußgänger auf die Straßen geströmt waren und nun die Durchfahrt verhinderten. Die Kutsche schwankte im Drängen der Menschenmassen vor und zurück. Hinter den Kutschenwänden erfüllte das wütende Stimmengewirr des Mobs die angespannte Stille. Olga hörte Spott und Schreie. Glas zerbrach.

Sie ballte ihre behandschuhten Hände zu Fäusten und kämpfte gegen das aufsteigende Entsetzen an. Jetzt wünschte sie, sie hätte ihre Pistole mitgenommen, statt sie bei Maria zu lassen.

Selbst in ihrem unter Quarantäne gestellten Schlafzimmer im Palast hatte sie Berichte gehört, dass Chaos über die Städte hereinbrach, doch selbst in ihrer Fantasie hätte sie sich nie einen solchen Tumult vorstellen können. Sie schob einen Arm unter Julias und schmiegte sich an ihre Schulter. Julia Petrownas breite Statur bot ihr ein willkommenes Gefühl der Sicherheit. Das Wissen, dass sie das Geheimnis um Olgas wahre Identität teilten, selbst wenn sie geschworen hatten, nicht darüber zu sprechen, brachte einen ganz eigenen Trost mit sich.

Julia tätschelte Olgas Arm – wieder diese seltene, tröstende Geste.

Die Kutsche ruckte vorwärts und nahm wieder ihre Fahrt auf.

„Seht Ihr, uns passiert n–"

Die Kutschentür flog auf. Olga fuhr zusammen, und das Entsetzen zwängte sich in einem Schrei aus ihrem Hals. Julia erstarrte neben ihr.

Ein fast zahnloser Bauer, der nach Wodka und einem ganzen Monat ohne Körperpflege roch, schob seinen Oberkörper in das Kutscheninnere. Er wedelte mit einer Pistole herum wie mit einem toten Fisch, doch in seinen Augen loderte Feuer.

Der eiserne Griff der Angst nahm Olga den Atem. Sie rang um Luft.

Er richtete die Waffe auf sie.

Dann auf Julia.

Dann wieder auf Olga. Mit drei raschen Hieben schlug er ihr die Waffe an den Kopf.

Sie spürte, wie ihr Blut übers Gesicht lief.

„Geld oder Leben!"

4. Kapitel

Anton hielt sich an der Tür von Tatjanas Krankenzimmer auf, überwältigt von einer Geruchsmischung aus Desinfektionsmitteln und Weihrauch.

Der Angriff vor über einer Woche kam ihm immer noch so frisch vor, dass die Erinnerung ihn erschaudern ließ. Eiskalt lief es ihm den Rücken hinunter. Es war so schnell gegangen. Und er, gelähmt von irgendeiner Art innerem Zwang, hatte dagesessen wie ein ... ein ... Feigling.

Ihm war übel.

Was für ein Mann war er, dass er zugelassen hatte, dass ein Mönch für ihn das Kämpfen übernahm?

Antons Hochachtung vor der Geistesgegenwart des Mönches und seinen Fähigkeiten war nach dem Vorfall mit dem waffenschwingenden Betrunkenen vom vergangenen Sonnabend erheblich gewachsen.

Es war offensichtlich, dass der Betrunkene die Männer, die den Frauen gegenüber auf der anderen Seite der Kutschenkabine gesessen hatten, nicht bemerkt hatte. Timofea war in Aktion getreten, während Anton wie versteinert auf seinem Platz gesessen hatte.

Timofea hatte das Handgelenk des Bauern gepackt und ihm die Waffe aus der Hand geschüttelt, sodass sie so zwischen zwei Koffer auf dem Kutschenboden gefallen war, dass der Mann sie nicht mehr erreichen konnte. „Du hast dir heute das falsche Ziel für deinen Überfall ausgesucht, alter Junge. Hier gibt es nichts für dich, es sei denn, du möchtest eine ansteckende Krankheit. Oder vielleicht suchst du jemanden, der dir die Beichte abnimmt? Wir haben nur Gebete und Windpocken anzubieten. Also, mit den Worten unseres guten Herrn und Retters: ‚Geh hin und sündige hinfort nicht mehr.'"

Die wässrigen Augen des Betrunkenen waren rund geworden. Er war zurückgewichen, zu Boden gestürzt, hatte sich aufgerappelt, sich den Schmutz von seiner Hinterseite geklopft und war dann in der Menge davongelaufen.

Der Mönch Timofea hatte mit einem Lachen geantwortet.

Anton fand nichts an diesem Vorfall lustig. Im Gegenteil, wann immer er sich an seine eigene Reaktion erinnerte – oder eher seine fehlende Reaktion –, brach ihm Schweiß aus. Was tat er nur – *er* wollte versuchen, Tatjana zu beschützen? Er wusste nicht das Geringste darüber, was es hieß, ein Beschützer zu sein – wenigstens die Art von Beschützer, die diese Frau brauchte. Er war für Finanzen, Kauf und Verkauf ausgebildet worden. Er war nicht für das Heldengeschäft gemacht. Weniger als eine Stunde nach Antritt seiner Aufgabe, das Dienstmädchen des Zaren zu bewachen, hatte er erlebt, wie sie fast umgebracht wurde.

Beim Klappern und Klirren von Geschirr wandte Anton sich um und schaute in den Flur.

Julia hatte das obere Ende der Treppe erreicht und bewegte sich auf ihn zu. Sie trug ein Frühstückstablett.

Der fließende schwarze Rock und ihre hochgeschlossene Bluse ließen Julia ihrem Bruder, dem Priester, nur noch ähnlicher sehen. Sie hatten beide die weit auseinanderliegenden hellbraunen Augen, römischen Nasen und rotbraunen Haare der Familie Petrow. Die Jahre, die sie in der Anstellung des Zaren verbracht und an seinen Mahlzeiten teilgenommen hatte, hatten Julias Figur gut gepolstert, während ihr Bruder so schlank war wie jemand, der beim Beten eine ganze Reihe Mahlzeiten vergessen hatte.

„Ist alles in Ordnung?" Julia kam an Antons Seite und spähte ins Zimmer. „Oh!" Sie trat einen Schritt zurück und senkte ihre Stimme zu einem Flüstern. „Er ist noch beim Gebet." Ein

Lächeln spielte auf ihren Lippen und ihre Augen funkelten. „Euch ist klar, dass Ihr es Euch, wenn Ihr darauf wartet, mit ihm zu sprechen, vielleicht lieber bequem machen solltet? Ihr werdet wohl eine ganze Weile hier bleiben müssen."

Bevor Anton auf ihren Scherz antworten konnte, schaute der Mönch auf, nickte und hob den Zeigefinger, um ihnen zu bedeuten, dass sie warten sollten. Er nahm wieder seine Gebetshaltung ein und nahm sich noch einen Augenblick Zeit, um seine Fürbitten zu beenden.

Schuld stieg in Antons Herz auf, als er diese andächtige Szene betrachtete. In letzter Zeit schien es, als bestünde sein eigenes Gebetsleben aus selbstsüchtigen, einzeiligen Hilferufen. Die letzten Tage hatten ihm mehr Zeit als gewöhnlich geschenkt, die er geistlichen Dingen hätte zuwenden können. Allerdings hatte er seine freien Augenblicke lieber damit zugebracht, seine Journaleinträge zu vervollständigen, statt der Heiligen Schrift Zeit zu widmen oder sich im Gebet zu beugen. Bis zu dieser Woche hatte Anton die Auffassung vertreten, dass ihre mennonitische Tradition einen tieferen, persönlicheren Glauben ermöglichte als die Orthodoxie. Nachdem er aber einige Zeit in Timofeas Gesellschaft verbracht hatte, wusste er, dass das wenigstens in diesem Fall nicht zutraf.

Als Julias Bruder zu Anton an der Tür ging, huschte Julia an ihnen vorbei und stellte ihr Tablett auf dem Tisch neben Tatjanas Bett ab.

„Sie schläft schrecklich viel", sagte Anton zu Timofea. Er warf einen Blick auf Tatjana. Decken bedeckten alles außer ihrem Gesicht, und eine Nachthaube versteckte ihren kahlen Kopf. Die bösen roten Narben ihrer Krankheit entstellten noch immer ihre Züge. Dennoch sah er Schönheit in den Umrissen ihres runden Gesichts, in ihren tiefblauen Augen, vollen Lippen, hohen Wangenknochen und in ihrer hübschen Stupsnase ...

Sie sollte lächeln, dachte er. *Vielleicht bringen sie ihren Dienern bei, ernst zu bleiben. Wie schade.*

Sie hatte ihn fast dabei ertappt, wie er sie angestarrt hatte, mindestens einmal, doch er war von dem Bild vor seinem inneren Auge gefesselt. Immer wieder dachte er daran, wie sie in sein Leben getreten war – wie sie über den verschneiten Weg gegangen war, in Pelze eingemummt, Haltung und Kinn aufrecht, als ob sie erwartete, dass sich das Meer vor ihr teilte. Für eine Kammerzofe hatte sie zu harsch mit ihm gesprochen, und er musste zugeben, dass sich ihm die Nackenhaare aufgestellt hatten, trotz seines Versprechens, ihr zu dienen. Vielleicht war ihr nicht bewusst gewesen, dass er ein freier Mann mit seinem eigenen Geschäft und ausreichenden finanziellen Mitteln war.

Herablassung war das Letzte, was er von ihr erwartet hätte. Davon hatte er zu Hause genug. Dennoch, der Zar selbst hatte Anton diese Aufgabe übertragen. Er würde sie, durch die Kraft Gottes, ohne ein Wort der Klage ausführen.

„Glaubt Ihr, dass ich noch einmal einen Arzt holen sollte?"

Timofea schüttelte den Kopf. „Nein, ich bezweifle, dass Ihr viel Glück haben würdet, in Anbetracht der Schwierigkeiten, die wir letzte Woche hatten, einen zu finden. Außerdem glaube ich nicht, dass es nötig ist." Der Mönch verschränkte die Arme und schob die Hände in die weiten Ärmel seines Priesterhabits.

Trotz Timofeas Jugend fand Anton die Mönchstracht einschüchternd. Ihre mennonitischen Ältesten trugen keine solche Kleidung. Allein das Gewand des orthodoxen Klerus schien Autorität einzufordern. Es gab Timofea eine Ausstrahlung von Reife und Glaubwürdigkeit.

„Tatjana zeigt eine beständige Verbesserung – soweit es ihren körperlichen Zustand betrifft." Der Mönch Timofea drängte Anton mit einem Kopfnicken hinaus in den Flur. Er zog die Kammertür hinter sich zu. „Es ist ihre leidende Seele, die sie jetzt ans Bett gefesselt hält. Sie möchte unbedingt nach Zarskoje Selo und in den Dienst der Zarenfamilie zurück." Er schüttelte den Kopf. „Julia zufolge hat sie erwartet, inzwischen einen Aufruf zu erhalten, und jeder Tag, der ohne ein Wort vergeht, drückt sie mehr nieder. Ich habe noch nicht das Herz, ihr zu sagen, dass der gesamte Haushalt der Romanows unter Arrest steht."

Woher Timofea all diese Informationen hatte, die nur ein Eingeweihter haben konnte, konnte Anton nur erahnen. Er wusste, dass der Bruder Freunde an hohen Stellen hatte. Jeden Morgen, während Anton, in Herrn Borowskis Studierzimmer verschanzt, über Konten und Bestellungen und Rechnungen brütete und versuchte, sein Geschäft über Wasser zu halten, verließ Timofea das Haus. Wenn er zurückkehrte, schienen die Neuigkeiten, die er zu berichten hatte, den Stadtzeitungen immer wenigstens einen oder zwei Tage voraus zu sein. Gelegentlich sprach er von Dingen, die die Medien nicht berichten konnten oder zu berichten wagten.

In naher Zukunft, wenn sich die richtige Gelegenheit bot, wollte Anton den jungen Mann nach seinem Vater fragen – wie ein Mönch zwei Kinder haben konnte. Anton vermutete, dass etwas an dieser Verbindung, egal welcher Natur sie tatsächlich war, erklären konnte, weshalb der junge Mann Zugang zu vertraulichen Informationen hatte und wie er so ungehindert durchs Land reisen konnte.

Timofea neigte den Kopf, und sein ungeschnittenes Haar fiel ihm ins Gesicht.

„Wisst Ihr", sagte er, als er wieder aufschaute, „wenn wir auch nur einen Tag länger gewartet hätten, Tatjana und Julia fortzubringen, wären wir zu spät gekommen. Ich bete, dass besonnenere Köpfe die Oberhand gewinnen und bald eine friedliche Lösung gegen all diese Anarchie erreicht wird."

Anton spürte den inzwischen vertrauten Druck des Wappens an seiner Brust. „Ich muss gestehen, ich hatte nicht erwartet, dass unsere Wartezeit hier so lange dauern würde."

„Selbst in diesem Augenblick suchen viele nach den Palastdienern und setzen sie unter Druck, um Informationen zu erhalten oder sie sogar zum Dienst gegen die Krone zu zwingen."

Timofea warf ihm einen langen und furchterregenden Blick zu. „Ich fürchte, wir werden Petrograd wohl verlassen müssen."

Anton schluckte schwer und schaute den Flur entlang zu einem großen Bogenfenster. Durch die dünnen Vorhänge sah er die Schatten, Linien und Formen von Petrograds Straßenleben.

„Ich weiß, dass meine Sorgen klein sind im Vergleich zu denen von Mütterchen Russland, doch ich sorge mich tatsächlich um mein Geschäft. Die Telefonleitungen funktionieren immer noch nicht. Ich habe einen Boten erwartet, der mir schon gestern eine Kiste mit Bestellungen und Rechnungen bringen sollte, an denen ich arbeiten wollte, doch er kam nicht an. Auch heute Morgen gab es noch kein Zeichen von ihm. Mir ist bewusst, dass ich für Tatjana verantwortlich bin, und ich falle Euch nicht gern zur Last. Aber würde es Euch etwas ausmachen, wenn ich Euch und Julia hier eine Weile die Verantwortung überlassen würde, damit ich ins Lager gehen und nach Herrn Borowski schauen kann? Die Köchin hat mich auch gebeten, ihm etwas Essen hinüberzubringen."

„Konjeschno – Ihr müsst Euch um Euer Geschäft kümmern." Der Mönch zog die Hände aus den Ärmeln und klopfte Anton auf die Schulter. „Ich glaube, Ihr solltet gehen, und wenn auch nur, um an die frische Luft zu kommen. Ihr seid seit Tagen hier eingesperrt. Es wird Euch guttun hinauszukommen."

Es verblüffte Anton, dass Timofea trotz seiner Jugend ein Verständnis hatte, das Antons eigener Vater immer noch nicht aufbringen konnte.

„Danke, Timofea. Ich verspreche, ich werde nicht lange fort sein."

Timofea ging ihm voraus die Treppe hinunter. „Euer Einsatz, um Tatjana zu bewachen, ist recht bewundernswert, doch ich bin mir sicher, dass der Zar nicht erwartet hat, dass Ihr Euer Lager vor ihrer Kammertür aufschlagt. Geht. Julia und ich werden für die Patientin sorgen. Ihr wird nichts geschehen. Achtet nur gut auf Euch. Ihr wisst ebenso gut wie ich, welcher Ärger auf den Straßen wartet. Seid stets wachsam."

„Ich werde dem Rat folgen, den mein Vater mir immer gibt. Wenn er unterwegs nicht aufgehalten oder angesprochen werden will, geht er schnellen Schrittes und setzt einen besorgten Blick auf." Johann Klassen hatte diese Art von Kommunikation in Antons ganzer Kindheit angewendet. Anton sollte sie inzwischen meisterhaft imitieren können.

Der Mönch lachte in sich hinein. „Ich werde mich an diese Gewohnheit Eures Vaters erinnern müssen, wenn ich wieder im Kloster bin. Der jüngste der Brüder zu sein, hat so seine Nachteile – und einer davon ist, als der ständig anwesende Laufbursche betrachtet zu werden."

„Apropos Laufbursche, ich bin mir sicher, dass Julia es weiß, aber ich sage es Euch besser auch", erklärte Anton, während er Timofea die Treppe hinunter folgte. „Die Köchin ist weggegangen und sucht nach Lebensmitteln, und sie sagte, wir sollten sie nicht so bald zurückerwarten."

Als sie die Diele erreichten, ließ sich Anton von Timofea in den dicken Mantel helfen. Dann griff er nach dem mit einem Musselintuch abgedeckten Korb mit Essen, den die Köchin an der Tür hatte stehen lassen, damit Anton ihn zu Herrn Borowski brachte.

Während Anton den Korb auf seinem Arm platzierte, legte Timofea die Hand auf die Türklinke. „Frau Iwanowna bemüht sich sehr, sich auf meine vegetarische Ernährung einzustellen, und ich weiß, dass Ihr für unseren Aufenthalt bezahlt. Ich fühle mich schuldig, dass ich Euch und Herrn Borowski und seiner Köchin so zur Last falle. Ich bin mir sicher, dass Ihr nicht erwartet habt, eine ganze Meute verpflegen zu müssen, als der Zar Euch bat, Euch um Tatjanas Sicherheit zu bemühen."

„Unsinn." Das Wort rutschte Anton heraus, bevor er daran dachte, auf seine Ausdrucksweise zu achten, wenn er mit einem Mitglied der Geistlichkeit sprach – selbst bei einem Mann, der jünger war als er selbst. „Wir sitzen alle im selben Boot. Ohne Zweifel wäre Tatjana ohne Eure Schwester völlig verzweifelt, und ohne Euch wäre ich hilflos – ich wüsste nicht, was ich zu ihrer Fürsorge tun sollte." Anton warf Timofea ein dünnes Lächeln zu.

Timofea hielt ihm die Tür auf. „Nun, der Herr sieht unser Kommen und Gehen und er kennt unsere Bedürfnisse, bevor wir darum bitten. Er wird über uns wachen und uns leiten wie ein Hirte seine Schafe."

Anton sagte nichts, nickte stattdessen und schluckte seinen Zynismus hinunter. Ja, er glaubte, dass Gott über ihnen wachte, doch er musste zugeben, dass es ihm eher vorkam, als sei der Allmächtige mehr ein Aufseher als ein Fürsorger. Besonders da ihm so viel von der Fülle des Lebens noch vor der Geburt geraubt worden war.

„Keine Sorge. Ich werde mich beeilen, zurück zur Herde zu kommen", sagte er schließlich. Er schloss die Tür hinter sich und mischte sich in das Gedränge auf der Straße.

Anton legte den kurzen Fußweg von Herrn Borowskis Haus zu ihrem Lagerhaus am Kai im Industriebezirk zurück, ohne Aufmerksamkeit zu erregen – jedenfalls soweit er es beurteilen konnte. Er nahm Umwege über Ausweichstraßen, wenn er Truppen der Übergangsregierung oder eine Ansammlung von finster blickenden Bauern erblickte, doch sie führten immer nur eine oder zwei Straßen weit, bevor er auf seinen ursprünglichen Weg zurückkehren konnte. Das Chaos auf den Straßen erinnerte ihn an eine Silvesterfeier, die aus den Fugen geraten war: zerbrochene Flaschen, verbrannte Gebäude, Gesindel, das in unorganisierten Demonstrationen umherstreifte. Rauch und der Geruch von Alkohol versengte die Luft.

Als er schließlich das Lagerhaus seiner Firma erreichte, schlug er sich an der Backsteinfassade des Gebäudes den Schnee von den Stiefeln und hielt inne, um einige tiefe Atemzüge zu tun.

Die Eisentür, die in das riesige Liefer- und Empfangstor eingelassen war, stand einen Spalt offen.

„Man sollte meinen, dass die Leute genug Verstand besitzen,

um bei dieser Kälte die Tür zu schließen", knurrte Anton. Die Tür quietschte zur Antwort, als er sie weit genug öffnete, um einzutreten, und sie dann hinter sich zuschlug. Er wartete kurz darauf, dass sich seine Augen an das diffuse Licht im Inneren des Hauses gewöhnten. Dabei lauschte er, ob er die gewöhnlichen Arbeitslaute hörte, die die vertrauten Gerüche von Leder und erhitztem Stahl begleiteten.

„Priwjet! Ist irgendwer hier?"

Stille antwortete ihm.

„Herr Borowski?" Anton ging in die abgetrennte Büroabteilung in der südwestlichen Ecke des Lagerhauses. Er ging an seinem eigenen leeren Büro vorbei und direkt auf die offene Bürotür des Verwalters zu. „Herr Borowski? Sind Sie hier?" Er steckte den Kopf in den Raum.

Leer. Er stand einen Augenblick lang da und ordnete seine wirren Gedanken. Hatte er irgendeinen nationalen Feiertag vergessen? Er trat ins Büro und ging um den Mohair-Diwan herum, der normalerweise für Borowskis Geschäftspartner reserviert war. Anton klopfte auf die Decken, die zusammengeknüllt an einem Ende des Diwans lagen. Ordnung hatte noch nie zu den zahlreichen außerordentlichen Fähigkeiten seines Prokuristen gehört, doch nach einer Woche, in der er in seinem Büro gewohnt hatte, hatte schließlich die Unordnung Oberhand gewonnen.

Anton ließ ein flüchtiges Schuldgefühl zu. Borowski war ein treuer Verwalter; er konnte ein wenig persönliche Unordnung ertragen.

Der Samowar hinter ihm begann zu zischen, und heißes Wasser spritzte aus dem Überdruckventil. Borowski konnte nicht weit sein. Während Anton darauf wartete, dass sein Verwalter sich zeigte, stellte er eine Tasse auf, die umgekippt war und aus der sich Tee über einen Haufen Papiere ergossen hatte, die den Schreibtisch bedeckten. Dann stellte er den Drehstuhl von der Reihe von Aktenschränken zurück an seinen ordnungsgemäßen

Platz unter dem Schreibtisch. Borowski hatte offensichtlich das Büro in Eile verlassen.

Anton setzte den Korb mit Essen auf einen Aktenschrank und ging dann so lange in dem leeren Raum auf und ab, bis auf dem Teppich ein Streifen zu sehen war.

Die Manufaktur ihrer Sattlereifabrik hatte vor beinahe zwanzig Jahren in ihrer Familienwerkstatt in der Molotschna-Kolonie ihren Anfang genommen. Als Anton die Schule beendet hatte, hatte sein Vater das Lager in Petrograd aufgemacht, das als Vertriebszentrum für die städtische Region dienen sollte. Sie hatten nie große Geschäfte getätigt, doch sie brauchten ein Dutzend Angestellte für die Arbeit tagsüber. Anton blieb lang genug stehen, um auf die Uhr zu schauen, dann nahm er seinen Gang durch das Büro wieder auf.

Wo waren alle?

Ein ungutes Gefühl stieg in Antons Hals auf.

Er verließ das Büro und ging zurück zu der offenen Lagerfläche. Zuerst machte er langsame, geräuschlose Schritte und lauschte auf den kleinsten Laut.

„Igor?" Er rief den Namen des Vorarbeiters und ging einen Meter weiter. Dann rief er noch einmal, und Angst stieg in seiner Brust auf. „Wladimir? Pawel?" Obwohl er die Namen von mehreren Angestellten nannte, hörte er nur das Echo seiner eigenen Stimme, das von den leeren Dachsparren des Lagerhauses zurückgeworfen wurde. Sein Herzschlag donnerte in seinen Ohren.

Er ging immer schneller an langen Reihen von Lederriemen und Metallbeschlägen vorbei. „Hallo, ist jemand hier?" Seine Suche nach Arbeitern war vergeblich.

Anton kehrte zu den Büros zurück und zwang sich, sich zu beruhigen. Es musste eine vernünftige Erklärung geben. Vielleicht hatte sich die Belegschaft dem rebellischen Aufruhr des Tages angeschlossen und war in den Streik gegangen. Vielleicht hatte Herr Borowski beschlossen, dass es besser war, ihm diese Nachricht persönlich zu überbringen, und sie waren auf dem Weg aneinander vorbeigelaufen. Es wäre nicht das erste Mal, dass ein vergessener Samowar trockenkochte. Doch wenn Borowski sich auf den Weg nach Hause gemacht hatte, warum hatte er die Lagertür nicht abgeschlossen?

5. Kapitel

Anton wartete, bis sein Herzschlag aufhörte, ihm in den Ohren zu donnern. Was konnte er tun? Zur Polizei konnte er nicht. Die Übergangsregierung kontrollierte das Wenige, was noch an Strafverfolgung geschah, und Tatjanas und Julias Anwesenheit in Borowskis Haus bedeutete, dass er keinen Verdacht erregen durfte. Sie mussten geschützt werden – koste es, was es wolle, hatte der Zar gesagt. Die Fürsorge des Herrschers für seine Dienerinnen war Anton damals wohlwollend erschienen. Jetzt schien sie ihm übertrieben. Sie waren doch nur einfache Dienerinnen, keine Mitglieder der Zarenfamilie. Das Schlimmste, was ihnen durch die Polizei widerfahren konnte, waren einige nachdrückliche Fragen, oder nicht?

Dennoch hatte er ein Versprechen gegeben. Und obwohl er nicht wusste, was dieses Versprechen genau nach sich zog oder wie er es einlösen sollte, hatte er vor, ein Mann zu sein, der zu seinem Wort stand.

Der Mönch Timofea hatte vielleicht ein paar Ideen, wo seine Angestellten sein könnten – er schien jedes Gerücht zu kennen, das in Petrograd kursierte. Anton zog einen Schlüssel aus der obersten Schublade seines Schreibtisches und wandte sich zum Gehen, nachdem er das Gebäude so gut wie möglich gesichert hatte. Bevor er sich zu Borowskis Haus aufmachte, begutachtete er die Passanten. Männer, die schäbige Kaninchen-*Schapkas* trugen und in Wolljacken gekleidet waren, drängten sich um Tonnen mit Kohlefeuer. In dicke Kopftücher gehüllte Frauen in *Schubas* aus Hundefell und *Walenkis* stampften in den Menschenschlangen, die nach Brot anstanden, mit den Füßen auf den Boden. Eine von ihnen hatte vielleicht etwas gesehen, wusste vielleicht etwas. Dennoch konnte er zu keinem einzigen Menschen Blickkontakt aufnehmen. Sie alle benutzten seine Geh-schnell-und-schau-besorgt-Methode und standen für Fragen nicht zur Verfügung.

Einen Steinwurf vom Lagerhaus entfernt kauerte am zugefrorenen Fluss ein buckliger alter Mann neben einem Loch im Eis und kümmerte sich um seine Angelschnur. Anton, dessen Füße unter ihm unsicher hin und her glittten, ging auf die zusammengesunkene Gestalt. zu.

„Entschuldigung, dass ich Sie beim Angeln störe, mein Herr, aber haben Sie zufällig gesehen, ob in diesem Lagerhaus heute Morgen etwas Ungewöhnliches vor sich gegangen ist?" Anton deutete auf das Schild mit der Aufschrift „SATTLEREI KLASSEN" über dem Gebäude.

Der *Djeduschka* bemühte sich, seine arthritischen Knie zu strecken und aufzustehen. Anton streckte die Hand aus, aber das Hilfsangebot wurde mit einer Handbewegung abgetan.

„Nun, mein Sohn, das Ungewöhnliche wird hier in letzter Zeit mehr zum Gewöhnlichen, doch man könnte sagen, dass es vor einer oder zwei Stunden hier etwas Aufregung gab. So, wie es überall in der Stadt ist. Sie kamen und haben sie weggebracht."

Ein langsames Brennen der Ungeduld flammte in Antons Nacken auf. Er unterdrückte den Wunsch, den Mann zu schütteln und so vielleicht seine Erklärungen zu beschleunigen. „Wer sind ‚sie', und was haben sie mit all meinen Arbeitern gemacht?"

„Die Übergangsarmee kam gestern Morgen sehr früh hier entlang. Heute Morgen waren sie wieder da. Sie nannten es ‚rekrutieren', aber es schien mir, als überbrächten sie den Einberufungsbefehl mit dem scharfen Ende ihrer Waffen. Sie haben jeden wehrtauglichen Mann weggebracht, den sie finden konnten. Ich habe das Ganze von unter der Landungsbrücke aus beobachtet, nur für den Fall, dass sie mich als für den Wehrdienst geeignet betrachten."

Er schien nicht zu scherzen. Anton hätte ohnehin nicht gelacht.

„Wissen Sie, wo man sie hingebracht hat? Ich muss mit —"
Der alte Mann stach einen behandschuhten Finger in Antons Brust. „Hör zu, mein Sohn, wenn ich du wäre, würde ich mich von öffentlichen Plätzen fernhalten. Mach dich aus der Stadt, wenn du kannst. Du bist genau das Kaliber, nach dem sie suchen."

Anton ließ den Blick forschend über den Kai gleiten. Der Großvater stellte Antons einzige Verteidigung dar. Sie beide standen da im Freien, ungeschützt, leichte Ziele.

„Ja." Anton bewegte sich aufs Ufer zu. „Ich sollte gehen. Vielleicht sollten Sie erwägen, das Gleiche zu tun?"

„Sobald ich einen ordentlichen Fisch gefangen habe, werde ich das tun. Aber wenn ich nicht angle, habe ich nichts zu essen. So einfach ist das. Pass du aber auf dich auf." Der Mann winkte in Antons Richtung und wandte sich wieder seinem Angelloch zu.

Nachdem Anton die Straße erreicht hatte, rannte er auf Herrn Borowskis Haus zu. Er hoffte, dass es seinem Angestellten gelungen war, der Einberufung zu entgehen – wenn der Vorfall sich überhaupt ereignet hatte. So viele Stunden in der Kälte hatten vielleicht das Hirn des Alten betäubt.

Wenn nicht, und der Alte sagte die Wahrheit, war dieser Ort nicht sicher. Offenbar übernahm die Übergangsarmee die Kontrolle über die Stadt. Sie hatte sein gesamtes Lagerhaus geleert und andere unter Zwang mitgenommen. Die Vorsicht sagte ihm, dass er und Timofea die Frauen noch heute Abend hier herausbringen müssten. Er würde mit Timofea reden. Der Geistliche mochte jung sein, doch er besaß eine Weisheit, die weit über sein Alter hinausging. Zusammen konnten sie entscheiden, was das beste Vorgehen angesichts dieser neuesten schrecklichen Wendung der Ereignisse war.

Anton ging ins Haus, und ohne sich mit dem Ausziehen seines Mantels aufzuhalten, schritt er auf der Suche nach Timofea, Julia oder der Köchin Iwanowna von der Diele zum Studierzimmer und durch das Esszimmer.

Herr Borowskis zweigeschossiges Haus, das ein wenig von der Straße abgelegen stand, dämpfte das Chaos draußen und war angefüllt mit der schläfrigen Stille des Nachmittags. Die Uhr tickte, einmal, zweimal, dreimal, viel langsamer als Antons sich beschleunigender Herzschlag. „Hallo?"

Niemand antwortete auf seinen Ruf. Er ging den Flur entlang, steckte den Kopf in den Salon, dann in die Küche. „Bruder Timofea?"

Anton erinnerte sich daran, dass die Köchin vorhin einkaufen gegangen war, und er war sicher, dass die mehrere Blocks langen Schlangen sie stundenlang aufhalten würden. Doch Julia und Timofea sollten hier sein, um nach Tatjana zu schauen. Das Aroma von Zitronenölpolitur mischte sich in den Geruch der Kohle, die noch im Ofen in der Küche brannte. Antons Panik, die von seinem Besuch im Lagerhaus her noch so frisch war, brach wieder auf, doch er schluckte sie hinunter. Gewiss würde die Übergangsarmee nicht zwei Dienstmädchen und einen Mönch zwangsverpflichten.

Beinahe lächelte er über seine eigene Torheit. Die Frauen ruhten wahrscheinlich, und Timofea betete sicher.

Da hatte er es; noch ein Grund, warum er nur einen schlechten Beschützer abgab. Der Verfolgungswahn stieg zu leicht in ihm auf und erstickte die Klugheit. Wenn er ein Beschützer sein wollte, musste er seinen Argwohn zügeln und mit klarem Kopf denken. Obwohl die Welt um sie herum vor Gewalt explodierte, wusste kaum eine Seele außerhalb ihrer kleinen Gesellschaft von Tatjanas Aufenthaltsort.

Ein letztes Mal spähte Anton in die Küche. Weil er dort niemanden sah, ging er auf die Treppe zu. Doch bevor die Schwingtür sich rasselnd schloss, glaubte er, ein Geräusch zu hören.

Er verlangsamte seinen Schritt. Lauschte noch einmal. Weinen. Oder eher ... Stöhnen?

Sein Puls beschleunigte sich, als er die Tür vorsichtig wieder öffnete und den Kopf zurück in die Küche schob. Ein Schwall kalter Luft blies durch den Ausgang, der in den Garten führte. Die Köchin hatte die Tür wohl nicht fest hinter sich geschlossen, als sie gegangen war. Erinnerungen an die offene Tür im Lagerhaus stachen in Antons Gedanken, doch er versuchte sie abzuschütteln. Wahrscheinlich war es nur der Wind gewesen.

Er trat zwei Schritte weit in die Küche, und die doppelten Schwingtüren schlossen sich mit einem dumpfen Schlag hinter ihm.

„Ist jemand hier?"

Ein Wimmern kam von der Speisekammer her.

Ob es ein Mensch oder ein Tier war, konnte Anton nicht sagen, doch das Geräusch verursachte einen Schmerz in seinem Inneren. Egal, was es war, es war verwundet.

Anton atmete tief ein und schlich auf die Tür der Speisekammer zu. Er erkannte das Weinen als das einer Frau.

Tatjana? Konnte es Tatjana sein, die er hörte? Sicher nicht. Doch vielleicht war sie aufgewacht und war allein gewesen. Oder ängstlich. Und hatte sich auf die Suche nach Julia gemacht. Ihm war schlecht. Er hätte nie seine Verantwortung jemand anderem übertragen sollen, nicht einmal dem mutigen Geistlichen. Wo war Timofea überhaupt? Anton versuchte, das plötzliche Aufflammen von Wut zu unterdrücken, das in seinem Hals über sich selbst, über Timofea brannte.

Er stählte seinen Mut für das, was er vorfinden würde, als er die Schiebetür aufzog.

Licht drang vom äußeren Raum herein und fiel auf eine weibliche Gestalt, die neben einem Sack Rüben zusammengekauert hockte. Zu ihren Füßen schwammen Kompott und Bohnen zwischen zersplittertem Glas.

Ein beißender Geruch, dessen Ursprung er nicht bestimmen

konnte, entströmte der Vorratskammer. Die Frau hielt den Kopf unter dem Arm versteckt und ihre Bluse mit beiden Händen über die Brust geklammert. Ihr schwarzer Rock, zerknüllt und feucht, lag in einer Blutlache.

O nein. Anton schnürte sich die Brust zusammen und ihm war übel, als er auf die Knie fiel. *Nicht Tatjana.* Doch jede Erleichterung, die er hätte verspüren können, als er erkannte, dass sie es nicht war, erstarb sofort.

Julia.

Offenbar war der, der sie überfallen hatte, zur Hintertür hinaus. „Julia. Ganz ruhig. Ihr seid jetzt in Sicherheit." Er hockte sich neben sie, streckte die Hand aus und ließ seine Fingerspitzen über ihre Schulter gleiten. „Julia?"

„Fasst mich nicht an!" Ihr angsterfüllte Stimme und die Art, wie sie förmlich von ihm wegschoss, ließen ihn zurückzucken. „Fasst ... mich ... nicht ..." Ihre Worte lösten sich auf, als heftiges Schluchzen ihren Körper schüttelte.

Ach Julia. Anton schluckte das Entsetzen in seinem Hals herunter. Er brauchte Timofea. Nein ... er brauchte Tatjana.

Tatjana.

Er stolperte auf die Füße, und panische Angst nahm ihm beinahe alle Kraft. „Tatjana!"

Olgas Magen knurrte. Der schmerzliche Hunger hatte ihren Schlaf gestört. Das Wasser lief ihr im Mund zusammen beim Gedanken an Brot und Marmelade und eine Tasse heißen Tee oder Milchkaffee.

Vor Stunden hatte Julia ihr Frühstückstablett unberührt weggetragen.

Jetzt schien ihr der Gedanke an Essen zum ersten Mal seit Wochen verlockend. Um alles in der Welt konnte Olga nicht verstehen, warum das Mädchen so lange brauchte, um ein neues Tablett zu holen.

Nun, wenn das Essen nicht zu ihr kam, würde sie zum Essen gehen. Sie verließ das Bett und mit großer Anstrengung und in Zeitlupe schlüpfte sie in ihren Morgenmantel. Auf die zusätzliche Mühe, ihre Perücke aufzusetzen, verzichtete sie.

Sie fand den leeren Korridor beunruhigend. Die Dielen knarrten unter ihr, als sie sich mit zögernden Schritten den Flur entlangbewegte. Sie hatte vorher noch nie viel darüber nachgedacht, doch angesichts der Einsamkeit wurde ihr klar, wie selten sie im Grunde allein gewesen war. Sie erreichte das obere Ende der Treppe, und das Geländer mit beiden Händen umklammert begann sie ihren Abstieg ins Erdgeschoss. Olga schaffte es nicht weiter als bis zur dritten Stufe.

Ein wütender Koloss raste um die Ecke und nahm die ersten vier Stufen in zwei Sprüngen. Dabei rannte er sie fast um.

Sie schrie auf.

Anton schaute hoch, erstarrte, und der Ausdruck auf seinem Gesicht machte ihr Angst. Panik – nein, Entsetzen.

Ein Schreck durchschoss Olga und ließ sie wie angewurzelt stehen bleiben. Unbewusst fuhr ihre Hand zu ihrer nackten Kopfhaut. Hitze durchflutete ihre Wangen. Sie bedeckte den oberen Teil ihrer Stirn mit der Hand. „Herr Klassen", sagte sie und konnte ihre Beschämung kaum verbergen, „Ihr solltet mich verteidigen, nicht zu Tode erschrecken."

Er schien ihr Aussehen nicht zu bemerken, denn er trat zu ihr auf Augenhöhe und rang einen Augenblick lang um Worte. Sein Blick war unruhig und sein Atem ging schwer.

Dann sprach er. „Gott sei Dank geht es Euch gut." Einen kurzen Moment lang sah er aus, als würde er sie tatsächlich in die Arme nehmen, so verzweifelt lag sein Blick auf ihr. Dann wandte er sich ab, stemmte einen Arm gegen die Wand und schloss die Augen.

„Ihr macht mir Angst", sagte sie. Dann bemerkte sie, dass sie es tatsächlich laut gesagt hatte. Sie sah, wie sich seine Wangen-muskeln anspannten, als müsste er einen Schwall von Gefühlen zügeln. Er nickte. Richtete sich auf. Als er sich ihr zuwandte, hatte er einen Ausdruck in den Augen, der ihr wehtat.

Etwas war geschehen. Ihm?

Er hob den Kopf und atmete aus. „Es tut mir leid, Madame."

Sie musste gestehen, dass sie jedes Mal, wenn sie Anton an-sah, von seiner Haltung und seiner ruhigen Stärke, die er sich bemühte streng zu kontrollieren, beeindruckt war. Bei seinem ernsten Gesicht gestattete sie sich hin und wieder Überlegun-gen, was ein Lächeln aus seinen grauen Augen machen könnte.

Umgekehrt hatte sie, selbst mit einem Lächeln, eine verblüf-fende Ähnlichkeit mit einer geschälten Kartoffel.

„Es geht um Julia. Sie wurde ... sie wurde verletzt." Er schien über seine eigenen Worte zu stolpern. Und selbst jetzt umwölk-te ein Schatten von Traurigkeit seine Augen. „Ich dachte ... es tut mir leid, dass ich Euch allein gelassen habe. Doch Julia braucht Euch. Sie ... sie braucht Euch."

Julia? Olga wurde schwindlig. *Was ...?*

Er musste bemerkt haben, dass ihr die Beine versagten, denn er legte die Hand stützend unter ihren Ellenbogen. „Bitte, kommt schnell." Seine Augen sagten den Rest.

Julia, verletzt. Und es war schlimm.

Sie ließ sich von ihm die Treppe hinunter helfen und kämpfte gegen einen Anflug von Schwäche an. „Was ist geschehen?" Er eilte mit ihr den Flur entlang. „Ist sie gestürzt?"

Er öffnete die Küchentür und lockerte seinen Griff um ihren Arm. Mit gerunzelter Stirn schüttelte er den Kopf. „Sie ist dort." Er deutete auf die Vorratskammer.

Die Vorratskammer?

„Ich hole eine Decke", sagte er.

„Wag es nicht, jetzt in Ohnmacht zu fallen. Nicht jetzt." Olga befahl sich selbst, doch Anton blieb stehen und wandte sich um.

„Natürlich nicht. Ich bin gleich zurück, das verspreche ich."
Seine Worte flößten ihr Mut ein, und sie trat auf die Speisekammer zu.

O nein. Galle sammelte sich in Olgas Hals. Sie schlug beide Hände vor den Mund und sank auf die Knie. Dann streckte sie eine Hand nach dem zusammengekauerten, weinenden Dienstmädchen aus. „Ach Julia. Ach Julia!" Wie hatte das passieren können? Unter ihren Knien spürte sie die Feuchtigkeit, die ihre Nachtkleidung durchdrang.

Das dunkle Haar der Dienerin hing in wirren Strähnen herunter. Eine Strieme zog sich über ihre Wange, und ihre Augen waren rot und beinahe zugeschwollen.

Julia ließ sich in Olgas Umarmung sinken. Wut brodelte in Olga auf und sie zog Julia näher an sich. „Ach Julia, es tut mir so leid." Wie hatte das geschehen können? Wo war Anton gewesen? Und wo Timofea?

Julia vergrub den Kopf an Julias Schulter. Sie klammerte ihre Fäuste in Olgas Morgenmantel und schluchzte.

Olga fühlte sich von ihren eigenen Tränen erstickt. Unbändiger Zorn über das Monster, das dieses Verbrechen begangen hatte, überflutete sie.

Soweit es die äußerlichen Zeichen von körperlichen Verletzungen betraf, hatte sie in ihrem Dienst als Krankenschwester viel Schlimmeres gesehen: Amputationen von Gliedern, Wundbrand, entstellende Verbrennungen. Aber noch nie hatte sie gesehen, wie die Seele und Unschuld einer Frau durch einen niederen Akt von Brutalität geschändet und zerstört worden waren.

Mutter, ich brauche dich. Wie kann ich Julia helfen? Was kann ich tun?

Ach, sie wollte nach Hause. Die Lage in Zarskoje Selo konnte nicht verzweifelter oder gefährlicher sein als die, die hier gerade herrschte. Ihrem Vater würde es noch leidtun, dass er je darauf bestanden hatte, dass sie ging. Sie würde noch heute zurückgehen und niemand – nicht einmal die ganze Übergangsarmee und die Rebellenhorden zusammen – würde sich ihr in den Weg stellen.

Julias Weinen flachte zu unregelmäßigen Atemzügen ab. Sie löste sich von Olga und wischte sich, während sie mit einer Hand ihr Leibchen umklammert hielt, mit dem anderen Ärmel das Gesicht ab.

„Er ... hatte ein ... Messer ...“

„Psst.“ Als Olga Julias zerrissene Kleidung glättete, um ihre Blöße zu bedecken, bemerkte sie eine klaffende Wunde an ihrem Bein. „Dein Bein ... du hast da einen Schnitt. Lass mich mal nachschauen.“

Julia schlang, immer noch schluchzend, ihre Arme um sich, während Olga die Wunde in Augenschein nahm – wenigstens war diese nur eine oberflächliche Verletzung. Obwohl der Schnitt lang war, könnte man ihn mit einigen Stichen in Ordnung bringen.

Wo blieb Anton mit dieser Decke? Und sie würden auch Verbandszeug und derlei brauchen, um Julias Wunden zu behandeln.

Julia schluckte schwer. „Als ich ... anfing zu ... schreien, hat er ...“ Sie schluckte noch einmal. „Er ... hat mich geschnitten ... hat gesagt, wenn ich schreie ... würde er mir die Kehle durchschneiden.“ Julia schloss die Augen. Der kleine Schleier von Privatsphäre, den sie sich erlaubte, schien ihr Kraft zum Sprechen zu geben. „Hat er ... hat er dich gefunden?“

„Mich gefunden?“ Olga erstarrte. „Was meinst du?“

„Ich sagte ihm, dass du nicht hier bist. Dass du gegangen wärst. Ich sagte ihm – er war ... so ... wütend!“

„Psst.“ Olga nahm Julias Hand und drückte sie. „Du bist jetzt in Sicherheit. Alles wird wieder gut. Ich kann die Wunde im Handumdrehen nähen.“ *Und wir werden dafür sorgen, dass Dr. Botkin dich untersucht, wenn wir nach Hause kommen.*

Nur, hatte jemand bereits ihre Maskerade durchschaut? War man bereits auf der Suche nach ihr, der Großfürstin? Der Gedanke würgte sie beinahe. „Hast du … sonst … große Schmerzen?" Olga wandte den Blick ab. Sie konnte Julia nicht in die Augen schauen.

„Nein … ich meine, ja, aber –"

„Ist schon gut, Julia."

Was hielt Anton nur so lange auf? Ein schöner Beschützer war er. Olga griff nach der Schürze der Köchin, die an einem Haken an der Tür hing, und schob sie behutsam als Unterlage unter Julias verletztes Bein.

„Wo war Anton, als das passiert ist?" Ihr eigener Ton überraschte sie. Doch er hätte den Kampf hören sollen.

Julia schob sich mit einer Hand zurück und lehnte sich an die Wand der Vorratskammer. Ihr Körper bebte so sehr, als hätte sie einen Krampf.

„S-sei nicht b-böse auf ihn. E-er hat keine Schuld." Sie atmete heftig ein. „Wenn überhaupt", – ihre Brust hob und senkte sich bebend in halbherzigen Atemzügen – „liegt der Fehler bei mir."

„Nein, Julia."

„Anton hatte mit Timofea ausgemacht, dass er … dass er auf uns aufpasst, während er selbst zum Lagerhaus geht. Er hatte etwas Geschäftliches zu erledigen, glaube ich. Doch Timofea erhielt eine Nachricht, eine Vorladung. Er schien … aufgebracht." Julia schluckte, als müsste sie ihre überlaufenden Gefühle zurückhalten. „Er wollte bleiben, bis Anton zurückkommt, aber ich habe darauf bestanden, dass er geht – dass wir … dass wir …" Ein neuer Sturzbach von Tränen brach ihre Stimme. „Dass wir schon zurechtkommen."

Olga streichelte den Arm des Mädchens. Es war nicht der Fehler ihrer Kammerzofe, dass die zwei Abenteurer, die ihr Vater zu ihrem Schutz rekrutiert hatte, nicht mehr Verstand besaßen als Jimmy, der ungehorsame Spaniel der Familie. Sie hatten sie allein gelassen.

Ihr Vater würde sie umbringen. Wahrscheinlich. Olgas Wut

brannte in ihrer Brust und machte es ihr beinahe unmöglich zu atmen.

„Wenn Anton nicht in jenem Augenblick zurückgekommen wäre, wäre … wäre dir das vielleicht auch zugestoßen. Und damit hätte ich nie leben können."

Plötzlich verstand Olga, wie knapp sie selbst einem Angriff entgangen war. Ihre Welt kippte um. Ihre eigene Verletzlichkeit erschütterte sie mit solcher Macht, dass Olga anfing zu beben. Ihre Hände zitterten und sie ballte sie zu Fäusten und vergrub sie in ihrem Schoß. Wieder traf sie dieser Gedanke, und dieses Mal setzte er sich tief in jeden Winkel ihres Herzens. Was, wenn Julia kein zufälliges Opfer gewesen war? Was, wenn jemand sie aufgestöbert, ihnen nachgestellt hatte, womöglich um sie zu entführen und ihren Vater zu erpressen?

Waren sie verfolgt worden? Hatte der Eindringling allein gehandelt? Kannte er ihre wahre Identität? Sie und alle in ihrer Begleitung konnten sehr wohl das Ziel eines viel größeren Verbrechens werden. Sie mussten fliehen, sich in Sicherheit bringen, wo auch immer Sicherheit zu finden war. Sofort.

„Es tut mir so leid." Julia schaute an Olga vorbei in die leere Küche, dann streckte sie die Hand aus und legte sie auf Olgas Arm. „Die Großfürstin sollte das Bett nicht verlassen", flüsterte sie.

„Die Großfürstin *ist* zweifellos in ihrem Bett", erwiderte Olga mit rauer Stimme. Sie schaute kurz über die Schulter, schüttelte dann rasch den Kopf und warf ihrer Kammerzofe einen tadelnden Blick zu. Sie hasste es sie zurechtzuweisen, besonders in diesem Moment, doch gerade jetzt mussten sie umso vorsichtiger sein. Sie konnte ihr Leben nicht durch ein unbedachtes Wort riskieren. „Es geht mir gut. Mach dir um mich keine Sorgen. Glaubst du, du könntest die Reise nach Hause bewältigen?"

„Verzeih, Tatjana", sagte Julia und legte eine deutliche Betonung auf den Namen. Dabei waren ihre Augen wegen dieser

Dreistigkeit weit aufgerissen, „aber ich sehe keinen Sinn darin, meinetwegen zurückzukehren. Noch glaube ich, dass eine solche Reise ohne direkte Aufforderung von Seiner Kaiserlichen Hoheit ratsam ist." Sie zuckte zusammen und senkte den Kopf.

Olgas Ohren brannten. Zu jeder anderen Zeit hätte sie solche Verwegenheit verurteilt. Doch jetzt war keine Zeit für so etwas. „Ja, du hast recht, Julia", sagte sie leise.

Timofea stürmte in den Raum. Anton war ihm auf den Fersen. „Wo ist sie?" Er durchquerte die Küche und entschuldigte sich, während er sich an Olga vorbeischob, um neben seiner Schwester niederzuknien. Anton blieb an der Tür der Vorratskammer stehen, seine Arme beladen mit Decken und Handtüchern.

„Der Herr sei uns allen gnädig", sagte Timofea und bekreuzigte sich. Er beugte sich vor, küsste seine Schwester auf die Wange und strich ihr übers Haar. „Es tut mir so leid. Ach Julia, es tut mir so leid. Geht es dir gut?" Unter Olgas Blick zog er seine Schwester an seine Brust, die Augen geschlossen, als nähme er ihren Schmerz in sich auf.

„Wird sie wieder gesund?" Timofea schaute Olga an. Er suchte nach ihrer Bestätigung.

Olga nickte einfach. Doch woher sollte sie das wirklich wissen? Würde es je einem von ihnen wieder gut gehen? Sie biss die Zähne aufeinander und weigerte sich, ihren Tränen nachzugeben. Wieder einmal. Sie war so müde, war die Tränen so leid.

Timofea schien nicht überzeugt zu sein. Er hielt die Hand seiner Schwester fest in seiner. „Julia, es tut mir so leid, dass ich dich allein gelassen habe." Er schaute Olga an. „Es tut mir leid, dass ich euch beide schutzlos zurückgelassen habe." Er küsste seiner Schwester die Fingerspitzen. „Ich hätte mir nie träumen lassen – selbst angesichts der Rebellion – ich war mir ganz sicher, dass ihr für ein Weilchen sicher wärt ... Ach, könnt ihr mir jemals vergeben?"

Olga stand auf und trat zwei Schritte zurück. Sie nahm an,

dass es wohl eine Sünde war, einem Mönch nicht zu vergeben, wenn er darum bat, und dennoch war sie wütend auf ihn. Er hatte mit der Vermessenheit seiner Jugend gehandelt statt mit der Weisheit seines Standes. Ihrer Meinung nach hatte Julia jedes Recht, Groll gegen ihn zu hegen.

Selbst wenn das unchristlich war.

„Warum sollte jemand so etwas tun?" Anton stand nur wenige Meter entfernt, und in seinem Gesicht stand Schmerz geschrieben. „Wer hat das getan?"

Olga warf ihm einen Blick zu, die Wahrheit über ihre Identität auf den Lippen. Vielleicht, wenn er die Gefahr kannte, die wahre Gefahr, in die sie sie alle gebracht hatte, würde er sie noch heute Abend zurück nach Zarskoje Selo bringen, noch in dieser Stunde.

Doch wie konnte sie sich ihrem Vater widersetzen? Sie hatte nie außerhalb der Begrenzungen ihres Standes gehandelt. Sie war eine Romanow. Eine Großfürstin. Sie studierte, sie nahm an offiziellen Veranstaltungen teil, sie kümmerte sich um ihre Untertanen, sie gehorchte ihrem autoritären Vater.

Außerdem: Was, wenn Anton oder Timofea etwas mit Julias Überfall zu tun hatten?

Dieser Gedanke raubte ihr beinahe den Atem, ließ ihre Knie weich werden. Sie warf einen Blick auf Anton, auf seinen düsteren Gesichtsausdruck, auf sein Haar, das jetzt ganz wirr war, wahrscheinlich vor Sorge. Seine grauen Augen waren voller Trauer. Bis zu diesem Augenblick war er der vollendete Kavalier gewesen. Wenn überhaupt, war es Timofea, der etwas ungehobelt und zu geheimen Verbindungen geneigt schien. Sie hatte vom Schlafzimmerfenster aus gesehen, wie er die Straße entlanggeeilt war, auf dem Weg zu irgendeiner Mission. Immerhin waren Geistliche in der Kunst des Geheimnisbewahrens sehr versiert.

Doch welche Art von Geheimnis? Ein Komplott gegen das Oberhaupt der Kirche?

Sie durfte ihre Identität nicht preisgeben. Noch nicht. Vielleicht niemals.

Selbst wenn niemand wirklich wusste, wer sie war, und es ihr gelungen war, ihre Maskerade als Kammerzofe aus dem Zarenpalast aufrechtzuerhalten, besaßen sie und Julia doch noch immer Kenntnisse von den inneren Vorgängen im kaiserlichen Haushalt. Kenntnisse, die sich in den falschen Händen als fatal erweisen konnten.

Olga trat zurück, als Timofea Julia aus der Vorratskammer half. Er nahm sie auf die Arme und trug sie ins Nebenzimmer.

Olga folgte ihnen, Anton nicht weit hinter sich.

Timofea setzte Julia auf dem Kanapee im Salon ab und strich ihr Haar glatt. „Ich werde einige medizinische Utensilien besorgen", sagte er leise. Er erhob sich, warf Anton einen Blick zu und ging.

Julia lehnte sich zurück, die Augen offen, und starrte an die Decke. Sie sah am Boden zerstört aus.

Olga spürte, wie Wut in ihr aufstieg, und bevor sie diese zügeln konnte, ging sie auf Anton los. Ihre Stimme hielt sie gedämpft, doch sie hoffte, dass er ihren Ton klar und deutlich verstand.

„Ich mache Euch voll und ganz für diesen Vorfall verantwortlich, verstanden? Ihr hättet uns nie schutzlos zurücklassen sollen. Mein – der Zar wird davon erfahren, das verspreche ich." Sie spürte, wie ihr Hitze ins Gesicht stieg, während sie mit ihrem Zorn kämpfte.

Anton wandte den Blick ab. In seinem Gesicht sah sie eine Qual, die so tief war, dass es ihre Wut beinahe entschärfte. „Ihr habt recht", sagte er. „Ich habe Euch im Stich gelassen. Ich habe den Zaren enttäuscht. Ich habe mein Versprechen an ihn gebrochen, gut für Euch zu sorgen."

Er wandte sich um und schaute sie an, und etwas in seinem Blick jagte ihr Angst ein. „Ich verspreche, von jetzt an werde ich nie außer Hörweite von Euch sein."

„Das soll mir recht sein, aber für Julia kommt Euer Versprechen zu spät." Die Worte schmeckten bitter in ihrem Mund. Sie riss eine Decke von dem Stapel, den Anton hielt, und legte sie über Julia.

Sie starrte ihre Kammerzofe an und heiße Tränen brannten in ihren Augen. Wut auf Anton, Wut auf diese Rebellion, diesen dummen Plan ihres Vaters, sogar Wut auf die Windpocken, die sie hässlich und schwach machten.

Sie fühlte, wie alles in ihrem Kopf sich drehte, fühlte Dunkelheit, die sie umschloss, sah den Boden schnell auf sich zukommen. Sie versuchte, nicht ohnmächtig zu werden.

Anton fing sie auf – eine Sekunde, bevor die Welt dunkel wurde.

6. Kapitel

Anton gesellte sich zu Timofea, und gemeinsam traten sie einen Pfad in den Teppich in der Vorhalle. Nur Augenblicke nach ihrem Ohnmachtsanfall hatte Tatjana sich hinlänglich erholt, und obwohl Timofea es übernommen hatte, Julias Wunde zu versorgen, bestand Tatjana darauf, im Salon zu bleiben, um den Schnitt an Julias Bein zu nähen.

Als sie so hin und her schritten, berichtete Anton von allen Einzelheiten, die er bezüglich des Angriffs auf Julia kannte, und erzählte von den Ereignissen im Lagerhaus. Sie konnten sich nur vorstellen, dass der Angreifer durch die Küchentür eingebrochen war und Julia gefunden hatte.

„Ich muss ihn wohl erschreckt haben", sagte Anton und zwang das Bild, wie Julia an Leib und Seele gebrochen auf dem Boden der Vorratskammer lag, aus seiner Erinnerung. „Warum? Ich verstehe es nicht. Warum sollte jemand so etwas tun?"

Timofea sah völlig aufgelöst aus. Seine Kapuze war zurückgefallen; seine jugendlichen Augen brannten vor Wut. Er hatte nur wenig gesagt und ballte die Hände zu Fäusten, wenn er umherlief. Anton konnte sich vorstellen, dass er, wäre es seine eigene Schwester gewesen, wohl gegen den Drang ankämpfen müsste, den Angreifer Glied für Glied in Stücke zu reißen.

Er unterbrach sein Umhergehen und warf einen Blick auf Tatjana, die über Julia gebeugt stand. Dann schaute er hinaus auf die Straße, wo die Sonne Schatten auf das Kopfsteinpflaster warf. „Wir müssen hier weg. Es ist nicht sicher. Wenn die Übergangsarmee in Häuser und Geschäfte einbricht ... ich möchte die Frauen nicht in Petrograd haben."

„Dieser Meinung bin ich auch", sagte Timofea. Seine Stimme war mehr ein Knurren. „Sofort." Er blieb stehen, und Anton sah, wie er sich mit Finger und Daumen über die Augen rieb. Einen Augenblick lang sagte er nichts, starrte nur Julia durch die offene Salontür an, und seine Schultern hoben und senkten sich. „Ich habe diese Befehle gerade heute erst erhalten, während meine Schwester überfallen wurde." Er schüttelte den Kopf. „Wir hätten schon vor Tagen abreisen sollen."

Anton starrte ihn an. „Befehle? Von wem erhältst du Befehle?" Tomofea zu duzen kam Anton angesichts der Katastrophe, die sie zusammen durchzustehen hatten, völlig normal vor.

„Ich habe Nachricht von Seiner Kaiserlichen Majestät selbst erhalten." Timofea griff in seine Kutte und zog ein Bündel Briefe hervor. „Du solltest deinen Teil der Anweisungen hier finden." Anscheinend fühlte Timofea genauso. Er hielt Anton den obersten Umschlag auf dem Stapel hin und schob die anderen Umschläge zu einem Fächer auseinander. „Diese sind an die Frauen adressiert. Ich nehme an, sie enthalten Briefe von verschiedenen Personen, die in Zarskoje Selo unter Hausarrest stehen." Er schob sie zurück in ihr Versteck.

Anton ließ den Daumen über das kunstvolle Siegel auf dem Umschlag gleiten. „Wie ... ich meine, woher hast du die?"

„Ich darf dazu nichts sagen. Eigentlich weiß ich es auch gar nicht. Zum Schutz aller Beteiligten werden die Zustellungswege vor mir geheim gehalten."

Anton nickte, doch er wusste nicht genau, ob er diese Antwort akzeptieren konnte. Schließlich hatte Seine Kaiserliche Hoheit *ihn* gebeten, Tatjana zu beschützen. Timofea sollte nur sein Begleiter sein. „Man hätte mir von deinen Verbindungen berichten sollen, Timofea."

Timofea wandte sich um und betrachtete ihn mit einem Stirnrunzeln. Dann nickte er ruhig. „Ich verstehe. Als ich hier ankam, setzte ich mich mit einem Bruder in Verbindung – einem Bekannten meines Vaters. Er sandte durch die kirchlichen Kanäle die Nachricht, dass es uns gut ging. Der Zar benutzte diesen Weg, um die Kommunikation zu sichern."

Anton erstarrte und schaute ihn durchdringend an. „Ist dir in den Sinn gekommen, dass du damit jemanden aus dem Rebellenlager oder der Übergangsarmee hättest darauf aufmerksam machen können, dass wir hier sind?"

Timofeas Mund öffnete sich, und er erbleichte. Er schüttelte den Kopf und zeigte seine Jugend zum ersten Mal, seit Anton ihn kennengelernt hatte. Anton verspürte einen Hauch von Mitleid für den Mönch.

„Ich weiß, du tust nur deine Pflicht. Doch von jetzt an vertrau mir bitte. Und sag keinem anderen, wo wir sind. Ich weiß nicht, warum es so wichtig ist, dass ich Tatjana beschütze, aber ich habe ein Versprechen gegeben, und ich beabsichtige, es zu halten."

Timofea schaute auf die Papiere in seinen Händen. „Sicher. Bitte vergib mir meine Verwegenheit."

Anton legte dem Mönch eine Hand auf die Schulter und verspürte eine brüderliche Vertrautheit dem jungen Mann gegenüber. Timofea trug so viel Verantwortung, dass Anton leicht sein Alter vergaß. „Natürlich. Doch wir müssen abreisen, und das bald."

Anton begann das Siegel aufzubrechen, doch er hielt inne, die Hand in der Luft. „Darf ich?" Er wartete auf Timofeas Nicken, bevor er fortfuhr. Sein Herz sank, als er sah, dass der Text nur aus einigen wenigen kurzen Zeilen bestand. Einen Augenblick lang hatte er auf einen langen Brief voller Rat vom Zaren gehofft.

An meinen Freund aus dem Wald:
Ein Feuer droht. Verlasst Euren gegenwärtigen Wald. Der Herr
wird Eure Schritte auf der Suche nach einer Zuflucht lenken.
Nehmt die Schwestern und folgt Eurem Bruder nach Hause.
Mit aufrichtigen Gebeten für Eure Sicherheit grüßt Euch
Ein Gefährte aus dem Wald

Anton las die Notiz mehrmals durch und reichte den kryptischen Brief dann dem Mönch, während er sich den Kopf kratzte. „Ich glaube, mir wird gesagt, dass wir dir folgen sollen. Nach Hause? Woher bist du?"

Timofea studierte die Nachricht und gab dann das Blatt Anton zurück. „Ich muss deiner Übersetzung zustimmen", sagte er. „Und ich glaube, sie stimmt mit den Anweisungen überein, die ich erhalten habe. Vorerst gehen wir zurück nach Petschori. Die Eisenbahn fährt wieder, zumindest notdürftig. Wenn die Frauen noch heute Abend reisen können, werde ich mithilfe der örtlichen Diözese eine private Kutsche besorgen. Julia und ich haben eine Tante und einen Onkel, die dort im Dorf wohnen, nur die Straße vom Kloster hinunter. Sie sind vertrauenswürdige Seelen, und Onkel Maxim ist Arzt. Sie werden tun, was nötig ist, um die Frauen sicher zu verstecken und sie gesund zu pflegen."

„Habe ich in dieser Angelegenheit gar nicht mitzureden?" Tatjana stolperte von der Diele herein und sank auf die Empfangsbank. „Habt Ihr nicht die Absicht, mich zu konsultieren, bevor Ihr über mein Schicksal befindet?" Obwohl ihre Augen blitzten, überschattete Erschöpfung ihr Gesicht.

Plötzlich schoss etwas durch Antons Erinnerung – Tatjana, wie sie in seine Arme gesunken war; ihr geschmeidiger Körper, als er sie hochgehoben hatte; der Augenblick völliger Abhängigkeit von ihm, als ihr Kopf an seine Brust gekippt war. Sie hatte gut dorthin gepasst, und er konnte nicht leugnen, dass ungewohnte Gefühle aufgetaucht waren, als sie in seiner Umarmung gelegen hatte. Vielleicht Zärtlichkeit.

Nicht dass er genau wusste, was Zärtlichkeit einer Frau gegenüber für ein Gefühl war. Er hatte seine Mutter nie kennengelernt und, nun ja, er hatte nie eine Frau an sich herangelassen. Vielleicht aus Furcht vor der schonungslosen Kritik, die er von seinem Vater und seiner Stiefmutter empfangen hätte. Doch als er Tatjana in den Armen gehalten hatte, ihr Kopf an seiner

Brust, als er gesehen hatte, wie ihre dunklen Wimpern sich senkten, erwachten Gefühle in seiner Brust, die anders waren als alles, was er je zuvor empfunden hatte.

Wahrscheinlich erinnerte sie sich nicht einmal daran, dass sie in seinen Armen gelegen hatte.

Besonders gemessen an der Art, wie sie ihn jetzt feindselig anstarrte. „Ich gehe nicht mit Euch nach ... Petschori oder irgendwohin sonst." Eine Träne rann über ihre Nase, und sie wischte sie mit dem Handrücken weg. „Ihr könnt Julia nehmen, fliehen und Euch verstecken, wenn Ihr wollt, aber ich gehe zurück nach Zarskoje Selo."

„Der Herr segne dich, Tatjana", sagte Timofea, und seine Stimme war weich und leise, „aber es gibt Dinge, die du über die Situation in Zarskoje Selo wissen solltest. Vielleicht solltest du zuerst lesen, was diejenigen, die noch dort sind, zu sagen haben, bevor du dich entscheidest."

Tatjana schnappte den angebotenen Umschlag aus der Hand des Mönchs und riss das Siegel auf.

Anton beobachtete, wie ihre Augen hin und her flogen, während sie die von Hand geschriebenen Zeilen las.

Sie faltete die Seiten wieder zusammen, schob sie zurück in den Umschlag und stach mit ihm wie mit einem Zepter in die Luft, zuerst in Timofeas Richtung, dann in Antons. „Mir ist egal, was hier steht." Sie schabte mit den Zähnen über ihre bebende Unterlippe. „Ich gehe nach Hause." Ihre Schultern bebten, als sie tief Luft holte. „Es muss einen Weg zurück in den Palast geben. Sie brauchen mich."

Dreimal öffnete Anton den Mund, um etwas zu sagen, doch er brachte kein Wort heraus.

Solch dreister Widerstand von einem Dienstmädchen.

Er verstand, dass sie in einer Notlage wie in der Vorratskammer mit gebieterischer Unverblümtheit sprechen konnte. Und er wollte ihr auch die jetzige Situation zugutehalten. Doch würde sie auch mit einer solchen Dreistigkeit sprechen und handeln, wenn sie dem Zaren und der Zarin Auge in Auge gegenüberstand? Irgendwie glaubte er das nicht. Wenn Tatjana immer diese Neigung zur Respektlosigkeit zeigte, wenn sie mit ihren Vorgesetzten sprach – wie hatte sie es dann geschafft, ihre Stellung in der kaiserlichen Familie zu behalten? Ganz zu schweigen davon, dass ihr die Sorge und Aufmerksamkeit des Zaren in der Stunde seiner Abdankung sicher gewesen war ... das war Anton unbegreiflich. Sicher unterschied sich der Verhaltenskodex der Diener im Hause Romanow nicht allzu sehr vom Verhalten von Dienern im gemeinen Volk. Nicht einmal hatte er gesehen, dass Julia irgendeine Art von Respektlosigkeit an den Tag legte, weder in ihrem Handeln noch durch ihre Haltung.

Er hätte die Kammerzofe Tatjana schon lange fortgejagt, Waise hin oder her, wenn sie unter seiner Zuständigkeit solche Anmaßung gezeigt hätte.

„Mit Verlaub." Anton verschränkte die Arme. „Ich verstehe, dass Ihr verzweifelt seid, aber vielleicht solltet Ihr Euch daran erinnern, dass die Entscheidung über Eure Rückkehr nicht bei Euch liegt."

Tatjana starrte ihn mit weit aufgerissenen Augen an, und Tränen liefen ihr übers Gesicht. Mit ihrem kahl geschorenen Kopf und den hohen Wangenknochen sahen die dunkelblauen Augen in ihrem Gesicht riesig aus. Vielleicht auch schön, wenn sie nicht gerade wütend war.

Sie legte die Hand über den Mund und kämpfte gegen den Strom von Tränen an. Antons Herz wurde ein wenig weicher. „Schaut doch, ich verstehe, dass das alles schwer ist. Ihr seid um die Kaiserlichen Hoheiten besorgt und Ihr vermisst Euer Zuhause, doch ich habe meine Befehle. Ich soll Euch beschützen und an einem sicheren Ort behalten, bis der Zar mir genaue Anweisungen sendet, wie ich Euch zurück in seine Obhut bringen soll. Ich wünschte, ich könnte Eurem Wunsch entsprechen und Euch auf der Stelle zurück zum Palast geleiten, aber ich habe dem Zaren einen Eid geschworen."

Sie zog ein Taschentuch hervor und betupfte ihre Nase. „Belehrt mich nicht über die Bedeutung von Gehorsam. Ihr seid nicht der Einzige, der die Bitten des Zaren zu erfüllen hat. Meine Ergebenheit wurde noch nie in Frage gestellt, und diese Andeutungen jetzt beleidigen mich." Zorn blitzte durch ihre Tränen. „Dem Zaren ist offenkundig nicht klar, in welchem Ausmaß meine Sicherheit unter Eurer Obhut gelitten hat."

„Also, Tatjana, bitte." Timofea streckte den Arm aus und bedeutete ihr zu schweigen. „Wir sind alle aufgebracht über das, was passiert ist, aber –"

„Aber was?", schoss sie zurück. „Aber Ihr könnt gewährleisten, dass ich in Petschori sicherer bin als unter Hausarrest bei der Kaiserlichen Familie?" Sie schnaubte und schüttelte den Kopf.

Ihr anklagender Ton ärgerte Anton, und die Hitze seiner Wut schmolz jedes Mitleid, das von ihren Tränen hervorgerufen worden war. Er konnte ihr herablassendes Benehmen nicht mehr ertragen.

„Hört mal, Eure *Hoheit* –"

Sein Sarkasmus traf. Tatjana schloss den Mund und ihre Augen weiteten sich.

„Nachdem ich mich mit Timofea beraten habe, glaube ich, unsere einzige Möglichkeit besteht darin, nach Petschori zu gehen, und genau das tun wir auch. Ob es Euch gefällt oder nicht, Ihr werdet uns einfach vertrauen müssen."

❧

Eigentlich widerte ihn das an, was er getan hatte. Ein wenig.

Das kleine Flittchen. Gleb fuhr mit den Händen durch sein Gesicht und erinnerte sich noch einmal an ihre Schreie, spürte, wie sie sich unter ihm gewehrt hatte.

Letzte Woche, als sie aus der Kammertür geschaut und ihn

im Korridor gesehen hatte, hatte sie noch gewunken und war wieder in ihre Kammer verschwunden. Da seine Neugier geweckt war, hatte er im Schatten gewartet. Doch nicht lange. Nur Augenblicke später war die Kammerzofe in den Flur und die Treppe hinuntergeschlichen – begleitet von einer weiteren äußerst interessanten Palastbewohnerin. Sie und ihr seltsames Gefolge waren nicht allzu schwer in ihr Versteck in Petrograd zu verfolgen gewesen.

Ach, die kleine Verschwörung der Zarenfamilie.

Wir alle sollten das Glück haben, einen Notfallplan wie Olga zu haben. Er lehnte sich an ein Gebäude und war dankbar, dass die Schatten in der Gasse ihn verbargen. Auf der anderen Seite der Straße sammelte sich ein Mob vor seinem Haus, einige Männer warfen Flaschen gegen die Fenster. Seine Mutter hatte Fenster und Türen verbarrikadiert und packte sicher gerade die Koffer.

Oder versteckte ihre Juwelen – vor ihm, wie auch vor den Rebellentruppen und der Übergangsregierung. In diesen Tagen war die Loyalität unter den Romanows sehr zerbrechlich. Tanten und Onkels, Cousins, Cousinen und Stiefgeschwister aus ganz Europa prüften die Stärke ihrer kaiserlichen Verbindungen und untersuchten, wie stark sie ziehen konnten, bis das Band zerriss und die Romanows ohne das Sicherheitsnetz aus Familienbindungen, die sie schützen konnten, ins Leere fielen.

Niedere Mitglieder der kaiserlichen Familie wie er selbst, viel weiter unten in der Rangordnung, wurden dem Überleben des Stärkeren überlassen.

Gleb zündete sich eine Zigarette an und zog scharf daran, als er sah, wie seine Hände zitterten. Er hatte nicht vorgehabt, dem Dienstmädchen wehzutun, als er ihr Versteck untersucht hatte. Eigentlich nicht. Seine Wut und seine Enttäuschung darüber, ein Mitglied der kaiserlichen Familie zu sein, das im Stich gelassen worden war, hatten ihn einfach verzehrt und sich in einer Gewalttätigkeit ergossen, die er nicht erwartet hatte. Er hatte gedacht, er könnte Julias Zuneigung zu sich benutzen.

Jahrelang hatte er mit ihr angebandelt, und nie war ihm klar gewesen, dass sie wichtig werden könnte.

Andererseits – wer hätte sich je träumen lassen, dass Russland sich erheben und seine Wohltäter selbst entmachten könnte? Die Massen, genau wie dieses Dienstmädchen. Undankbar. Äußerst ärgerlich.

Ihretwegen war er nur knapp entkommen. Er hatte immer noch eine Strieme am Kinn, wo die Kammerzofe ihn gekratzt hatte. Doch wenigstens hatte er die Fakten bestätigt gefunden.

Olga, die Großfürstin, war dem Hausarrest entkommen. Und wenn seine Verdachtsmomente, die von den Beweisen untermauert worden waren, die er der Zofe abgezwungen hatte, sich als richtig herausstellten, versteckte die Zarentochter Tausende von Rubeln in ihren Kleidern. Juwelen, die ihm ein neues Leben in einem neuen Land schenken würden. Ein königliches Leben, wie er eines hätte haben sollen. Wenn Mutter nur besser geheiratet hätte. Doch sie hatte ihre Stellung gegen Liebe eingetauscht. Und herausgefunden, dass Liebe kein Brot, kein Haus, nicht einmal Schutz erkaufen konnte.

Kompromisse. Eine Entscheidung nach der anderen hatte ihn in diese Gasse gebracht, wo er zusehen musste, wie das hirnlose Bauerngesindel wütete. Er war gezwungen worden, zu einem Mann zu werden, der zu werden er nie geglaubt hätte.

Egal. Er würde auf sie warten. Olga konnte sich nicht ewig vor ihm verstecken.

❧

Dem kostbaren Brief ihrer Mutter zufolge war Olgas Familie jetzt gefangen im eigenen Haus. Ihre Zukunft war so ungewiss wie das Frühlingswetter. Sie fühlte sich wie eine Verräterin, als sie zum Badehaus hinter Dr. Petrows Haus trabte.

In dieser Welt, wo katastrophale Ereignisse die Regel waren, erschienen die banalen Aufgaben des täglichen Lebens unwirklich. Dennoch sah sie keinen Wert darin, schlecht zu riechen, wenn sie die Möglichkeit hatte, sich zu waschen.

Olga ging Arm in Arm mit Julia.

Ihre Beziehung hatte sich in den letzten Wochen zu einer tiefen Freundschaft entwickelt. Die beiden bahnten sich eingemummt gegen die Kälte einen Weg über den schlammigen Pfad, der von der Hütte vorbei am Schweinestall hin zur rustikalen *Banja* der Petrows führte.

Hinter dem Hof graste eine Schafherde auf den hellbraunen Grasflecken, die sich durch das schneebedeckte Feld zogen. Der frühabendliche Himmel zeigte gerade genug vom Frühling, um die Seele aufzumuntern und Olga zu Träumen von Gras zwischen den Zehen und Ausflügen nach Liwadija zu verführen. Stattdessen würde es in den nächsten zwei Wochen sehr wahrscheinlich Frühlingsschneestürme und noch mehr trübe Tage mit trostlosen – oder gar keinen – Nachrichten von zu Hause geben.

Keine Hoffnung auf künftige Tage am Schwarzen Meer mit Anastasia oder Maria oder selbst Cousin Gleb, dessen Gewohnheit es war, jeden von ihnen bis zur Erschöpfung vom Bootssteg zu werfen. Sie erinnerte sich daran, wie er im Garten gewesen war und mit Jimmy gespielt hatte, kurz bevor sie abgereist war, und ihr Herz schmerzte.

Zu jeder anderen Zeit hätte Olga das Heim der Petrows idyllisch gefunden, so abgelegen und einladend, wie es in der ländlichen Gegend lag. Doch die stumpfsinnigen Tage, die sie mit Nähen, Lesen und Erholung von ihrer Krankheit verbrachte, erschienen ihr beinahe unerträglich erstarrt. Besonders wenn sie ihren Gedanken freien Lauf ließ und sich das Chaos und Entsetzen vorstellte, das ihre Familie vielleicht ertragen musste.

Bitte, o Gott, lass uns nicht im Stich.

Sie schob die Hand in die Manteltasche und betastete die Ränder des Umschlags, den sie hineingesteckt hatte. Hier bewahrte sie Mamas Worte, die mit solcher Sorgfalt geschrieben waren, um Olgas Identität nicht zu verraten, sollte der Brief in falsche Hände geraten. Gott allein wusste, wann sie vielleicht den nächsten bekam.

Olga streichelte über die schöne Schrift ihrer Mutter, als ob sie, indem sie die Federstriche berührte, nach Hause gebracht werden könnte. In den Tagen, seit sie den Brief erhalten hatte, hatte sie die handgeschriebenen Zeilen und den verborgenen Sinn zwischen ihnen wohl zehntausend Mal gelesen.

Sie konnte die Nachricht noch immer kaum glauben: Keiner durfte in den Palast oder hinaus. Ihre Familie stand unter Hausarrest und wurde mit Inhaftierung in den Verliesen des Justizpalastes bedroht – oder Schlimmerem. Trotz all ihrer Entschlossenheit, nach dem Überfall auf Julia nach Hause zu eilen, hatte sie sich mehrere Stunden Zugfahrt weiter von zu Hause wiedergefunden, weiter entfernt von ihren Hoffnungen auf ein Wiedersehen.

Sie gab Anton die Schuld daran. Trotz seines Auftrages, sie zu beschützen, war es irgendwie einfacher, ihm zu grollen und alle Frustration und Trauer, die diese Maskerade verursachten, auf ihn abzuwälzen.

Vor zwei Wochen noch hatte ihr Vater ein Kaiserreich regiert. Warum konnte er nicht wenigstens politisches Asyl in Romanow am Murman oder vielleicht in Japan erwirken? Er musste doch unter den Herrschern der Welt noch irgendeinen Verbündeten haben.

Wenn schon ihr Vater nicht genügend Macht ausüben konnte, um Freiheit von seinem Hausarrest zu erlangen und seine Familie wieder zusammenzuführen, war sie gänzlich machtlos.

Alles war hoffnungslos.

Olga lauschte nach den beiden Männern hinter sich und war dankbar, dass Anton und Timofea ihr dicht folgten. Obwohl die Entfernung zwischen dem Haus und dem Nebengebäude kaum mehr als zehn Meter betrug, fürchtete sie, dass hinter jedem Baum ein Spion lauern könnte, dass jeder Schatten den Feind verbarg.

Trotz ihres Grolls gegen ihn und ihrer bewusst kalten Haltung war Anton zuvorkommend, ritterlich und äußerst fürsorglich gewesen. Seit Julias Vergewaltigung blieb Anton seinem Versprechen treu, sich nie außerhalb von Olgas Sichtweite zu bewegen.

Sie hatte schon fast das Gefühl, einen der Wachhunde bei sich zu haben.

Dennoch, je länger Olga in Antons Gesellschaft blieb, desto mehr konnte sie hinter seine Reserviertheit blicken und die guten Eigenschaften seines Charakters erkennen. Für den oberflächlichen Betrachter war dieser tiefsinnige Mann, der sich seine Verantwortung zu Herzen nahm, durch sein ernstes, ruhiges Wesen unsichtbar.

Sie hatte gesehen, wie er sich mit Vorwürfen gequält hatte, weil er das Haus während des Überfalls auf Julia unbewacht gelassen hatte. Sie hatte beobachtet, wie behutsam er nach der Tat mit ihr umgegangen war, war Zeugin seines Mitgefühls geworden und hatte sein rasches Denken, seine vernünftige Art bemerkt. Er schien genau die Art Mann zu sein, die ihr Vater schätzte – ein Mann, der einen neugierigen Geist hatte und logisch dachte. Vielleicht hatte der Zar doch eine weise Wahl getroffen.

Timofea leistete den Frauen Gesellschaft, und Anton eilte ihnen voraus, um zu prüfen, ob das Badehaus sicher war, um das Feuer zu schüren und für Dampf zu sorgen. „Meine Damen, das Bad gehört Euch", sagte er und bedeutete Olga und Julia einzutreten. „Viel Vergnügen." Dann positionierte er sich neben dem Mönch am Stamm einer Linde, wo die beiden prompt wieder ihre theologische Diskussion aufnahmen.

Olga konnte eine fedrige Spirale sehen, die von dem Rauchfang aufstieg, wo das Holzfeuer brannte, und der Geruch lockte sie. Mit seinem grob gearbeiteten Äußeren ähnelte das Badehaus keiner der Banjas, die sie bisher besucht hatte. Als sie die Tür öffnete, war sie allerdings erfreut, einen Boden aus Holzdielen zu sehen, Haken für ihre Kleidung, einen kleinen Tisch und einen Samowar für Tee zwischen den Bädern und frisch eingelassene Wannen mit kaltem Wasser. Im zweiten Raum, der zum Dampfbad führte, standen kleine Waschwannen mit heißem Wasser auf einem großen Spültrog. Olga konnte beinahe spüren, wie das heiße Wasser über sie rann und den Schweiß und Schmutz der letzten Woche wegwusch.

Die Frauen plauderten über das Wetter und Tante Veras zu salzige *Bitotschki*, während sie ihre Oberkleidung im dünnwändigen Vorraum ablegten. Julia entkleidete sich mit äußerster Langsamkeit und schonte noch immer ihre geschundenen und verletzten Glieder.

Olga entledigte sich der schwarzen Schürze und des kratzenden Wollrocks, beides geliehene Kleidungsstücke von Julias Tante. Sie hatte keine Entschuldigung erfinden müssen, warum sie nicht ihre mit Juwelen gefüllte Garderobe tragen wollte. Tante Vera war der Ansicht, dass sowohl Julias als auch Olgas Kleider für normale Dorfkleidung aus zu feinem Stoff gemacht waren. Sie hatte darauf bestanden, dass die Mädchen einige ihrer „passenderen" Kleider trugen, und, taub für die Proteste, die Änderungen vorgenommen.

Olga prüfte ihre Manteltasche ein letztes Mal, um sich zu versichern, dass der Brief ihrer Mutter tief in seinem Versteck vergraben blieb, sicher vor dem Dampf im Badehaus.

„Ich kann es kaum erwarten", sagte Julia und trat in die innere *Parilka*.

Olga nickte zustimmend. „Die letzte Banja, die ich hatte, war nach dem Neujahrsfest. Kurz bevor wir alle krank wurden."

In den wenigen Tagen, die sie in Petschori waren, hatten sowohl Olga als auch Julia sich körperlich gut erholt, doch Julia hatte ihre Schlagfertigkeit und ihr Lächeln noch nicht wiedergefunden. Ihre Hände zitterten immer noch. Sie verbrachte ihre Tage still und ernst, während sie ihrer Tante beim Kochen und bei der Hausarbeit half.

Olga ging es psychisch auch nicht besser. Verzehrt von Sorge um ihre Familie und dem dringenden Wunsch, nach Hause zu kommen, waren ihre Ängste jetzt nicht mehr verzweifelt. Sie waren hysterisch. Olgas ganze Energie floss in den Versuch, ihre gelassene Fassade zu wahren; sie hatte kaum mehr Kraft, um ein Lächeln zustande zu bringen.

Zuerst spülten sie sich mit kaltem und warmem Wasser ab, dann nahm Olga ihre Handtücher und folgte Julia in den Saunaraum. Die heiße Luft raubte ihr den Atem und stach sofort auf ihrer Haut, doch die Wärme ergoss sich beruhigend über sie. Sobald sie sich auf der obersten Bank niedergelassen hatte, legte sie sich hin und atmete den anregenden Dampf von Birkenzweigen und Eukalyptus ein. Er linderte das Jucken auf Olgas von Schorf überzogener Haut.

Julia streckte sich auf der gegenüberliegenden Bank aus. Ihr Haar breitete sich wie ein Diadem um ihren Kopf aus.

Die Pracht dieser herrlichen rotbraunen Krone machte Olga ein wenig neidisch. Sie kratzte in ihrem struppigen Flaum von dunkelblondem Haar, das so sehr ihren Babybildern ähnelte.

Julia warf einen Blick in ihre Richtung, drehte sich dann wieder zurück und starrte an die Saunadecke. „Ich frage mich, wie es unserer Olischka jetzt geht."

Olga zuckte zusammen, als Julia ihren Spitznamen nannte, auch wenn diese ihn in Bezug auf „die andere Olga" gebrauchte.

„Ich bin mir sicher, dass es ihr gut geht, Julia. Sie war schon auf dem Weg der Besserung, als wir von zu Hause abgereist sind. Sie hatte längst nicht so schwere Komplikationen wie ich."

„Mmh. Ja, ich weiß. Ich kann trotzdem nicht anders, als mich um sie zu sorgen."

Olga wusste, dass Julias Besorgnis über Tatjanas körperliche Schwäche hinausging, doch sie konnte sich nicht dazu bringen, laut von den anderen, bedrohlicheren Gefahren zu sprechen. Sie sah keinen Sinn darin, Julias Ängste um ihre beste Freundin zu schüren.

Bis Julia ihr erlaubt hatte, den Brief zu lesen, den sie von Olgas Stellvertreterin erhalten hatte, hatte sie sich eigentlich nie Gedanken darüber gemacht, wie sehr die beiden Dienstmädchen miteinander verbunden waren.

Obwohl äußerste Diskretion geboten war, als sie ihre Worte niedergeschrieben hatte, drang der Unmut der „echten" Tatjana über ihre Gefangenschaft – und das Fehlen ihrer engsten Freundin – laut und deutlich durch. Sie schrieb Julia mit der gleichen Zuneigung, die Olga Maria gegenüber ausdrücken würde – als ihrer Seelenverwandten und Vertrauten.

Als sie Tatjanas Brief an Julia las, begriff Olga zum allerersten Mal, welches Ausmaß ihr Täuschungsmanöver hatte. Und die schreckliche Wahrheit. Um den Wunsch ihres Vaters zu erfüllen und aus dem Palast zu fliehen, war sie nicht als Einzige gezwungen, den Schmerz der Trennung von Menschen, die sie liebte, zu ertragen. Die verwaiste Tatjana gab die einzige ihr bekannte Beziehung auf, die einer Familie am nächsten kam. Zu einer Zeit, da Julia ihre beste Freundin verzweifelt brauchte, opferte sich Tatjana für Olgas Sicherheit.

Tatjana, die echte Tatjana, würde vielleicht nie wieder die Freiheit sehen, wenn die Gerüchte wahr wurden.

Olga hatte durch ihre kaiserliche Geburt die Pflicht, sich dem Schicksal der Romanows zu stellen, sei es Tod oder Exil. Das waren die Gefahren ihres Standes im Leben. Doch dieses Dienstmädchen gab die ihr angebotene Gelegenheit zur Freiheit auf und entschloss sich freiwillig, jede Strafe, die der kaiserlichen Familie auferlegt wurde, als ihre eigene zu tragen. Nicht aus Zwang, sondern aus freiem Willen hatte sie Olgas Platz eingenommen.

Hatte Tatjana ihre Träume von Liebe, von Ehe geopfert, um der Krone zu dienen? Was waren die Hoffnungen dieses Mädchens für die Zukunft? Olga hatte sich nie die Mühe gemacht, danach zu fragen. Das wurde ihr schmerzlich bewusst.

„Ich wünschte, ich hätte sie besser kennengelernt", sagte Olga.

„Sie nahm an unserem Unterricht teil, und manchmal tauschten wir zum Spaß die Rollen, doch ich hätte nie gedacht, dass ich ihre Dienste einmal ernstlich brauchen würde."

„Sie war gern bereit dazu, Eure Hoheit."

Olga warf Julia einen Blick zu, dankbar für diese Worte. Egal, wie ärgerlich sie darüber war, dass ihre Eltern darauf bestanden hatten, dass sie floh und ihre Familie zurückließ: Olga musste Tatjana bewundern und respektieren. Solch ein Opfer ähnelte dem des Herrn Jesus Christus, der die unverdiente Todesstrafe auf sich nahm, sodass seine geliebten Menschen gerettet und befreit werden konnten.

Olga dachte an den Vers aus dem Brief an die Römer, der davon sprach, wie selten solch ein selbstloses Opfer war: *„Nun stirbt kaum jemand um eines Gerechten willen; um des Guten willen wagt er vielleicht sein Leben."*

Könnte es sein, dass Tatjana gezwungen werden würde, für sie das letzte Opfer zu bringen? Olga fühlte sich weder gerecht noch gut. Sie verdiente kein solches Erbarmen ... nicht von Tatjana. Nicht von Christus. Besonders nach ihrem Betrug. Sie hatte die Identität einer Dienerin angenommen. Sie verleugnete nicht nur ihren Stand im Leben, auch die Täuschung von Timofea und Anton machte sie noch schuldiger. Dieser Gedanke wog nun schwer auf ihrem schweißnassen Körper.

Julia glitt von ihrer Bank herunter. „Ich bin bereit für die Wanne. Und du?" Julias Gesicht war röter als Rübenborschtsch geworden.

Olga nickte und verließ den Dampfraum nach Julia. Die schwere Holztür schloss sich mit einem lauten Schlag hinter ihnen. Die jeweiligen Wannen mit kaltem Wasser standen im Vorraum, frisch aus der Welikaja geschöpft. Ihr stockte der Atem, als sie einen Zeh hineintauchte, um die Temperatur zu prüfen, doch sie trotzte dem Schock, stieg hinein, hielt die Luft an und tauchte unter. Das Wasser schloss sich über ihr und sie schoss hoch, während die Kälte wie Nadeln in ihre Poren stach. Dennoch, das Aufleben von so vielen Nervenenden, das Gefühl von Stärkung, ließ sie auflachen. „O, ich fühle mich sauber!"

Julia stieg fröstelnd aus ihrem Bad. Sie schaute zu Olga und zeigte die Andeutung eines Lächelns. „Es ist gut, wieder dein Lachen zu hören."

Olga begegnete Julias Blick und sah in ihren Augen die Sehnsucht nach leichteren Zeiten. Nach Unschuld und Hoffnung. Ihr Lächeln verblasste. „Auch du wirst eines Tages wieder lachen, Julia."

Julia sagte nichts, als sie in die Sauna zurückkehrten. Olga legte sich auf die Bank, während Julia die *Wjeniki* zur Hand nahm – ein Bündel eingeweichter Birkenzweige – und begann, auf ihren Rücken zu schlagen. Dadurch wurde die Wärme intensiver und der Blutfluss verbessert. Olga fühlte sich noch mehr gestärkt.

„Es ist mir gelungen, Timofea allein im Garten zu treffen, als er vom Kloster herüberkam", sagte Julia. Sie tauchte die Zweige in eine Schale mit heißem Wasser und wiederholte dann die Anwendung. „Er sagt, heute wieder nichts Neues aus Zarskoje Selo."

Olga seufzte. „Verstehe."

Ihre Hoffnungen, schnell wieder nach Hause zu kommen, lösten sich jeden Tag ein wenig mehr auf. Es kamen einfach keine Neuigkeiten. Nichts zu hören ließ sich schwerer ertragen als die Nachricht von der Verhaftung ihrer Familie.

Olga seufzte erneut. „Also warten wir einen weiteren Tag."

Julia unterbrach ihre Tätigkeit. Olga drehte sich um und schaute Julia in die Augen.

„Ich würde mir nie anmaßen, dir zu sagen, was du tun sollst, aber ich muss immerzu denken ..." Julia zögerte und bearbeitete ihre Unterlippe mit den Zähnen. „Wenn du nicht bald zurückgerufen wirst, müssen wir uns vielleicht trennen. Ich habe ernsthaft darüber nachgedacht, in ein Kloster zu gehen."

„Was?" Olga setzte sich auf. „Das kannst du nicht ernst meinen. Warum?"

Julia wandte den Blick ab und ihr Gesicht glänzte in dem schwachen Licht. „Ich dachte, dass vielleicht ... Nun, seit dem Überfall auf mich scheinen meine Gebete nur noch schwach zu sein. Vielleicht war es eine Art Strafe –"

„Sag das nicht." Olga setzte sich ganz auf, nahm Julias Hände in ihre. „Sag das niemals. Du bist eine fromme Christin. Ich glaube nicht, dass Gott seine Kinder so bestraft."

Julia schaute weg. Ihr Kinn bebte. „Ich fühle mich innerlich so hohl. Leer und zerbrochen. Ich kann mir keinen anderen Weg vorstellen, wie ich mich je wieder vollständig fühlen kann."

„Aber ein Kloster?"

„Mein Vater und Bruder haben sich für ein Leben ganz für Gott entschieden. Ich kann das auch."

„Es gibt auch andere Wege, Gott zu dienen, Julia. Dein Dienst für meine Familie ist in gewisser Weise auch eine heilige Berufung."

Julia schaute sie an, ein überraschtes Flackern in den Augen.

„Natürlich, Julia. Mein Vater ist das Oberhaupt der Kirche. Er wurde von Gott erwählt, um Russland zu führen. Du dienst der Familie von Gottes erwähltem Volk."

Allerdings musste Olga zugeben, dass ihre Worte im Licht der Ereignisse der letzten Zeit nicht überzeugend wirkten. Offenbar hatte Gott sein erwähltes Volk aufgegeben und es in die Hände von Rebellen gegeben.

Vielleicht waren sie alle in einem Kloster besser aufgehoben. Vielleicht hatte Julia recht – vielleicht strafte Gott sie wirklich. Oder noch schlimmer, hatte sie alle vergessen.

7. Kapitel

Anton stampfte mit den Füßen und rieb sich mit den behandschuhten Händen über die Arme. Sein Atem gefror in einer Dampfwolke, kurz nachdem er seinen Mund verließ. Die Frauen schienen sich in der Banja alle Zeit der Welt zu nehmen. Eigentlich machte es ihm nicht halb so viel aus, wie es Timofea erscheinen mochte. Das angespannte Schweigen, das Julia und Tatjana umgeben hatte, hatte erstickend auf ihn gewirkt. Jetzt konnten sie in Ruhe miteinander reden. Mehr als einmal hatte er das Gefühl gehabt, als verhinderte seine bloße Anwesenheit Julias Heilung von ihren Verletzungen. Er litt mit ihr, auf eine Art und Weise, die er nie für möglich gehalten hatte – nicht nur wegen ihrer Wunden und der Scham, sondern auch wegen seines Versagens. Und er gab sich die Schuld an der Angst in den Augen der armen Tatjana.

Er hatte diese Art von Angst früher selbst erlebt. Sie hatte ihn gefangen gehalten. Keine Angst um Sicherheit, sondern viel mehr eine gejagte, aufreibende Einsamkeit, die ihn aushöhlte – die Angst davor, vergessen zu werden.

Mit dieser Angst hatte er seit seiner Geburt zu kämpfen gehabt. Sein Vater konnte es bis heute kaum ertragen, im gleichen Raum mit ihm zu sein. Er hatte Anton fortgeschickt und der hatte die ersten fünf Jahre seines Lebens bei seinem Onkel Franz, Tante Agata, der Schwester seiner Mutter, und seinen vier Cousins verbracht – nur um wieder zurückgeschickt zu werden, als Tante Agata starb. Manchmal hatte er sich in diesen ersten Jahren gewünscht, dass man ihn wieder fortschickte, selbst wenn es in ein Waisenhaus war. Dort hätte er wenigstens nicht die schreckliche Verachtung und Ablehnung erleben müssen.

Dort hätte man ihn nicht an den Schmerz erinnert, den er verursacht hatte.

Tatjana war als Waise aufgewachsen, war aber gewissermaßen adoptiert worden, von einer Familie des Hochadels. Ja, sie war eine Bedienstete, doch sie hatte sich offenbar einen Ehrenplatz verdient. Immerhin hatte der Zar für sicheres Geleit um sie gebeten. Sie verhielt sich sogar wie eine Frau von Stellung. Warum also der verfolgte Blick in ihren Augen?

Neben ihm saß Timofea auf einem Baumstumpf und stützte sich mit den Armen auf den Knien ab. Er hatte die Kapuze zurückgeschoben. Sein langes Haar hing ihm bis über die Ohren, sein Bart war struppig und dünn, jugendlich. Jetzt sah er ganz und gar wie Antons achtzehnjähriger Stiefbruder Jonas aus, der vielleicht seinen neuesten Streich ausheckte. Doch seinem Blick entging niemals etwas.

„Du bist rastlos, Anton", sagte er, und sein Atem bildete Wolken in der Kälte.

Anton stampfte mit den Füßen auf, und der Frühlingsschnee knirschte. Der Geruch von Rauch hing in der Luft. Auch er sollte eine Banja nehmen, vielleicht heute Abend, wenn die Damen im Bett lagen.

„Nein. Ich bin nur die Gespräche leid, die sich um Essen und Kleider und den Dorfklatsch drehen. Und wenn ich noch eine einzige Geschichte von Onkel Maxim über Babuschka Millies Gallenblase höre, verliere ich womöglich für immer den Appetit."

Timofea lächelte schwach. „Sie versuchen nur zu vermeiden, Fragen zu stellen. Sie versuchen, unsere Privatsphäre zu wahren. Ich habe ihnen gesagt, wie wichtig es ist, das alles geheim zu halten. Ich glaube, ihr gehaltloses Geplapper ist nur eine Tarnung für die Fragen, die sie quälen."

„Natürlich. Ich bin dankbar für ihre Gastfreundschaft, Timofea. Ich bin nur besorgt."

„Um dein Geschäft?"

„Um Tatjana und Julia." Er schob sich vom Baum weg und entfernte sich einige Schritte von Timofea. „Ich denke immerzu, dass der Überfall ... geplant wirkte. Nicht zufällig. Oder wenigstens nicht wie das zufällige Ereignis, an das wir alle glauben wollen." Er drehte sich um, starrte Timofea an. „Ich glaube, jemand ist uns zu Borowskis Haus gefolgt und hatte vor, beide Damen zu überfallen. Die Frage ist, warum."

Timofea schüttelte den Kopf.

„Und wenn sie hinter etwas her waren, warum dann Julias Vergewaltigung?" Anton fuhr sich mit der Handfläche über die Stirn. „Was, wenn ich nicht aufgetaucht wäre?"

„Durch Gottes Gnade bist du aber aufgetaucht, Anton. Ich wünschte nur, es wäre einige Augenblicke früher gewesen." Timofeas düsterer Gesichtsausdruck verriet seine Gefühle bezüglich des Angriffs auf seine Schwester.

Anton seufzte, schaute zur Banja. „Ich hoffe, ich habe das Richtige getan, dass ich sie hierher gebracht habe. Ich denke immerzu, dass wir vielleicht nach Süden in meine Heimatstadt gehen sollten. Niemand würde uns dort verdächtigen und Tatjana wäre sicher. Julia könnte wieder gesund werden."

„Vielleicht sollte ich Julia mit mir ins Kloster nehmen. Mein Vater ist noch zu einem Besuch hier – er hat bei dem Seminar, wo er lehrt, einen kurzen Studienurlaub genommen – und wir beide haben Julia seit vielen Jahren nicht mehr gesehen. Das Wiedersehen wäre für uns alle heilsam."

„Also ist er wirklich dein Vater? Nicht nur im geistlichen Sinn?"

„Ja, das stimmt." Timofea lächelte über Antons verwirrten Gesichtsausdruck. „Mein Vater ist auch mein Bruder. Ein recht tiefsinniges Rätsel, nicht wahr?"

Anton schüttelte den Kopf und seufzte. „Ist deine Mutter also auch eine Schwester?"

„Nein, leider nicht." Timofeas Lächeln verblasste. „Meine Mutter ist vor drei Jahren von uns gegangen."

„O." Anton zuckte zusammen. „Ich bitte um Verzeihung,

dass ich so taktlos war. Ich hätte schon eher danach fragen sollen."

Timofea winkte ab.

Anton stieß seinen Stiefel in einen schmelzenden Fleck Schnee und bearbeitete dann den Matsch um den Krater. „Sag mir, dass ich den Mund halten soll, wenn ich meine Nase zu tief in persönliche Angelegenheiten stecke, aber im Ernst, würdest du es mir bitte erklären? Wie kommt so etwas zustande, ein Mönch mit Kindern? Mir ist bewusst, dass mir eure Lebensart nicht vertraut ist, aber ich dachte, dass Priester, die in Klöstern leben, zölibatär sind."

„Ja, diejenigen, die das Gelübde des asketischen Lebens ablegen und in ein Kloster eintreten, wie mein Vater und ich, erklären uns bereit, das zu praktizieren, was wir die evangelischen Räte nennen: Gehorsam ... Armut ... Keuschheit ..." Timofeas Augen nahmen einen fernen Glanz an.

Anton überdachte die Tiefe der Verpflichtung, die Timofeas Worte offenbarte. „Das klingt mir nach einem schwierigen Unterfangen." Er vermutete, er hätte nicht die Kraft, sein ganzes Leben als Mönch zu verbringen. Anton freute sich auf den Tag, wenn er sich niederlassen, heiraten und Kinder haben würde. Das Erbe der Klassens fortführen.

Sein Vater würde ihn auslachen, wenn er ihn hören könnte – in Anbetracht der Tatsache, dass er beinahe sechsundzwanzig und noch unverheiratet war –, doch er hatte in der Molotschna-Kolonie jede Menge Gelegenheiten gehabt. Jede Menge Frauen, die bereit waren, ihn zu heiraten, wenn auch aus keinem anderen Grund als dem Vermögen, das mit seinem Namen verbunden war. Man schaue sich nur die Frau seines Vaters an. Papa Klassen nahm doch nicht an, dass Hilda Penner ihn wirklich liebte, oder? Selbst Anton konnte die Hintergedanken auf beiden Seiten sehen, als die Witwe Penner sich und ihre drei kräftigen Söhne auf das Klassen-Gehöft brachte.

Anton wollte eine liebevolle Ehe und keine geschäftliche Transaktion. Er wollte eine Frau, die den Mann sehen konnte, der er sein wollte. Den Mann, der er für sie sein würde. Er wollte eine Frau, die an ihn glaubte. Bis dass der Tod sie schied.

Kein Wunder, dass er noch ledig war. Beinahe lachte er selbst über seinen törichten Idealismus. „Dein Vater hat also seine Berufung zum Mönch erst später im Leben erhalten?", fragte er Timofea.

„Mein Vater ist seiner gegenwärtigen Berufung erst vor drei Jahren gefolgt, nachdem meine Mutter gestorben war. Bevor er Mönch wurde, hat mein Vater als Gemeindepriester gedient. Danach suchte er die Ruhe im Kloster und ist dort geblieben." Timofeas Blick wanderte zu den grasenden Schafen und daran vorbei zum sich verdunkelnden Horizont, dann zurück zu Anton. „Ich habe mich den Brüdern angeschlossen, als Julia in den Dienst des Zarenhaushalts getreten ist und mein Vater seinen Lehrauftrag aufnahm. Ich hätte hier zu meiner Tante und meinem Onkel ziehen können, nachdem Mutter gestorben war, doch ich hatte immer das Gefühl, dass Gottes Plan, sein Ziel für mein Dasein, darin lag, mein Leben im Gebet und in der vollkommenen Hingabe zu Gott zu leben." Die Dämmerung verdunkelte seine Züge und machte seine Augen noch weniger durchschaubar.

„Weißt du, Timofea …", sagte Anton, während er eine Streichholzschachtel aus der Tasche kramte. Er zündete die beiden Öllaternen an, die sie aus dem Haus mitgebracht hatten. „Ich bin von der Reife und Weisheit beeindruckt, die du angesichts deiner jungen Jahre an den Tag legst. Und ich bewundere deinen Glauben und deine Hingabe. Ich betrachte mich gern als ergebenen Nachfolger Christi, doch ich könnte nicht so leben wie du."

Timofea wehrte Antons Kompliment mit einer Handbewegung ab. „Ich bin nicht bewundernswert; allein Gott ist des Lobes würdig." Er beugte sich vor, dann hob er den Kopf und schaute Anton wieder an. „Jeder von uns muss seinen eigenen Weg zu Gott finden. Jeder echte Nachfolger Christi wird nichts weniger tun als zu gehorchen." Er hob und senkte den Kopf. „Wenn wir uns danach sehnen, den Willen Gottes in unserem Leben zu entdecken, müssen wir nach dieser hohen Berufung suchen, die er für uns als einzelne Menschen vorgesehen hat. Wie es in Philipper Kapitel zwei in den Versen zwölf und dreizehn heißt, ‚Schaffet, dass ihr selig werdet, mit Furcht und Zittern. Denn Gott ist's, der in euch wirkt beides, das Wollen und das Vollbringen, nach seinem Wohlgefallen.' Also schulde ich alles, was ich bin, Gottes Wirken in mir."

Timofea warf Anton die Andeutung eines Lächelns zu, gänzlich ohne Verurteilung. Das Laternenlicht zeichnete seine Züge schärfer, gab seinen Augen einen warmen Glanz. „Ich sehe bei dir den gleichen Wunsch, Gottes Willen zu suchen und ihm zu gefallen, indem du ihm erlaubst, dich nach seinem Wohlgefallen zu gebrauchen. Warum sonst solltest du Verantwortung für Tatjana übernehmen, wenn nicht, um dem höheren Gut eines anderen zu dienen und über dein eigenes Wohlbefinden und deine Bequemlichkeit zu stellen? Ich kenne dich nach so vielen Tagen gut genug, um zu sehen, dass du es nicht wegen der Aussicht auf finanzielle Belohnung getan hast."

Nein, nicht wegen einer finanziellen Belohnung. Doch das Warum seiner Handlungen ließ ihn sich nachts im Bett umherwälzen, sodass sich die dunklen Stunden in einer schlaflosen Ewigkeit dehnten. Warum? Aus Liebe zum Vaterland? Sicher. Besonders, da es ihm durch seine Religion verboten war, im Kampf gegen den deutschen Kaiser Wilhelm im Großen Krieg zu dienen. Dies erschien ihm ein angemessener Ersatz. Weil Seine Kaiserliche Hoheit darum gebeten hatte? Natürlich. Anton konnte nicht leugnen, wie bedeutend er sich in jenem Augenblick gefühlt hatte, als Zar Nikolaj angedeutet hatte, dass Gott seine Gebete erhört hatte.

Doch als Anton tiefer in sein Herz schaute, hatte er außerdem noch einen Grund entdeckt, den er nie laut aussprechen könnte – um Johann Klassen zu beweisen, dass er, sein einziger Sohn,

Anton Johannowitsch Klassen, kein Sohn der Schande war und ein Erbe des Versagens hinterließ. Vielleicht konnte er ein neues Erbe begründen, eines von Mut und Stärke. Eines, das, sollte er je heiraten, die Generationen von Klassens mit Stolz weitertragen konnten.

Dennoch, selbst wenn seine Motivation, auf Tatjana achtzugeben, ehrbar gewesen war, unterschied sich seine kurzfristige Aufgabe doch sehr von einer lebenslangen, wie Timofea sich ihr verschrieben hatte.

„Es ist ganz gleich, was du sagst; ich selbst könnte nie meine Träume, in Zukunft eine Familie zu gründen, gegen das Leben der Abgeschiedenheit eintauschen, das du gewählt hast."

Timofea schüttelte den Kopf und wandte den Blick ab. „Glorifiziere mein Handeln nicht zu schnell. Manchmal ist es das Leichteste, sich in ein Leben einzufügen, das von einem erwartet wird." Er presste die Finger aneinander und legte sie einen Augenblick lang über seine Lippen, bevor er die offenen Handflächen ausstreckte „Jetzt, da ich mich an das Klosterleben gewöhnt habe, stelle ich fest, dass ich dieses durchaus vorziehe, statt mich in der Gesellschaft zu bewegen. Das merke ich, wenn ich draußen besondere Aufträge erfüllen muss, wie in diesen letzten Wochen."

Mit einer Bewegung, die Anton als Timofea sehr eigen kennengelernt hatte, lehnte sich der Mönch zurück, verschränkte die Arme und schob die Hände in die Tiefen seiner Kuttenärmel.

„Dennoch trachte ich nur danach, mich als Ton in den Händen des Töpfermeisters zur Verfügung zu stellen. Zweifellos wusste der Herr, dass ich diese Disziplin brauche, um nicht vom schmalen Weg abzuirren." In der Dämmerung und dem flackernden Laternenlicht tanzte ein Lächeln unter seinem Bart. „Ich bin doppelt gesegnet: Nicht nur, dass ich täglich aus dem Wissen des Abtes und der älteren Mönche schöpfen kann, ich darf jetzt auch für kurze Zeit an der geistlichen Einsicht und Erkenntnis meines weisen Vaters teilhaben. Er wird nur noch drei Monate bei uns sein. Ich bin nur sehr ungern weg, und sei es nur für einen Tag, während er hier ist."

Anton überdachte Timofeas Worte, während jenseits des Lichtkreises seiner Laterne die Farben des Tages ins Abendgrau verliefen. Er nickte. „Ich beneide dich um deine Beziehung zu deinem Vater. Ich wünschte, bei mir wäre es auch so." Er kniff die Lippen zusammen und schüttelte den Kopf. „Ich weiß, dass mein Vater mich liebt, aber es scheint, als wären er und ich uns ständig uneins. Wenn ich eine Meinung vertrete, nimmt er garantiert die gegensätzliche Haltung an. Ich hätte ihm schon längst wegen Herrn Borowski und der Schwierigkeiten im Lager telegrafieren sollen – und ich werde es morgen tun, wenn ich durchkomme –, aber ich weiß, wenn ich es schaffe, ihm die Nachrichten zu überbringen, wird er eine Möglichkeit finden, mir die Schuld daran zu geben statt den Rebellen."

Timofea starrte ihn im flackernden Schein der Laterne an. Anton zuckte zusammen, als ihm klar wurde, wie jämmerlich das klang. Glücklicherweise konnte er darauf zählen, dass der Mönch darüber schweigen würde. Zumindest hoffte er das.

„Was ist passiert?", fragte Timofea leise.

Anton runzelte die Stirn. Schüttelte den Kopf.

„Warum sollte dein Vater dir die Schuld für Dinge geben, auf die du keinen Einfluss hast?"

Wahrhaftig, warum sollte ein Mann seinem kleinen Sohn die Schuld am Tod der Mutter geben? Anton wandte sich ab und seine Stimme senkte sich. „Meine Mutter starb bei meiner Geburt. Sie war die Liebe seines Lebens. Er hat mir nie verziehen."

Hinter ihm stand Timofea schweigend auf. Der Wind sammelte die Kälte des Abends und ließ sie über Anton streichen. Er bekam eine Gänsehaut.

„Dein Vater ist ein schwacher Mann, Anton. Ich verspreche dir, du bist ganz anders als er."

Wortlos ließ sich Anton von diesem Gedanken durchdringen, während die Nacht hereinbrach.

Olga und Julia saßen schweigend da, während Olga sich ein Leben im Kloster vorstellte. Sicher hatte Gott andere Pläne für sie. Eine Familie. Vielleicht eine Ehe mit ihrem Cousin Gleb. Ja, sie wollte einen Prinzen heiraten – jemanden, der gutaussehend und stark war. Aber sie wollte auch einen Mann, der keine Prinzessin heiraten *musste*. Der hinter die Krone sehen konnte, zu der Frau, die einfach lieben und geliebt werden wollte.

Vielleicht konnte sie einen Mann finden, der ihre Liebe zu Poesie und Literatur teilte. Einen, der hinter den Pomp der Großfürstin sehen konnte und bezaubert war von der echten Olga, der ruhigen, manchmal sturen, ernsten Olga, die ihre Tage lieber damit verbringen würde, die Wolken am Himmel zu betrachten, als ins Ballett zu gehen oder an einer Zeremonie teilzunehmen. Maria war schon immer die Geselligere von ihnen beiden gewesen.

Dennoch hatte Olga schon immer gefühlt, dass ihr ein Platz der Gnade geschenkt worden war, ein Platz, von dem aus sie die Barmherzigkeit ihres himmlischen Vaters über das russische Volk ausschütten konnte. Wie damals, als sie ihr Taschengeld, das ihr vom Zaren zugeteilt wurde, benutzt hatte, um einen Behinderten in ein Sanatorium zu schicken. Oder ihre Spendensammlung auf der Krim, wo zugunsten von Tuberkulosepatienten weiße Blumen verkauft wurden. Ihr Vater hatte ihnen immer beigebracht, einen bescheidenen Lebensstil zu pflegen, trotz des Wohlstands der Familie. Jetzt überlegte sie, dass Gott für sie vielleicht von Anfang an ein Leben in einer geistlichen Enklave vorgesehen hatte, wo sie allen weltlichen Vergünstigungen absagte, wie es bei ihrer Tante Elisabeth Fjodorowna der Fall gewesen war. Diese hatte nach der Ermordung ihres Ehemannes einen Konvent gegründet.

Olga konnte jedoch nicht leugnen, wie sich ihr beim Gedanken an ein Klosterleben der Hals zuschnürte. „Julia, es ist zu früh, um solche Entscheidungen zu treffen. Warte, bis du wieder gesund bist, bis meine Familie befreit und diese Rebellion erstickt wurde. Warte, bis wir nach Hause zurückkehren."

„Was, wenn wir nie mehr nach Hause zurückkehren?" Julia sprach leise, und die heiße Luft verschlang ihre Worte. „Was, wenn derjenige, der mich ... überfallen hat ... uns noch immer verfolgt?" Julia ließ den Kopf hängen, und feuchte Strähnen ihres langen Haares fielen nach vorn und verdeckten ihr Gesicht. Ihre Hände zitterten. „Ich könnte mir nie vergeben, wenn dich ein solches Grauen treffen würde. Und ich kann nicht anders, als zu glauben, dass wir zusammen in größerer Gefahr sind als getrennt." Sie erschauderte, doch nur für einen Augenblick.

Olga sah zu, wie Julia sich fasste und wieder zu ihrer Kammerzofe mit dem gefährlichen Geheimis wurde.

„Jetzt, da Seine Kaiserliche Hoheit offiziell in Gewahrsam genommen und wegen Verbrechen gegen das Vaterland angeklagt wurde, bin ich mir sicher, dass entweder die Übergangsregierung oder die Rebellen oder beide bald beginnen werden, nach denjenigen zu suchen, die Verbindungen zum Zaren haben. Selbst wenn mein Angreifer nicht zurückkommt, sind Bedienstete wie wir zweifellos von besonderem Interesse. Das Mindeste, was sie tun werden, ist, uns zu einer Befragung zu holen. Wahrscheinlicher aber werden sie uns ins Gefängnis werfen."

Sie nahm den Birkenzweig zur Hand. „Wenn dieser Tag kommt und wir zusammen sind ... wenn sie eine von uns finden, finden sie uns beide. Wir müssen uns trennen, und du brauchst einen besseren Fluchtplan ... ein Versteck, das niemand vermuten würde."

Die heiße, schwere Luft machte Olga benommen. Um nicht umzufallen, hielt sie sich rechts und links von ihren Knien an der Bank fest. „Wohin sollte ich gehen, wenn ich dich verlassen sollte? Wenn das, was du sagst, wahr ist, wäre jeder einzelne mir bekannte Mensch, der bereit wäre mich aufzunehmen, auch ein Verdächtiger – mit Ausnahme unseres geheimnisvollen Herrn Klassen."

„Was, wenn ... was, wenn Herr Klassen deine Antwort ist?"

„Was? Ich verstehe nicht."

Julia trat von ihrer Bank herunter und griff nach einem Handtuch. „Der Zar wusste, was er tat, als er Anton als deinen Beschützer eingesetzt hat. Er hat keine Verbindungen zur kaiserlichen Familie. Es gibt keine offensichtlichen Gründe, warum man ihn anzweifeln sollte." Sie tupfte über ihr Gesicht, bevor sie sich in das Tuch einwickelte. „Geh mit Anton nach Hause ins Mennonitenland. Keiner würde je daran denken, dort nach dir zu suchen." Sie unterbrach sich und schaute Olga in die Augen. „Denkt darüber nach, Eure Hoheit. Ich glaube, es ist der einzige Weg, Euch und Euer Geheimnis zu bewahren."

Als Julia die Tür öffnete, um das Innere der Banja zu verlassen, ließ sie einen Schwall Kälte herein.

Mit Anton nach Hause gehen? Um bei den Mennoniten zu leben? Sie hatte von ihrem Vater etwas über die deutsche Religionsgemeinschaft gelernt. Ende des 18. Jahrhunderts hatte ihre Vorfahrin und regierende Monarchin, Katharina die Große, den fleißigen preußischen Bauern freies Land, teilweise Autonomie und Freistellung vom Militärdienst angeboten, wenn sie sich an der südlichen Grenze von Russland ansiedeln und Modelldörfer aufbauen würden. Die mennonitischen Kolonien lagen mitten im Nirgendwo.

Weit weg von ihrer Familie, versteckt bei Antons Leuten – das war vielleicht ihre sicherste Wahl. Sollte ein Feind – Julias Angreifer oder ein Abgesandter von der gegenwärtigen Übergangsregierung – beschließen, ihr nachzustellen, konnte es sehr gut sein, dass sie getrennt von Julia und dem Mönch Timofea besser dran war. In Anbetracht des langen Dienstes der Familie Petrow in verschiedenen Funktionen bei den Romanows mochte es für jemanden mit entsprechendem Eifer nicht allzu schwierig sein, sie aufzuspüren.

Und wenn, durch irgendeine entsetzliche Wendung der Ereignisse, die zunehmend mächtigen Bolschewikenrebellen die Maskerade der gefangenen Tatjana entlarven sollten, würden sie die Jagd nach der echten Olga beginnen. Und ihrer verschwundenen Kammerzofe.

Wie dem auch sei, sie konnte Anton nicht einfach so nach Hause folgen. Wenn er in seinem Dorf mit einer fremden Frau am Arm auftauchte ... Nun ja, so viel zum Verdacht-Erregen.

Es sei denn ...

Olga stieg von der Bank, griff nach Handtuch und Umhang und folgte Julia aus der Sauna. Die kalte Luft im Vorraum stach auf ihrer Haut. Julia erhob sich gerade aus ihrem kalten Tauchbad, und Olga folgte ihr rasch. Sie war froh über eine letzte Reinigung, trotz des Kälteschauers, der ihr über den Körper lief. Sie beeilte sich, ihre sauberen Sachen anzuziehen, und rieb sich mit dem Handtuch über den Kopf. Dabei bemühte sie sich, Julia nicht um ihre langen, nassen Locken zu beneiden. Mit jedem Augenblick, den sie in stillem Nachdenken versunken war, zeichnete sich ein Plan ab und nahm in ihren Gedanken immer klarere Formen an.

„Du warst schrecklich still seit meinem kleinen Wortschwall", sagte Julia. Sie stand, den Mantel in der Hand, angezogen an der Tür und wartete darauf, dass Olga ihre Schuhe zuschnürte. „Bitte verzeih, wenn ich dich beunruhigt habe. Ich bin sicher, wir sind hier alle in Sicherheit. Mir ist bewusst, dass ich schreckhaft und angespannt bin."

„Nein, ich weiß deinen Rat zu schätzen, und ich verstehe, warum ich besorgt sein sollte, selbst hier im Hinterland von Petschori." Olga hielt inne und lächelte Julia zu. „Ich habe sogar einen Augenblick lang darüber nachgedacht, mit dir ins Kloster zu gehen, aber das ist keine Berufung, die ich anstrebe. Außerdem glaube ich nicht, dass mein neuer Leibwächter, der unermüdliche Herr Klassen, sich besonders gut ans Klosterleben gewöhnen würde."

Julia lachte. „Ja, er scheint fest entschlossen, dich nicht aus den Augen zu lassen, und ich glaube nicht, dass die Schwestern es gutheißen würden, dass ein männlicher Hausgast ständig in deiner Nähe ist."

„Ich habe vielleicht einen Plan. Über die Ausführung muss ich noch nachdenken." Olga glättete ihren Rock und rieb mit der Hand darüber, dann nahm sie ihren Mantel vom Haken.

Julia runzelte die Stirn, als wolle sie Olgas Gedanken den Plan entlocken. Olga lächelte.

Solche Zeiten erforderten Mut und Erfindungsreichtum, besonders von ihrer Familie. Allerdings musste sie in Anbetracht der weitreichenden Folgen ihres Plans erst genau wissen, dass sie Antons Integrität trauen konnte, bevor sie ihm gegenüber ihre Idee äußerte. War er wirklich der Ehrenmann, der er zu sein schien?

Julia ließ sich von Olga in den Mantel helfen. „Ich bete, dass bald der Aufruf für dich und mich kommt, zur kaiserlichen Familie zurückzukehren, bevor wir über unsere weitere Vorgehensweise entscheiden müssen."

Olga wandte sich ihr zu, dankbar für diese Zofe, die Gott ihr geschenkt hatte. „Amen. Auch ich werde darum beten."

„Weil wir gerade vom Beten sprechen ..." Julia unterbrach sich, die Hand auf der Türklinke. „Timofea sagt, dass er mit mir zum Abendgebet hinüber zur Kirche in der Nähe des Klosters geht. Würdest du gern mit uns kommen?"

Gebet? Bisher waren ihre Gebete unerhört geblieben, obwohl sie Gott angefleht und ersucht hatte, das Unrecht zu beseitigen, das ihrer Familie angetan worden war, sie zu befreien und in Russland wieder Ordnung herzustellen. Doch Gott schien ihre Familie zu bestrafen, vielleicht als Vergeltung für den Rasputin-Skandal oder als Strafe für die Rolle, die ihr Cousin Dmitri beim Tod des Starez gespielt hatte.

Was, wenn Gott sich wegen ihres eigenen Betruges abgewandt hatte, dieser großen Lüge, die eine andere das Leben kosten könnte? Aus welchem Grund auch immer, Gottes Wohlwollen schien nicht mehr auf den Romanows zu liegen. Sie wusste nicht, ob sie im Augenblick die Kraft für eine weitere vergebliche Runde von Bitten hatte.

Offenbar musste sie die Frage ihres Schutzes in die eigenen Hände nehmen.

8. Kapitel

Anton schoss heran wie eine Kugel, als die Tür der Banja sich quietschend öffnete und Tatjana und dann Julia herauskamen. Ein abgetragenes Kopftuch aus Wolle umrahmte Tatjanas Gesicht, und als sie ins Laternenlicht trat, unterstrich der Karostoff ihrer Kopfbedeckung das Blau ihrer Augen. Ihre Wangen zeigten ein gesundes Leuchten, das ihre Windpockennarben fast überdeckte, die jeden Tag ein wenig mehr verblassten und verheilten. Sie war vielleicht nur eine Dienerin der kaiserlichen Familie, doch ihre Haltung und ihr Auftreten sprachen von Vornehmheit und Erziehung. Nachdem sie ihr Leben bei der herrschenden Klasse verbracht hatte, hatte sie offenbar deren Art und gutes Benehmen übernommen.

Tatjana kam auf Anton zu, bis sie ihm ganz dicht gegenüberstand. Sie schaute auf und ihm in die Augen. „Danke, dass Ihr auf uns gewartet und hier draußen in der Kälte Wache gestanden habt. Ich fühle mich recht erfrischt."

Zum ersten Mal, seit Anton das Dienstmädchen kennengelernt hatte, lächelte sie ihm ehrlich zu. Er schluckte schwer und erwiderte das Lächeln, plötzlich getroffen von diesen Augen, die ihn zu durchschauen schienen. Sein Herz pochte, als würde er einen *Trepak* tanzen.

„Ja, Ihr seht ..." Er schluckte noch einmal. „... erfrischt aus." Er räusperte sich. „Ein Dampfbad tut dem Körper immer gut."

Sie lächelte, hob leicht das Gesicht, und ihre Augen leuchteten ein wenig.

Oje. So hatte er sich nicht mehr gefühlt, seit er Katrina Löwen zu einer Veranstaltung des Jugendvereins in seiner Heimatgemeinde eingeladen hatte.

Er trat einen Schritt von Tatjana zurück und deutete mit dem Kinn auf Timofea. „Wir haben gern auf Euch gewartet." Er schwenkte mit seiner Laterne zur Hintertür des Hauses des Arztes. „Doch wir bringen Euch wohl besser aus der Kälte und ins Haus."

Anton sah, wie sie sich zu Julia umwandte und sagte: „Macht es dir etwas aus, wenn du mit Timofea schon vorgehst? Ich muss noch einen Augenblick mit Anton sprechen. Wir werden gleich nachkommen."

„Gewiss", erwiderte das Geschwisterpaar einstimmig.

Tatjana erinnerte Anton an jemanden, den er kennen sollte ... ihr Gesicht – er konnte es nicht recht einordnen. „Nach allem, was Ihr durchgemacht habt, können wir nicht zulassen, dass Ihr Euch in der Kälte den Tod holt."

„Ja, wir gehen gleich." Sie stand auf den Zehenspitzen und senkte ihre Stimme fast bis zu einem Raunen. „Doch ich muss Euch zuerst etwas fragen, fern von wohlmeinenden Freunden und den neugierigen Ohren ihrer Verwandten." Tatjana setzte ihre Fersen wieder auf den Boden und warf einen Blick über die Schulter, um sich zu vergewissern, dass sie und die Schweine den Hof für sich hatten. Sie zupfte an den Enden ihres Kopftuchs und zog es enger um ihr Gesicht. Ihre Worte kamen in rauem Flüstern über ihre Lippen. „Julia und ich haben über den Gedanken gesprochen, dass wir ... das heißt, sie und ich, uns vielleicht um der Sicherheit willen trennen sollten."

Ihre Worte trafen ihn unvorbereitet, und seine Gedanken rasten, um zu erfassen, was sie damit andeuten wollte. Bestand sie immer noch darauf zu versuchen, in den Palast zurückzukehren? Wollte sie, dass er sie dorthin brachte?

„In Ordnung. Ich höre zu." Er hob die Laterne hoch, um ihr Gesicht besser sehen zu können, und drängte sie mit einem Kopfnicken weiterzusprechen. „Was wollt Ihr dann damit sagen?"

Sie seufzte, wandte den Blick ab. „Wie ernst ist dieses Versprechen, das Ihr dem ... Zaren gegeben habt? Werdet Ihr alles tun, um ihm zu dienen, ungeachtet des Preises?"

Sie sah so zerbrechlich aus, wie sie dort stand und der Wind an ihrem Kopftuch zerrte. Was würde er für sie tun?

Er würde sein Geschäft aufgeben. Das hatte er wahrscheinlich bereits getan. Was bedeutete, dass er auch den Respekt seines Vaters aufgeben würde. Allerdings hatte er den sowieso nie besessen.

„Wärt Ihr bereit, eine Zeit lang Eure Freiheit aufzugeben, um seiner Bitte nachzukommen?"

In der Stille spürte Anton das Gewicht ihrer Worte, deren Kälte in seinen Knochen. Ja, es konnte sein, dass die Truppen der Übergangsregierung ihn aufspürten und verhafteten, weil er eine Kammerzofe aus dem kaiserlichen Dienst fortgebracht hatte. Er hatte bereits einmal bei ihrem Schutz versagt. Ja, er würde seine Freiheit für sie opfern.

Sie starrte hinauf in den Nachthimmel, der mit kristallenen Lichtern besetzt war, und sah so verletzlich und doch stark aus, anders als jedes andere Dienstmädchen, das er je kennengelernt hatte. Sie faszinierte ihn und legte Ängste in ihm offen, die er nie gekannt hatte. Ja, er würde sie beschützen. Alles opfern. Alles.

„Natürlich, Tatjana, würde ich Euch beschützen ... mit meinem Leben. Selbst wenn es bedeutete, ins Gefängnis zu gehen."

Sie schloss die Augen. Er sah, wie der innere Aufruhr von ihrem Gesicht wich und ein kleines Lächeln ihre Mundwinkel hob. Seufzend wandte sie sich ihm zu und betrachtete ihn im Laternenlicht. Er fragte sich, was sie sah. Einen Mann, der nicht gerade außerordentlich beeindruckend gebaut war, der bis auf die Knochen fror, gekleidet in einen Wollmantel, die *Schapka* über die Ohren gezogen wie ein Dorftrottel, die behandschuhten Hände ineinander verschränkt. Ein schöner Held. Ein schöner Beschützer. Er versuchte ein schwaches Lächeln.

„Ja, Anton, Ihr seid ein Ehrenmann."

Er hob die Augenbrauen bei diesen Worten. Was sie damit meinte, wusste er nicht genau.

Sie lächelte. Räusperte sich. „Anton Johannowitsch Klassen." Tatjana unterbrach sich und holte tief Luft. „Würdet Ihr mich heiraten?"

Die Sonne fiel durch den ausgeblichenen Brokatstoff und die Spitzenvorhänge. Sie stieg bereits hoch in den Himmel, als Olga auf dem Weg in die Küche durch das Wohnzimmer kam. Dr. Petrow, der das Frühstück beendet hatte, hockte jetzt am Schreibtisch, die Nase in ein Buch gesteckt. Sie hatte ihren Auftritt heute Morgen hinausgezögert, sich besonders viel Zeit genommen, um ihre Perücke aufzusetzen und ihre Morgentoilette vorzunehmen, bevor sie zu Julia, Anton und der Familie Petrow stieß.

Als ob die Sorgfalt, die sie für ihr Äußeres aufwendete, den Aufruhr im Inneren maskieren könnte.

Was hatte sie sich nur gedacht? Einen Mann – und nicht irgendeinen Mann, sondern einen gewöhnlichen Händler, der von Einwanderern abstammte – zu bitten, sie zu heiraten? Sie war offensichtlich viel zu lange in der Banja geblieben.

Vera Petrowna beugte sich über den alten Holzfeuerherd und rührte in einem Topf. Ihre breite Figur zeugte von guter Gesundheit und ihren kulinarischen Fähigkeiten. Sie schaute vom Herd auf und nickte Olga zu, als diese eintrat.

Das Haus des Dorfarztes zeugte nicht vom großbürgerlichen Stand eines Doktors, sondern ähnelte eher einem Bauernhaus. Die Tapete, auf der verblichene Chrysanthemen zu sehen waren, löste sich an manchen Stellen von den Wänden. Wacklige Säulen aus Büchern ragten in beiden Schlafzimmern vom Boden auf und ließen gerade genug Platz, um um die Betten herumzugehen. Schränke mit medizinischer Ausrüstung und Medikamenten säumten den Raum, der gleichzeitig Wohnzimmer, Praxis und Studierzimmer war, während die Küche Julia zufolge oft als behelfsmäßiger Operationssaal diente.

Das Haus war wahrscheinlich erbaut worden, als Olgas Großvater Alexander II. noch als Zar regiert hatte. Noch nie in ihrem Leben hatte Olga einen Fuß in solch einfache Gemächer gesetzt, doch sie stellte sich vor, wie ihr Bruder Alexej an der Gelegenheit zu einem Abenteuer wie diesem Gefallen hätte.

Ach, sie hoffte nur, dass in ihrer Abwesenheit nichts vorgefallen war, das die zarte Gesundheit des Zarewitsch beeinträchtigte. Alexej war nach ihr an den Windpocken erkrankt. Dennoch fürchtete sie nicht um seine Erholung von dieser Kinderkrankheit. Die Windpocken konnte er verkraften. Ein Sturz aus dem Bett konnte ihn umbringen. Er litt an Hämophilie, der Bluterkrankheit, und so löste der kleinste Schlag oder die kleinste Wunde Blutungen und Schmerzen bei ihm aus, die ihn aufschreien ließen. Dann wollte sie selbst immer am liebsten mitweinen. Niemand schlief, niemand lebte wirklich, wenn Alexej litt.

Früher hatte ihre Mutter daran geglaubt, dass Alexej die Episoden der Erbkrankheit nur aufgrund der Gebete und Behandlungen des Starez Grigori Rasputin überlebt hatte. Olga andererseits war nie völlig davon überzeugt gewesen, dass die heilenden Fähigkeiten des Geistlichen von übernatürlichen Kräften herrührten. Egal, ob der Einfluss des Mystikers auf den körperlichen Zustand ihres Bruders auf Geistheilung oder Suggestion hinauslief: Olga sorgte sich, wie ihre Mutter es verkraften würde, wenn Alexej jetzt krank würde, da Rasputin ermordet worden war.

Vorläufig aber schob Olga ihre Sorgen und Ängste beiseite. Sie würde sich verrückt machen, wenn sie sich mit solchen Dingen aufhielt. Sie musste ihr Versprechen halten und bis zum Ende durchhalten, egal, wie alles ausging.

Selbst wenn sie dabei wie eine Närrin aussah.

Sie warf Seitenblicke in Antons Richtung, als sie sich zu ihm und Julia an den Küchentisch setzte. Aschefarbene Tränensäcke hingen unter Antons blutunterlaufenen Augen. Das blonde Haar stand ihm vom Hinterkopf ab. Sein gutes Oberhemd, das bei ihrer ersten Begegnung so frisch und gestärkt gewesen war, brauchte jetzt dringend eine Wäsche und ein Bügeleisen. Überrascht über sein untypisches Erscheinungsbild, zog sie eine Augenbraue hoch.

Anton hatte um eine Nacht Zeit gebeten, um noch einmal über ihren Antrag zu schlafen, bevor er ihr eine Antwort gab. Allerdings wirkte er, als hätte er in seinem behelfsmäßigen Bett auf dem Wohnzimmersofa nicht einmal gedöst.

Sie selbst hatte die Nacht hellwach verbracht, sich mit Schuldgefühlen hin und her gewälzt und sich wegen ihres Heiratsantrags wie eine Närrin gefühlt.

Auf einen schmalen Matratzenstreifen gezwängt, hatte sie versucht, lang ausgestreckt dazuliegen und Julia nicht zu stören. Doch in die Schwärze zu starren und dem Ächzen und Knarren des alten Hauses zu lauschen, hatte es nur noch schlimmer gemacht. Der größer werdende Berg von Täuschungen drückte schwer wie ein Amboss auf ihre Brust.

Die Treue zu ihrer Familie nahm ihr nicht die Schuldgefühle wegen ihres Betruges – Schuld wegen dieser Scharade und auch wegen ihrer Bereitschaft, einen anderen Menschen zu einer Ehe zu überreden. Obwohl sie Anton sehr deutlich gemacht hatte, dass sie ihn nur pro forma zu heiraten beabsichtigte, kam ihr eine solche Vereinigung dennoch überwältigend intim vor und legte eine weitere Last auf ihre bereits müden Schultern.

Er verstand ihren Plan, die Ehe zu annullieren, sobald die Familie Romanow nach ihr schickte. Trotzdem: Indem sie Tatjanas rechtmäßigen Namen benutzte, sorgte sie dafür, dass das Dienstmädchen rechtmäßig mit einem vollkommen Fremden in einer Ehe verbunden wäre. Und als ob das noch nicht genügte, sie würde diese Lüge am Altar der Kirche und vor einem Mann Gottes vollziehen.

Ihre Schuld wurde noch bitterer, als sie am Morgen mit ihrem von den Windpocken gezeichneten und mit struppigem, kurzem Haar bedeckten Kopf aufwachte. O ja, sie sah ganz wie die Prinzessin aus. Anton konnte es wahrscheinlich kaum erwarten, ihr Angebot anzunehmen.

Irgendwie musste sie einen Weg finden, ihren neuesten Plan wieder unwirksam zu machen. Mit einem Blick auf Anton wusste sie, dass sie dann erleichtert wäre. Sie würde ihn beiseitenehmen und hoffen, dass er ihre Entschuldigung ohne Vorwürfe annehmen würde. Oder Gelächter. Denn tatsächlich war ihm ein Heiratsantrag von einem Dienstmädchen gemacht worden.

Antons Unbehagen, das seine derangierte Erscheinung erklärte und so untypisch für ihn war, konnte wahrscheinlich seinem Wunsch zugeschrieben werden, sie nicht zu verletzen. Wahrscheinlich hatte er die Nacht damit zugebracht, sich zu überlegen, wie er Tatjana an ihre Stellung im Leben erinnern konnte, ohne unhöflich zu sein ... und sie darauf hinzuweisen, wie absurd es war, dass ein Kaufmann eine Frau heiratete, die zum Dienen geboren war.

Sie musste zugeben, dass dieser Gedanke sie auf eine neue und unbekannte Weise demütigte. Zum ersten Mal wurde ihr klar, wie tief ihre Identität als Prinzessin ihre Seele prägte.

All das untermauerte weiter ihre Erkenntnis, dass sie, Prinzessin Olga Nikolajewna Romanowa, keinen einfachen Bürger wie Anton Klassen heiraten konnte. Niemals.

Julias Tante Vera verteilte am Herd die *Kascha* in Schalen und gab sie ihrer Nichte, damit diese sie den anderen weiterreichte.

Olga atmete tief den Duft von frisch aufgegossenem Tee und kochendem Frühstück ein. Die tröstlichen Gerüche trugen sie zurück nach Hause. Konnte ihre Familie in der Gefangenschaft die Mahlzeiten gemeinsam einnehmen? Die Sorge um ihre Familie verfolgte sie jeden wachen Augenblick. Die Anspannung legte sich manchmal um ihre Brust und raubte ihr den Atem.

„Tatjana, fühlt Ihr Euch gut genug, heute Morgen mit mir

hinüber zur St.-Nikolaj-Kirche zu gehen?" Anton sah sie an, während er vorsichtig über den Löffel voll heißer Buchweizengrütze blies und dann davon probierte.

Natürlich würde ihr Beten jetzt kein bisschen helfen, doch vielleicht konnte sie den Mut aufbringen, sich zu entschuldigen.

Julia, die bisher mit dem Löffel Gräben in ihre *Kascha* gezogen hatte, blickte auf. „Ach? Wenn wir zur Kirche gehen, beeile ich mich besser und binde eine neue Schürze um."

Olga versicherte sich, dass Tante Vera ihr den Rücken zugekehrt hatte, bevor sie den Kopf schüttelte. „Ich möchte dich nicht vom Gottesdienst abhalten, aber ich dachte, dass du erst diesen Brief zu Ende schreiben wolltest, damit du ihn in die Morgenpost geben kannst."

Julias Augen weiteten sich, während sie von Anton zu Olga und wieder zu Anton schaute. „Tatsächlich", erwiderte sie und dehnte das Wort. „Du hast recht. Wenn es dir nichts ausmacht, ohne mich zu gehen, glaube ich, bleibe ich hier bei Onkel Maxim und Tante Vera und arbeite weiter an meiner Korrespondenz." Sie warf ihrer Tante einen Blick zu, die summend am Herd stand.

Anton schien Julias plötzlichen Sinneswandel nicht zur Kenntnis zu nehmen. Er aß schweigend seine Kascha auf.

Olga zog ihren Mantel über und wünschte sich, sie hätte eine Kutsche, die sie über den Schlamm und Schnee trug. Das Kreuz an der Kette an ihrem Hals schien ihr heute Morgen kalt und schwer, als sie ihre Stiefel anzog. Anton bückte sich, um ihr zu helfen, und sie ließ es geschehen. Dabei erinnerte sie sich daran, wie er gestern im Hof ausgesehen hatte, als sie über ihn als Ehemann nachgedacht hatte.

Gekleidet wie ein Mann von Stand wie immer, in seinem Wollmantel und seiner Nerzschapka, die sein blondes Haar bedeckte, hatte er ihr sanft, sogar gütig zugelächelt. „Natürlich würde ich dich beschützen." Hände in Handschuhen, die er vor sich gefaltet hielt, als versuchte er, die Wärme nicht herauszulassen. Er hatte gestern beinahe eine Stunde in der Kälte gestanden und auf sie gewartet. Durchgefroren und hungrig und geduldig.

Dieser Gedanke und die Erinnerung an alles, was er für sie aufgegeben hatte – seine Zeit, sein Geschäft – und der Umstand, dass die Übergangsarmee sie jeden Augenblick finden und sie beide verhaften konnte, ohne dass er die leiseste Ahnung hatte, dass er eine Prinzessin beschützt hatte. Es kam ihr ungerecht vor. Trotzdem bezauberte sie der Gedanke, ihn zu heiraten, verstellt als eine unbedeutende Person, der Gedanke, dass sie einfach Tatjana sein konnte. Wie damals, wenn sie und Tatjana die Plätze getauscht hatten und sie zugeschaut hatte, wie ihre Zofe an einer Zeremonie teilnahm oder zu öffentlichen Veranstaltungen reiste, während Olga zu Hause blieb und las. Freiheit, unvergleichliche Freiheit, breitete sich vor ihr aus. Und so etwas wie Ruhe oder Frieden kehrte in ihr Herz ein.

Wahrscheinlich war es die andere Olga gewesen, die Olga, die sich danach sehnte, nicht mehr im kaiserlichen Rampenlicht zu stehen und einen Mann zu finden, der sie um ihrer selbst willen liebte, die sie dazu veranlasst hatte, Anton den Heiratsantrag zu machen.

Die echte Olga hatte seitdem den Wunsch verspürt, sie zu erwürgen.

Olga folgte Anton aus dem Haus und sie gingen über den schneeverkrusteten Hof und durch das Tor. Er öffnete es für sie und sie trat hinaus auf den Feldweg. Sie roch die Tiere vom Bauernhof und den Frühling, der sich in der stillen, kalten Luft sammelte.

„Ich habe die ganze Nacht über deinen Vorschlag nachgedacht." Antons deutscher Akzent schien heute Morgen schwerer als sonst.

Sein Mantel schob einen Zipfel seines Hemdkragens hoch und Olga verspürte den seltsamen Drang, ihn wieder an seinen Platz zu stecken. „Und?", fragte sie, überrascht von dieser romantischen Ader. *Erinnere dich an deinen Stand, Olga!*

„Ich möchte nicht unkooperativ erscheinen –" Seine Worte kamen in schwerfälligen Stößen. „– aber ich habe einige Bedenken."

Erleichterung durchfuhr Olga. Er würde Nein sagen und sie vor ihrer eigenen Dummheit retten. Wenn Anton sie abwies, würde sie seine Ablehnung als göttliche Vergebung für ihren törichten Vorschlag betrachten. Es musste einen anderen Weg geben, wie sie ihre Sicherheit gewährleisten konnte, ohne ihre Integrität mehr zu kompromittieren, als sie es bereits getan hatte.

„Es ist schon in Ordnung, Anton. Ich verstehe." Olga versuchte, ihre Gefühle nicht in ihre Stimme zu lassen. Sie ging weiter, nicht bereit ihn anzuschauen, damit diese Gefühle sich nicht auf ihrem Gesicht zeigten.

Sie kamen am Nachbarhaus der Petrows vorbei, und die weiße Gipsmauer kam in Sicht. Einige wenige Meter hinter dem Kloster erhoben sich die Türme der St.-Nikolaj-Kirche über den Horizont wie Zitadellen.

Anton warf einen Blick auf sie. Die Eindringlichkeit in Antons grauen Augen bestürzte Olga, die Sorge in ihnen, der gejagte Blick, der widerspiegelte, wie auch sie sich in letzter Zeit manchmal fühlte.

Sie würde es für ihn sagen und sich wünschen, sie hätte sie nie in diesen Schlamassel gestürzt. „Um eine Heirat zu bitten, ist sehr viel ... für jeden ... selbst unter diesen Umständen. Ich bin mir sicher, dass wir uns einen anderen Plan ausdenken können."

„O, ich sage nicht Nein."

Er sagte nicht Nein?

Olgas Überraschung musste sich auf ihrem Gesicht gezeigt haben. Anton lächelte.

„Ich glaube, an deiner Idee ist etwas dran. Wenn wir heiraten würden, könnten wir zusammen reisen, ohne eine Anstandsdame zu brauchen, und es würde kein Verdacht aufkommen." Anton holte Luft. „Außerdem", sagte er mit einem weichen Lächeln, „wenn ich mit einer schönen Braut am Arm zu Hause auftauche, werden meine Freunde und meine Familie ihre schlechte Meinung von mir überdenken müssen."

Schlechte Meinung? Von diesem Mann? Dieser Gedanke erschütterte sie und erfüllte sie mit Traurigkeit. Sie sehnte sich plötzlich danach, den Schmerz zu lindern, der in seinem Blick geschrieben stand.

Außerdem war sie nicht schön, und seine Worte trieben ihr nur Tränen in die Augen. Sie schüttelte den Kopf und wandte den Blick ab. „Du bist sehr freundlich, Anton, aber mein Sehvermögen haben die Windpocken nicht beeinträchtigt. Ich weiß, wie ich aussehe. Du musst mir nicht mit leeren Komplimenten schmeicheln."

„Das ist keine Schmeichelei." Er legte einen Finger unter ihr Kinn und hob ihren Blick zu seinem. „Vielleicht siehst du einfach nur nicht das, was ich sehe."

Sie spürte, wie Hitze in ihre Wangen drang. Seine Hand an ihrem Kinn war ihr mehr als deutlich bewusst, das weiche Lächeln, das er ihr schenkte, sein Geruch – er musste gestern Abend noch eine *Banja* genommen haben – sauber und duftend. Heute Morgen hatte er sich rasiert, und der Umstand, dass er keinen Vollbart trug wie ihr Vater und so viele andere russische Männer, reizte sie. So wirkte er jünger, sogar exotisch. Und das Grübchen in seinem Kinn machte ihn nur noch bemerkenswerter.

Sie schluckte und trat von seiner Berührung zurück. Anton war ein Ehrenmann, das wusste sie. Doch sie war eine Prinzessin und sie konnte keinen Mann heiraten, der nicht adlig war.

Sie nahm sich fest vor, sich daran zu erinnern.

Er lächelte, und seine Hand kehrte in seine Manteltasche zurück. Dann, und sein Gesichtsausdruck wurde ernst dabei, sagte er, „Ja, Tatjana, ich werde dich heiraten."

9. Kapitel

Anton suchte Timofea in der Kirche auf, wo er im gemeinsamen Gottesdienst mit einer Gemeinde von zwei Dutzend Leuten war.

In krassem Gegensatz zu der Höhlenkapelle, wo Anton Timofea zum ersten Mal getroffen hatte, spiegelte der Altarraum von St. Nikolaj den extravaganten goldenen Prunk und die klassische Kunst und Architektur vieler orthodoxer Kirchen wider. Anders als der zweckmäßige Versammlungsraum von Antons Gemeinde in seinem Heimatort hatte diese Kirche keine Bänke. Der weitläufige, überwölbte Raum, in dem Stimmen hallten, Kerzen leuchteten und der durchdringende Geruch von Weihrauch hing, flößte Ehrfurcht und Anbetung ein.

Anton blieb in der Nähe des Eingangs, während Tatjana weiter in den Kirchenraum vortrat und eine Kerze anzündete. Dann bekreuzigte sie sich, faltete die Hände und beugte den Kopf.

Während Anton sich an den heiligen Bildern und Klängen wärmte, traf ihn erneut eine Erkenntnis, die ihm vor Kurzem gekommen war. Vielleicht war die mennonitische Art nicht die einzig richtige Art, Gott zu verehren. Anton vereinte sein Herz mit den anderen Kirchgängern und begann zu beten.

Als sich das Murmeln legte, hob Anton den Kopf. Sein Blick fiel erst auf Tatjana und dann auf Timofea, als der Gottesdienst zu Ende ging und auch sie ihre Gebete beendeten.

Anton beobachtete, wie Timofea Tatjana entdeckte. Der Gesichtsausdruck des Mönchs verriet Überraschung, dann Sorge, und er suchte den Raum ab, bis er Anton erspähte. Sie begrüßten einander mit einem Kopfnicken.

Timofeas Stirnrunzeln vertiefte sich. Anton lächelte ihm rasch zu, in der Hoffnung, Timofea zu beruhigen. Dieser machte sich große Sorgen um seine Schwester.

Gestern Abend, nach Tatjanas Heiratsantrag, hatte Anton sich Timofea anvertraut – mit der Bitte, um Weisheit zu beten.

Der Mönch bahnte sich einen Weg durch die kleine Menge und fiel in Gleichschritt mit Tatjana. Zusammen bewegten sie sich auf die Tür zu, um sich mit Anton zu treffen. Die drei gingen hinaus in den fallenden Schnee und bogen einige Meter weiter in Richtung des Klosters ab.

„Wo ist Julia?" Sorge säumte Timofeas Worte. „Gibt es ein Problem? Stimmt irgendetwas nicht?"

„Julia geht es gut. Dein Onkel ist zu Hause und passt auf sie auf. Tatjana und ich müssen vertraulich mit dir reden, also ist Julia zurückgeblieben. Können wir dich einen Augenblick sprechen?"

„Sicher. Folgt mir." Timofea führte sie durch das vordere Tor des Klosters, über den Innenhof und in einen kalten, steril aussehenden Raum. Dort gab es keine Möbel außer einem einfachen Holztisch, vier wackligen Stühlen und der üblichen Ikonenecke, die die meisten orthodoxen Räume schmückte. Ein *Ruschnik* war über das Bild von Christus dem Retter und das der Jungfrau mit Kind drapiert, und eine Flamme tanzte auf der Ikonenlampe in ihrer Halterung.

„Setzt euch. Bitte." Timofea und Anton streckten die Hände nach dem gleichen Stuhl aus, um ihn Tatjana anzubieten, doch Timofea kam Anton zuvor. Er zog den Stuhl vom Tisch weg und bedeutete Tatjana sich zu setzen.

Anton konnte seinen eigenen Atem sehen, und obwohl er die Mütze aus Höflichkeit abgenommen hatte, behielt er doch seinen Mantel an.

„Bitte entschuldigt den kalten Raum. Wir haben hier nicht besonders oft Gäste, also halten wir das Feuer klein." Timofea rieb die Hände aneinander und blies sich in die Handflächen. „Ich bin froh, dich außer Haus zu sehen, Tatjana. Deine Kraft scheint mit jedem Tag etwas mehr zurückzukehren." Die Beine seines Stuhls scharrten über den Steinboden, als er sich setzte.

„Ja. Mein Hauptleiden ist jetzt mein Mangel an Energie, aber ich bin mir sicher, auch das geht vorüber." Sie knöpfte ihren Mantel auf, behielt ihn aber an und ließ das Kopftuch unter dem Kinn festgeknotet. Ihre blauen Augen wirkten in ihrem schönen Gesicht riesig.

„Übernimm dich nur nicht." Timofeas Gesichtsausdruck wechselte von ernst zu heiter. „Allerdings nehme ich nicht an, dass du hierher gekommen bist, um bei mir medizinischen Rat zu suchen." Er lachte in sich hinein. „Den kannst du von meinem Onkel Maxim bekommen, und ich bin mir sicher, dass er dir schon mehr als einmal genau die gleichen Worte gesagt hat." Er stützte seine Ellenbogen auf den Tisch, legte die Finger aneinander und wandte seine Aufmerksamkeit von Tatjana zu Anton. „Was also kann ich für euch beide tun?"

Anton räusperte sich und beugte sich auf seinem Stuhl vor. Er wusste nicht genau, was Tatjana davon halten würde, dass er ihren Antrag schon mit Timofea besprochen hatte, also begann er am Anfang. „Ja, nun, Tatjana und Julia haben gestern ihre Zwangslage erörtert, und natürlich hat Julia, wie wir alle, schwerwiegende Bedenken bezüglich ihrer beider Sicherheit. Ich weiß nicht, ob sie ihre Gefühle in dieser Sache mit dir besprochen hat, aber sie fürchtet, dass früher oder später alle, die im Zarenhaushalt gearbeitet haben, gesucht und wahrscheinlich verhaftet und ihre Besitztümer konfisziert werden. Deshalb glaubt sie, dass die beiden Frauen darüber nachdenken sollten sich zu trennen."

„Dem stimme ich zu." Timofea nickte. „Meine Schwester ist sogar so weit gegangen, unseren Vater zu bitten, bei einem Konvent in der Nähe nachzufragen, ob sie dort Novizin werden könnte."

Anton stand auf. Er fühlte sich gezwungen, seiner Anspannung durch Umherlaufen Luft zu machen. „Um die Wahrheit zu sagen, kann ich – in Anbetracht von allem, was sie durchgemacht hat – verstehen, warum Julia in die Abgeschiedenheit gehen möchte. Ihre Ängste sind wohl begründet." Er hielt inne und richtete seinen Blick auf den Mönch. „Damit keine Zweifel aufkommen, lass mich sagen, dass ich weiter entschlossen bin, den Schwur zu halten, den ich dem Zaren gegeben habe – auf Tatjana achtzugeben, bis man nach ihr schickt. Aber unglücklicherweise scheint dieser Tag jetzt weiter entfernt als noch vor einer Woche. Ich glaube, wir alle wissen, dass wir hier nicht auf unbestimmte Zeit bleiben und die Gutmütigkeit eures Onkels und eurer Tante ausnutzen können. Und so, wie die Lage sich verschlechtert, kann ich auch nicht in meine oder Borowskis Wohnung zurückkehren."

Während Anton sprach, legte er den Mantel ab und hängte ihn über die Stuhllehne. „Entschuldigt, wenn ich in solch einem Augenblick selbstsüchtig klinge, aber wenn es irgendeine Möglichkeit gibt, muss ich immer noch einen Weg finden, mein Geschäft zu retten." Ein klammes Gefühl durchzog Anton. „So sehr ich es auch verabscheue, meinem Vater gegenüberzutreten und ihm schlechte Nachrichten zu überbringen, so muss ich dennoch die Situation unseres Lagers mit ihm besprechen und seinen Rat darüber einholen, was wir tun können." Er rieb sich den Nacken. „Allerdings wird es in meiner konservativen Heimatstadt garantiert einiges Stirnrunzeln geben, wenn ich den ganzen Weg mit einer unverheirateten jungen Dame reise." Anton schluckte schwer und holte tief Luft. „Also sind Tatjana und ich mit einer Idee zu dir gekommen ..."

Er schaute zu Tatjana. Sie saß da und zupfte an den Fransen ihres Kopftuchs, trennte sie nach Farben. Sie warf ihm einen kurzen Blick zu und lächelte ihn dünn an.

Anton merkte, dass sein Hin-und-her-Laufen seine Nervosität nur noch verschlimmerte. Er blieb an seinem Stuhl stehen.

Timofeas Gesicht blieb stoisch. Er gab einen ausgezeichneten Beichtvater ab.

„Tatjana ist zuerst darauf gekommen, aber ich glaube, sie ist vielleicht auf einen guten Plan gestoßen." Er beugte sich über den Stuhl und stützte sich mit den Händen auf der Lehne ab. „Was würdest du denken, wenn wir heiraten würden, Tatjana und ich?" Er schaute forschend in Timofeas Gesicht. Er hatte dem Mönch reichlich Zeit gegeben, darüber nachzudenken, und jetzt hoffte er auf eine Antwort.

„Nur auf dem Papier, natürlich", fügte er mit einem Blick auf Tatjana hinzu. „Und dann könnte ich sie nach Alexanderwohl mitnehmen. Niemand würde erwarten, eine Dienerin aus dem Zarenhaushalt verheiratet und so weit ab in unserem verschlafenen kleinen Dorf in der Molotschna-Kolonie zu finden. Wenn es einen sicheren Ort in Russland gibt, wo sie sich verstecken kann, ist es dort." Er schwieg und wartete auf Timofeas Reaktion.

Der Mönch legte den Kopf in den Nacken und schaute Antons Empfinden nach unendlich lange gen Himmel. Als Timofea den Kopf senkte, brannte sein Blick sich in Anton und Tatjana, als versuchte er, ihre innersten Gedanken zu erraten.

„Anton, hast du über die Folgen dessen nachgedacht, was du hier vorschlägst?" Timofea hatte ihn gestern Abend schon das Gleiche gefragt. Anton hatte keine Antwort. „Ich weiß, dass du fest entschlossen bist, die Bitte des Zaren zu erfüllen und Tatjana zu beschützen, aber ich könnte dafür sorgen, dass man gut für sie sorgt, bis endgültige Vorkehrungen getroffen werden können, entweder für ihre Rückkehr in den Dienst des Zarenhaushalts, ihr Exil oder ihren Übergang in ein neues Leben."

Wie letzte Nacht, als er in die Dunkelheit seines Zimmers gestarrt hatte, bohrte sich das Gewicht des Wappens des Heiligen Vasilij in seine Brust, seine allgegenwärtige Erinnerung an sein Versprechen an den Zar. Am Ende gab ihm dieser Schwur die einzig mögliche Antwort. „Bei allem nötigen Respekt und mit Dank für dein Angebot – ich habe ein Versprechen gegeben, und ich habe vor, meinen Eid zu erfüllen, egal, was er mit sich bringt."

„Ich verstehe", sagte der Mönch Timofea mit einem Kopfnicken. „Deine Hingabe ist bewundernswert."

Anton wand sich unter Timofeas durchdringendem Blick. Er wusste, dass er keine Bewunderung für seine Entschlossenheit verdiente, sich um Tatjana zu kümmern. Abgesehen von seiner Verpflichtung musste er zugeben, dass ihm der Gedanke, mit einer Frau am Arm nach Molotschna zurückzukommen, durchaus gefiel.

Nein, das stimmte nicht ganz. In dem Augenblick, als Tatjana das Thema angeschnitten und ihre Idee dargelegt hatte, hatte sein Herz einen Sprung gemacht bei dem Gedanken, Zeit mit ihr zu verbringen, ihr Lächeln zu genießen und einen freudigen Glanz in ihre Augen zu locken. Während eine solche Ehe dazu dienen mochte, Tatjana zu schützen, würde sie vielleicht noch mehr dazu beitragen, sein einsames Herz zu ermutigen. Er nahm nicht an, dass sie ihn lieben würde, doch eine Freundschaft mit einer Frau wie Tatjana kam ihm in vielerlei Hinsicht wie ein Schatz an sich vor. Doch konnte er sie wirklich beschützen? Selbst als seine Ehefrau? Dieser Gedanke hatte dazu geführt, dass er sich die ganze Nacht in schlaflosen Qualen hin und her gewälzt hatte.

Es war möglich, dass er im Moment so müde war, dass er nicht im Vollbesitz seiner geistigen Kräfte war.

Timofea studierte Anton einen weiteren langen Augenblick, dann wandte er seine Aufmerksamkeit Tatjana zu.

„Tatjana, ich möchte es aus deinem eigenen Mund hören." Timofea beugte sich vor. „Würdest du diese Verbindung freiwillig und ohne Zwang eingehen?"

Sie hörte auf, an ihrem Kopftuch herumzufingern, und ließ es los. Nachdem sie Anton einen raschen Blick zugeworfen hatte, räusperte sie sich. „Ja, *Batjuschka* Timofea. Ich bin willens, es zu tun."

„Und was geschieht, wenn du zurück in den Dienst der Romanows gerufen wirst? Was dann? Du weißt ebenso gut wie ich, dass persönliche Bedienstete der kaiserlichen Familie unverheiratet sein müssen."

Tatjana warf Anton einen weiteren Blick zu. Ihre Augen waren strahlend blau, während das Blut aus ihrem Gesicht zu weichen schien. Sie befeuchtete ihre Lippen, bevor sie wieder Timofea anschaute. „Anton und ich haben darüber gesprochen und ich glaube, dass wir uns einig sind. Da unsere Ehe nur auf dem Papier bestehen würde, würden wir diese Verbindung wahrscheinlich annullieren lassen."

Timofea faltete die Hände und beugte den Kopf wie zum Gebet. Anton wartete mit klopfendem Herzen. Was, wenn er Nein sagte? Auch wenn Anton nicht an die orthodoxe Kirche gebunden war – Tatjana war es, und sie würde nichts ohne Einverständnis der Kirche tun. Doch dann würde Gott ihnen einen anderen Plan geben, nicht wahr? Vielleicht sollte er einmal danach fragen.

Timofea schaute auf. „Ich müsste mich erst mit den Ältesten beraten, bevor ich eine offizielle Antwort geben könnte, aber ihr habt nach meiner Meinung gefragt, also werde ich offen sprechen. Ich habe Bedenken. Ich verstehe eure Gründe, und, glaubt mir, ich kann mit eurer Denkweise mitfühlen. Eine Ehe wäre eine leichte Antwort auf die missliche Lage, in der ihr euch beide befindet. Ich bin nicht prinzipiell gegen Vernunftehen. Oft erwachsen aus solchen Verbindungen lebenslange liebevolle Beziehungen. Die Kirche sieht in gewissen Situationen zwar Regelungen für die Annullierung einer Ehe vor, aber wenn ihr die Ehe mit dem Gedanken eingeht, dass ihr sie wieder auflösen wollt ... nun ja, da zögere ich. Die Ehe ist eine heilige Institution und sollte nicht ohne eine Verpflichtung zur Dauerhaftigkeit eingegangen werden. Abgesehen davon ..."

Mit einem weiteren Blick gen Himmel wandte Timofea dann seine Aufmerksamkeit wieder Anton zu. „Es gibt ein großes Hindernis zu überwinden, bevor die Kirche ihren Segen zu dieser Heirat geben könnte." Er zögerte. Holte tief Luft. Räusperte sich. „Anton, ich weiß, dass du ein rechtschaffener Mann bist, mit einem Herzen, das Gott zugewandt ist, aber du bist nicht orthodox, und daher gibt es keine Aufzeichnungen über deine Geburt in unseren Archiven. In den Augen der Kirche ist es so, als wärst du nie geboren worden. Daher können wir keine Trauung für dich vornehmen." Er schlug die Augen nieder. „Es tut mir leid."

Anton ertappte sich dabei, wie er mit den Fingern auf den Tisch trommelte. Ihm war schmerzlich bewusst, wie sehr Timofeas Worte stachen. Als hätte er wirklich gehofft ...

Wie war er nur in diese missliche Lage geraten? Er ballte die Hände zu Fäusten und ließ dann wieder locker, rieb die Handflächen aneinander und fragte sich zum hundertsten Mal, was ihn geritten hatte, in den Wald zu gehen, um einem unsteten Laternenlicht nachzuforschen. Er schaute Tatjana an, deren Kopf gesenkt und deren Lippen geschürzt waren. Sie hatte ebenso wenig darum gebeten, in diese unerhörte Lage zu geraten wie er. Arme Frau.

Er erinnerte sich an ihre Worte von gestern Abend. *„Wie ernst ist dieses Versprechen, das Ihr dem ... Zaren gegeben habt? Werdet Ihr alles tun, um ihm zu dienen, ungeachtet des Preises?"*

Wie weit würde er gehen, um seinem Familiennamen Ehre zu machen, um seine Schande wieder gutzumachen, um sich und seiner Familie zu beweisen, dass er das Zeug hatte, ein echter Patriot zu sein, trotz seiner mennonitischen Verpflichtung zum Frieden?

„Wärt Ihr bereit, eine Zeit lang Eure Freiheit aufzugeben, um seiner Bitte nachzukommen?"

Wie weit würde er gehen, um Tatjanas Lächeln, um einen Ausdruck des Friedens auf ihrem Gesicht zu sehen?

Er wandte seine ungeteilte Aufmerksamkeit wieder dem Mönch zu. „Was, wenn ich zum orthodoxen Glauben konvertieren würde?"

Ihr frisch vermählter Ehemann saß ihr gegenüber im Zugabteil und schrieb in sein Tagebuch. Immer wieder schaute er auf und warf ihr einen Blick und ein schwaches Lächeln zu. Dann wieder unterbrach er sich, um mit leeren Augen sein Bild im Fenster anzustarren. Olga hatte sein in Leder gebundenes Tagebuch mehr als einmal auf dieser Reise bemerkt. Hatte sich gefragt, was ein Mann wie Anton wohl schreiben mochte. Natürlich führte auch sie ein Tagebuch, doch sie verspürte eine gewisse Eifersucht auf dieses Buch, das seine tiefsten Geheimnisse enthielt.

Sie fragte sich, ob sie je den Mut besitzen würde, nach seinen Geheimnissen zu fragen. Die Geheimnisse, die in seinem Blick lagen, wenn er nicht bemerkte, dass sie ihn anschaute.

Aller Wahrscheinlichkeit nach würde sie nie fragen und er würde von sich aus nie seine Einträge offenbaren. Sie waren beide besser dran, wenn sie Abstand hielten. Warum sollten sie ihre bereits verfahrene Situation noch komplizierter machen, indem sie Freunde wurden? Schlimm genug, dass sie ihn geheiratet hatte.

Olga drehte den einfachen Goldring immer wieder um ihren Ringfinger. Es war vollzogen. Verheiratet. Im Namen einer anderen Frau. Ihr Ballast an Lügen hatte sich wieder vergrößert.

Egal, wie vernünftig die Gründe waren, die sie anführte, um sich Mut zu machen – sie hatte halb erwartet, wegen ihres Betruges von einem Blitz erschlagen zu werden, während die Hochzeitszeremonie in Anwesenheit von Familie Petrow, Julia und Timofea und unter der Autorität des Gemeindepriesters ihren Lauf genommen hatte. In ihrer Truhe hatte sie ein weißes, wadenlanges Kleid aus Satin und Spitze gefunden, das sie im letzten Frühling zu Nachmittagskonzerten getragen hatte. Es diente als ihr Brautkleid.

Bei jedem Teil der Trauzeremonie – den Gebeten, den Rezitationen, den zeremoniellen Traditionen, dem „Ich werde" und „Ich will" und besonders beim Sakrament der heiligen Kommunion – verlor sie ein wenig mehr die Kontrolle über ihre ängstlichen Gefühle. Als sie unter den Rufen „für viele Jahre" der kleinen Hochzeitsgesellschaft den Augenblick des Hochzeitskusses erreicht hatten, konnte Olga ihre Tränen nicht mehr zurückhalten.

Tante Vera glaubte, es wären Freudentränen gewesen.

Olga hatte es dabei belassen.

Es minderte nicht gerade ihre Schuldgefühle, als Julia Olgas Taschen umpackte und ihre Kamera bemerkte, die am Boden verstaut war. Sie zog sie vorsichtig heraus und schlug vor, ein Foto zu machen.

Olga hatte Julia die Kamera beinahe aus den Händen gerissen. Sie hatte sie von ihrem Vater geschenkt bekommen. Allerdings war ihre Trauung eine Erinnerung, die sie nicht festhalten wollte. Mit etwas Glück konnte sie sie eines Tages vollständig aus ihrer Erinnerung löschen. Sie hatte die Kamera zurück in ihre Tasche gestopft und unter ihrem grünen Ballkleid versteckt.

Olga lehnte sich zurück in das kratzige Polster der Sitzbank. Dann knöpfte sie die Jacke ihres marineblauen Reisekostüms aus Tweed und Samt auf.

„Warum führst du ein Tagebuch? Ich weiß, dass der Zar das tut, aber nur wenige andere Männer, die ich kenne."

Er schaute zu ihr hoch, einen neugierigen Ausdruck auf dem Gesicht. „Du kennst die Gewohnheiten von anderen Männern?"

Sie spürte, wie sie errötete, und wandte den Blick ab.

Er seufzte. „Es tut mir leid; das war unhöflich. Ich bin nur überrascht, wie vertraut dir das Privatleben der kaiserlichen Familie ist."

Diese Aussage traf sie und erinnerte sie daran, auf ihre Worte zu achten. „Man hat mir mehr als einmal vorgeworfen, ich sei allzu aufmerksam."

Anton bemerkte ihr Lächeln. „Ich führe ein Tagebuch für meine Erben, um die Lektionen, die ich im Leben und auf meinem Weg mit Gott lerne, genau weitergeben zu können. Und vielleicht können sie von mir lernen – und sogar einige meiner Fehler vermeiden."

Aus irgendeinem Grund berührte sie das. Ein Mann, der so besorgt um seine zukünftige Familie war, dass er sie schon jetzt in seinem täglichen Leben bedachte. Ganz offenkundig bedeutete es ihm viel, eine Familie zu haben.

Olga verabscheute den Umstand, dass sie ihn dieser Gelegenheit beraubt hatte, zumindest zeitweilig. Sie starrte aus dem Fenster, während er weiterschrieb. Erst seit drei Stunden waren sie auf der insgesamt zweitägigen Fahrt in Antons Heimat, und schon erstreckte sich das Schweigen zwischen ihnen.

Wenn sie nur nicht allein wären.

Damit sie ungestört reisen konnten, hatte Anton ihnen ein halbprivates Abteil mit Schlafplätzen in der zweiten Klasse gesichert, das Beste, was in diesen wahnsinnigen Zeiten erhältlich war.

Wahrscheinlich hatte Anton dafür ein Vermögen bezahlt. Eine vierköpfige Familie war ihnen für das Abteil zugeteilt gewesen. Doch trotz Olgas Beteuerungen, dass sie nicht mehr ansteckend war, hatte die Mutter, als sie Olgas mittlerweile schwache Windpockennarben sah, wegen der Gesundheit ihrer Kinder darauf bestanden, dass der Schaffner ihnen ein anderes Abteil zuwies. Zweifellos glaubte die Mutter auch, dass sie den frisch Vermählten damit einen Gefallen tat.

Olgas Blick fiel auf den Korb mit Essen, der auf ihrem Nachbarplatz stand. Julias Tante hatte Essen für ihre und Antons zweitägige Reise in die Molotschna-Kolonie vorbereitet, das für eine ganze Armee reichen würde. Oben auf dem Bündel lag ein in Tücher gewickeltes Päckchen mit Brot und Salz – ein Geschenk von ihren Hochzeitsgästen.

Olga verstand nicht, wie Julia es geschafft hatte, ihr Hochzeitsgeschenk zu überreichen, ohne eine Miene zu verziehen, da sie doch das volle Ausmaß dieses Täuschungsmanövers kannte. Timofea wenigstens schien davon auszugehen, dass sie, als Tatjana, das Dienstmädchen, sich seine Ermahnungen zu Herzen genommen hatte und diese Verbindung mit der Absicht der Dauerhaftigkeit eingegangen war.

Olga schloss die Augen. Ach, sie war so ausgelaugt – an Leib, Seele und Geist.

Selbst die Gesündesten wären nach all dem Aufruhr erschöpft, der in den letzten Tagen geherrscht hatte. Antons Entscheidung zu konvertieren, seine eilige Unterweisung in der Orthodoxie unter Timofeas Anleitung, gefolgt von seiner Taufe in den orthodoxen Glauben am Sonntag ... und ihr eigenes viertägiges Tauziehen, ob sie diese Hochzeitspläne zu Ende bringen sollte oder nicht.

Letztendlich konnte sie sich nicht mehr aus der Affäre ziehen, nachdem sie gesehen hatte, was Anton bereit war auf sich zu nehmen, um für ihre Sicherheit zu sorgen. Er glaubte, er heiratete ein Dienstmädchen, und dennoch hatte er ihr seinen Namen angeboten. Diese Großzügigkeit raubte ihr beinahe den Atem. Und ließ sie erkennen, dass ihr Vater wahrlich eine weise Entscheidung getroffen hatte, als er Anton ausgewählt hatte, sie zu beschützen.

Sie fragte sich, was ihre Eltern von dieser neuesten Wendung der Ereignisse halten würden. Würde Papa sie loben, weil sie einen so mutigen Schritt getan hatte, eine Ehe in Tatjanas Namen einzugehen, um ihre eigene Sicherheit zu gewährleisten? Oder würde er sie bestrafen, weil sie diese Maskerade auf eine solche Spitze trieb? Wenn sie raten müsste, würde sie denken, dass Papa die Idee unterstützen würde, während Mama in ihrer typisch mütterlichen Art dagegen protestieren würde, dass ihre Tochter heiratete.

Mutter hatte eingehend, aber bisher erfolglos versucht, eine Verbindung zwischen Olga und Männern wie Prinz Carol von

Rumänien oder Prinz Edward von Wales zu schmieden. Daher wäre der einzige Anlass, bei dem sie sehen wollte, wie ihre Tochter den Mittelgang in der Kirche entlangschritt, der, dass Olga ihr Eheversprechen mit einem adligen Mann austauschte – und sich nicht unter falschem Namen mit einem gewöhnlichen Kaufmann verheiratete.

Dennoch würde Mutter vielleicht Antons Charakter billigen, wenn schon nicht seine niedere Herkunft. Obwohl Anton vielleicht nicht die gesellschaftlichen Umgangsformen und Gewandtheit des Adels besaß, war er treu. Und gütig. Und ehrlich. So ganz anders als die flache und oberflächliche Falschheit, die sie bei vielen Vertretern der oberen Zehntausend sah.

Ein Rucken des Zuges ließ Antons Knie gegen ihre schlagen.

„Entschuldigung", sagte er und hielt sein Tagebuch fest. „Alles in Ordnung?"

Sie nickte und spürte, wie sie errötete. Er hatte sich seit ihrer Hochzeit sorgfältig bemüht, nichts anderes als der vollendete Kavalier zu sein. Sie wusste, dass selbst ihm ihre räumliche Nähe bewusst war. Allein. Verheiratet.

Ein Anflug von Schüchternheit zwang sie, den Blick abzuwenden.

Unter ihren Männerbekanntschaften im Adel konnte sie sich keinen vorstellen, der bereit wäre, ihre Interessen über seine eigenen zu stellen, selbst angesichts ihrer Position als Großfürstin. Doch genau das hatte Anton für ein verwaistes Dienstmädchen getan.

Eines war sicher: Papa würde Anton mögen und die Hingabe dieses Mannes bewundern, die es selbst mit seiner eigenen fürsorglichen Obhut und seinen Vorsichtsmaßnahmen für sein ältestes Kind aufnehmen konnte.

Wenn ihre Mutter über ihre Einwände gegen diese Heiratsintrige hinwegsehen könnte, könnte sie Anton wohl ebenfalls mögen, und nicht nur wegen der Hingabe, mit der er seinen Auftrag ausführte. Anton hatte einige ausgeprägte Gemeinsamkeiten mit der Zarin Alexandra. Zum einen waren sowohl ihre Mutter als auch Anton bereit gewesen, um der Ehe willen zum orthodoxen Glauben überzutreten, obwohl die Entscheidung ihrer Mutter der Liebe entsprungen war, während Anton von Pflicht und Ehre getrieben wurde.

Zum anderen waren sowohl die Zarin als auch Anton deutscher Abstammung.

Unglücklicherweise stellten seit Beginn des Großen Krieges die meisten Russen den Patriotismus derjenigen ihrer Mitbürger infrage, die deutscher Herkunft waren. Diese Fremdenfeindlichkeit war so stark, dass nicht einmal ihre Mutter immun gegen Anschuldigungen des Verrats war. Zu Hause gebrauchten sie die deutsche Sprache kaum noch wegen des Argwohns, der unweigerlich entstehen würde, wenn jemand sie zufällig hörte.

Mitgefühl für Anton ergriff Olgas Herz, als sie ihn aus dem Augenwinkel betrachtete. Zweifellos hatte auch er unter den Vorurteilen wegen seiner deutschen, mennonitischen Wurzeln leiden müssen.

„Wusstest du, dass ich Deutsch spreche?" Olga richtete die Frage auf Deutsch an Anton und legte dann den Kopf auf die Seite. „Wenn das, was ich über die Mennoniten gelernt habe, korrekt ist, ist Deutsch deine Muttersprache. Stimmt das?"

Ein Lächeln überzog sein Gesicht und es sah so viel besser aus als der düstere Blick, den er normalerweise aufgesetzt hatte. Er sah heute gut aus, in einem schwarzen Anzug und mit einer breiten Seidenkrawatte um den Hals. Sein blondes Haar allerdings hatte allen Behandlungen widerstanden und war seit ihrer Abreise ganz wirr.

„Meine Güte!", rief er aus. „Nein, ich hatte keine Ahnung, dass du Deutsch sprichst. Deine Aussprache ist ausgezeichnet! Genau genommen sprechen unsere Leute zu Hause eher Niederdeutsch. Das ist aus verschiedenen Dialekten entstanden. In der Kirche sprechen wir Hochdeutsch, das, was du kennst.

Aber ich bin mir sicher, wenn du Deutsch sprichst, wirst du uns im Großen und Ganzen verstehen können." Sie hörte den Stolz in Antons Stimme und spürte Wärme in der Brust. Ja, es gefiel ihr, wenn er lächelte. Sie anlächelte.

„Wo hast du das gelernt?"

Diese Frage hatte Olga nicht erwartet und ihre Gedanken rasten, um eine sichere Antwort zu formulieren. „Die kaiserliche Familie spricht neben Russisch noch mehrere Sprachen fließend. Ich bin damit aufgewachsen, dass im Palast Französisch, Italienisch, Deutsch und Englisch gesprochen wurde. Während Seine Kaiserliche Hoheit mit seinen Kindern Russisch gesprochen hat, würde ich sagen, dass die Familie insgesamt eigentlich meistens Englisch sprach. Sie hatten englischsprachige Kindermädchen und man erwartete von ihnen, dass sie mit den Würdenträgern in ihren eigenen Sprachen verkehrten. Ihre Kaiserliche Majestät sprach bis zu ihrer Verlobung kein Russisch, also fühlte sie sich mit ihren russischen Sprachkenntnissen nie besonders sicher, und obwohl sie eine gute Aussprache hat, spricht sie sehr langsam."

Während Olga ihre Mutter beschrieb, konnte sie das stockende Russisch hören.

„Natürlich sprach sie Deutsch, da sie als Ihre Großherzogliche Hoheit, Prinzessin Alix von Hessen-Darmstadt, geboren wurde. Doch da ihre Mutter starb, als Ihre Majestät noch ein kleines Mädchen war, verbrachte sie recht viel Zeit bei ihrer Großmutter – Königin Victoria von England. Infolgedessen bevorzugt die Zarin Deutsch und Englisch."

Anton hob die Augenbrauen zu einem neckenden Gesichtsausdruck, und sie erkannte, dass sie vielleicht zu viel verraten hatte. „Ich habe es gelernt, da ich zu ihrem Haushalt gehörte", schloss sie.

„Ist schon gut, Tatjana. Ich weiß, dass du sie vermisst."

Seine freundlichen Worte jagten einen Schwall der Gefühle durch sie. Olga legte eine behandschuhte Hand über ihren

Mund und starrte aus dem Fenster. Sie vermisste sie tatsächlich. So sehr, dass es ihr im Innersten wehtat. Jedes Mal, wenn sie daran dachte, wie ihre Familie unter Hausarrest stand, wurde ihr ganz schlecht. Nur durch das Wissen, dass ihr Vater sie durch ihre Mutter gebeten hatte, tapfer zu sein – ihre Familie zu retten, indem sie sich selbst rettete –, brachte sie den Mut auf, diese Farce fortzuführen.

Anton streckte die Hand aus, berührte ihr Knie. Das ließ sie beinahe zusammenzucken. „Du wirst schon zu gegebener Zeit zurückkehren. Dessen bin ich sicher."

Er lehnte sich zurück und schob die Kappe auf seinen Füllfederhalter, während sie sich wieder fasste. „Ich muss sagen, dass du wirklich ein spannendes Leben geführt hast. So viele verschiedene Sprachen sprechen zu können ..." Er schob sein Buch in die Jackentasche. „Ich finde dich faszinierend, Tatjana."

Sie fragte sich, wie viel faszinierender sie wohl wäre, wenn er die Wahrheit kennen würde.

„Ich habe oft gedacht, ich würde gern Englisch lernen. In den letzten dreißig Jahren sind viele Bewohner unseres Dorfes nach Amerika ausgewandert. Wenn die Regierung ihre Drohungen wahr macht, unsere Ländereien zu beschlagnahmen, oder wenn die politische Situation weiter derart außer Kontrolle gerät, könnte ich mir vorstellen, ihnen vielleicht eines Tages zu folgen." Er schaute ihr in die Augen, die Lippen geschürzt. „Doch nicht, bevor wir unser ... Arrangement ... abgeschlossen haben."

Ja. Natürlich. Doch sie konnte nicht leugnen, dass der Gedanke, mit ihm über den Ozean zu reisen, ihr abenteuerlich vorkam, sogar verführerisch.

Unmöglich. Sie hatte hier ein Leben, Verantwortung. Sie musste sich daran erinnern und durfte ihr Herz nicht zu weit auswerfen. Oder sie bekam es vielleicht nie wieder zurück.

Trotzdem wollte sie mit Anton befreundet sein, als neutrale Freunde. Die Art von Freundschaft, die nicht zu sehr ins Herz eindrang – die Art von Freundschaft, aus der sie beide ohne Verletzungen fortgehen konnten.

Anton hielt ihren Blick fest und sein Gesicht war ernst. „Wenn wir nach Hause kommen, schlage ich vor, dass deine vielseitigen Sprachkenntnisse ein Geheimnis zwischen uns bleiben. Wenn du dein Deutsch versteckst und ausschließlich Russisch sprichst, wenn du mit anderen Leuten redest, rettest du dich vor der ungebührlichen Neugier meiner Familie. Besonders vor der Frau meines Vaters, Hilda." Er konnte sein Seufzen nicht verbergen. „Sie spricht nicht viel Russisch, und glaub mir, du möchtest mit ihr nicht mehr zu tun haben als notwendig." Er verzog das Gesicht, und Olga tat ihr Bestes, um nicht zu lächeln.

Hatte diese Hilda etwas mit dem Schmerz zu tun, der manchmal auf seinem Gesicht aufblitzte? Anton bezeichnete sie immer als die Frau seines Vaters und nicht als Stiefmutter. Allein dieser Hinweis war eine Warnung, einen so großen Bogen wie möglich um Frau Klassen senior zu machen. Olga war nicht für Lebhaftigkeit und ungezügelte Schwatzhaftigkeit bekannt. Sie konnte ihre Zunge im Zaum halten – wenn sie wollte. Sie beschloss zu lächeln und dafür zu sorgen, dass Hilda sie mochte. Und nur Russisch zu sprechen.

Ein Klopfen erklang an ihrer Abteiltür, und Anton, der wieder zum Russischen überwechselte, entschuldigte sich für die Unterbrechung ihres Gesprächs. Stets in der Rolle ihres Beschützers, erhob er sich. „Ja?"

Auf die Antwort hin öffnete er die Schiebetür einen Spalt weit, dann ganz, um eine Schaffnerin hereinzulassen. Ihr folgte in einer Wolke ein widerlicher Stoß von Öldämpfen, gemischt mit Zigarettenrauch, aus dem engen Gang. Die Schaffnerin reichte Anton das Paket mit Bettwäsche und Decken, mit denen sie sich ihre Betten für die Nacht herrichten konnten, und wünschte ihnen *Spokojnoj notschi*.

Gute Nacht? Olgas Mund öffnete sich leicht. Gute Nacht ... zusammen. Hier, in diesem Abteil.

Sie schloss die Augen und drängte ihre Scham zurück. Es konnte sein, dass er wieder ihren unbedeckten Kopf sah, ihre stoppeligen nachwachsenden Haare, ihre Hässlichkeit ... Doch sie hatte sie beide in diese Lage gebracht; sie würde es ertragen müssen.

Bevor er die Tür schloss, steckte Anton den Kopf in den Gang und wandte sich dann zu Olga um. „Ich sehe die *Prodowschiza* kommen. Hättest du gern Tee?"

Sie konnte den Wagen der Dame hören, der ratternd näher kam und das würzige Aroma von heißem *Tschaj* mit sich brachte. Ihr begann das Wasser im Mund zusammenzulaufen.

„Ja, das wäre schön", antwortete Olga. „Aber ich werde ihn holen." Immerhin war sie doch angeblich die Dienerin. Und vielleicht würde ein wenig Zeit im Gang ihr einen klaren Kopf verschaffen.

Sie wollte sich erheben, doch Anton winkte sie zurück auf ihren Sitz. „Ich schaffe das schon. Du bist müde. Bleib sitzen."

Seine Rücksicht überraschte sie. Er schien sich seine Rolle als frisch gebackener Ehemann zu Herzen zu nehmen. Hoffentlich nicht zu sehr.

Anton stellte zwei dampfende Teegläser auf dem kleinen Klapptisch unter dem Fenster und zwischen ihren Sitzbänken ab, während Olga im Picknickkorb nach getrockneten Apfelscheiben und süßem Brot suchte. Er bediente sich und ließ sich wieder auf seinem Platz nieder. Sein Essen spülte er mit einem Schluck Tee hinunter und beobachtete Olga über den Rand seines Glases hinweg. „Übrigens, ich bitte dich nicht, meine Familie anzulügen. Erwähne einfach nicht, dass du auch andere Sprachen sprichst."

So sehr sie sich bemühte, distanziert und ruhig zu erscheinen, beunruhigte sie diese Andeutung. Olga nahm einen Schluck von ihrem Tee, doch die heiße Flüssigkeit konnte den Kloß in ihrem Hals nicht auflösen. Nahm denn der Betrug kein Ende?

Anton hielt den Kopf gesenkt und sie konnte nicht umhin, seine nackte rechte Hand zu bemerken, an der ein Ring sitzen sollte. Ein Unterpfand der Liebe und Hingabe seiner Braut. Doch sie liebte ihn nicht, obwohl sie beinahe einem Anfall von Romantik nachgegeben hätte, als sie einen mit Rubinen besetzten goldenen Männerring aus dem Saum ihres Reisemantels hatte nehmen wollen. Und sie war ihm auch nicht verpflichtet. Sie hatte den Reisemantel neben sich zusammengebündelt und hielt ihn unter strenger Aufsicht. Sie wusste nicht genau, wie viele der Kronjuwelen ihre Mutter in Saum und Borte eingenäht hatte, doch sie wusste, dass kein Vagabund davor zurückschrecken würde, sie für ein solches Vermögen umzubringen. Antons Neugier zu wecken, könnte sie beide in Gefahr bringen.

„Ich glaube, je weniger Misstrauen wir erwecken, desto besser", fuhr Anton fort. „Die Familie hat sicher alle möglichen Fragen, wie wir uns kennengelernt haben und wer du bist und woher du kommst, besonders in Anbetracht der Tatsache, dass sie mich jetzt schon jahrelang drängen, eines der Mädchen aus unserem Ort zu heiraten. Immerhin war ich vor weniger als einem Monat zu Hause und habe trotzdem nie von einer ernsthaften Damenbekanntschaft gesprochen." Ein Seufzen hob seine Brust. „Heute Morgen habe ich meinem Vater ein kurzes Telegramm geschickt, in dem ich schrieb, die Schwierigkeiten in Petrograd machten meine Rückkehr nötig. Ich sagte auch, dass ich meine junge Braut mitbringen würde. Wer weiß, welchen Empfang wir morgen am Bahnhof vorfinden werden?"

Sie stellte sich vergangene Empfänge vor. Paraden. Kutschen. Menschenmengen auf der Straße, die jubelten oder höhnten, je nach der politischen Stimmung. Vielleicht war es schön, unerkannt aus dem Zug zu steigen.

„Ich mache mir besonders Sorgen darüber, wie ich meinen Übertritt zum orthodoxen Glauben erklären soll. Wenn Vater erfährt, dass ich den Glauben meiner Familie verworfen habe, um ein Dienstmädchen zu heiraten ... Wer weiß, wie er reagiert?" Auf seinem Gesicht zeigte sich ein schwaches, bekümmertes Lächeln. „Wahrscheinlich wird er es als eine weitere beschämende Handlung seines einzigen Sohnes betrachten."

Olgas Herz füllte sich mit Mitgefühl für ihn und sie kämpfte gegen einen Anflug von Schuld wegen ihrer alles verzehrenden Ichbezogenheit an. Sie hatte nicht einen Gedanken daran verschwendet, in welcher unangenehmen Lage sich Anton als Folge ihrer Verbindung wiederfinden könnte.

Ihre echte Identität brannte ihr im Hals und sie sehnte sich schmerzlich danach, ihm davon zu erzählen. Ihm das ganze Ausmaß seiner Mission und die Bedeutung seiner Aufgabe mitzuteilen. Vielleicht würde dieses Wissen ihm die Demütigung und den Spott, dem er begegnen würde, ertragenswert machen. Und offen gesagt sehnte sie sich danach, noch einen vertrauten Mitwisser zu haben, besonders jetzt, da Julia nicht mehr an ihrer Seite war.

„Was wirst du ihnen also sagen? Über uns, meine ich?" Sie blies zum Abkühlen über ihren Tee und nahm einen weiteren Schluck.

„Ich habe mich noch nicht entschieden, wie ich es am besten anstelle. Ich hoffe, dass wir beide eine Idee haben, bevor wir morgen Abend die Molotschna-Kolonie erreichen." Sein Blick traf auf ihren und seine grauen Augen wurden weicher. „Ich werde dich so viel wie möglich vor ihren Fragen schützen, doch es wäre klug, wenn wir uns schon vorher eine Erklärung ausdenken, wie wir uns kennengelernt haben und wer du bist. Du solltest niemandem erzählen, dass du für die Romanows gearbeitet hast, besonders angesichts der Revolution und der wachsenden Popularität von antizaristischen Stimmungen. Um der herablassenden Haltung meiner Familie aus dem Weg zu gehen, solltest du vielleicht überhaupt nicht verraten, dass du ein Dienstmädchen bist."

Sie biss die Zähne zusammen und schluckte einen Anflug von Demütigung hinunter. Wahrscheinlich sollte sie das besonders dankbar dafür machen, dass ihr Ehemann – Ehemann! – ein gütiger Mensch war. Wenn ihr tatsächlich am Ende die Rückkehr nach Hause gelang, wollte sie ihre Untergebenen mit mehr Bewunderung und Respekt behandeln.

Anton schaute sie an und senkte dann den Blick wieder auf seine Hände. „Ich glaube, je weniger wir über deine Herkunft sagen, desto besser, besonders falls unsere Verbindung sozusagen als Kurzzeitprojekt endet."

Immer mehr erkannte Olga die peinliche Zwangslage, in der sie ihn zurücklassen würde, wenn sie zu ihrer Familie zurückkehren und die Ehe auflösen würde. Trotzdem durfte die Familie Klassen niemals die Wahrheit über Antons Entscheidung erfahren, Tatjana zu heiraten – oder über den Grund, warum ihre Verbindung annulliert wurde.

Selbst Anton würde wahrscheinlich nie die ganze Geschichte zu hören bekommen.

Ihr selbst fiel es schon schwer genug, all das zu bewältigen.

Als sie so über Anton und die Demütigung nachdachte, die er durch sie erleiden würde, ging ihr immer wieder ein weiterer verrückter Gedanke durch den Kopf.

Im Großen und Ganzen glaubte Olga, dass sie für Tatjana eine gute Ehe eingegangen war. Was, wenn sie es Tatjana freistellte, den Ehevertrag einzuhalten, den Olga für sie eingegangen war?

Olgas Vorstellung nach war es weitaus besser, eine Dienerin im Zarenhaushalt zu sein, als mit einem bürgerlichen Kaufmann aus dem Nirgendwo verheiratet zu sein. Doch die echte Tatjana mochte das anders sehen, besonders wenn die Romanows in ein anderes Land ins Exil gehen und auf ihre kaiserlichen Ansprüche verzichten mussten. Wenn diese verworrene Mission endete, könnte man Tatjana möglicherweise irgendwie anbieten, noch einmal mit ihr den Platz zu tauschen. Sie begrüßte vielleicht die Gelegenheit, das Eheversprechen anzunehmen, das Olga an ihrer Stelle gegeben hatte, und sich niederlassen zu können, um ein ruhiges, angenehmes Leben mit Anton zu führen.

Aus irgendeinem albernen Grund spürte Olga ein Aufflackern von Eifersucht. Sie schaute zu Anton, der schluckweise seinen Tee trank und aus dem Fenster starrte. Beständig. Gütig. Zuverlässig. Und offenherzig. Ja, Tatjana könnte es viel, viel schlechter treffen.

Nur, würde Anton den Gedanken an eine echte dauerhafte Verbindung mit der echten Tatjana akzeptieren? Wie sollte sie ihm eine solche Idee unterbreiten?

Vielleicht konnten sie und Tatjana den Austausch ohne Antons Wissen vornehmen. Andererseits, hatte er nicht das Recht darauf, mitzubestimmen, wenn es um die Frau ging, mit der er den Rest seines Lebens verbringen würde? Sicher hatten sie eine moralische Verpflichtung, es ihm zu erzählen.

Vielleicht konnte sie ihn dazu bringen, dass er sich zuerst in sie – als Tatjana – verliebte und derjenige war, der vorschlug, ihre Verbindung dauerhaft zu machen. O, das war ein beängstigender Gedanke – und zu weit hergeholt, um daran festzuhalten. Ihre romantische und übereifrige Fantasie ging mit ihr durch. Was dachte sie sich nur? Sie und Tatjana waren sich nicht so ähnlich, dass jemand, der viel Zeit mit ihnen verbrachte, sie nicht voneinander unterscheiden konnte.

Sie rieb sich mit dem Handballen die Stirn. Ihr Kopf schmerzte von dem Versuch, die verschiedenen Möglichkeiten zu durchdenken. Vielleicht erhörte der Herr ihr Gebet und ein Telegramm, das sie nach Hause zu ihrer Familie rief, wartete auf sie, wenn sie und Anton an ihrem Ziel ankamen. Sie konnten den nächsten Zug zurück nach Petrograd nehmen und jede Erklärung an Antons Familie umgehen.

Sie hoffte es, denn sie fürchtete, dass die Rolle als Antons verliebte Ehefrau der eine Betrug sein könnte, den sie sich nicht vergeben konnte.

10. Kapitel

Den Rucksack über die Schulter geworfen und Tatjanas Koffer
hinter sich herschleppend, folgte Anton seiner Braut die Zug-
treppe hinunter und auf den im Freien liegenden Bahnsteig.
Der ländliche Bahnhof roch nach Kohlestaub und Dung, doch
nach beinahe zwei ganzen Tagen im stickigen, eingeengten
Zugabteil fand er selbst an den erdigen Gerüchen seines Hei-
matortes Gefallen. Er ließ die Taschen fallen und sein Blick glitt
nach einem bekannten Gesicht suchend über die Menschenmenge. Er sah niemanden aus seiner Familie und beobachtete
Tatjana aus dem Augenwinkel.

Sie spielte mit ihrem Pelzhut, zupfte an ihrer Perücke und
zog den Mantelgürtel enger um die Taille. Ihr Atem erschien in
Wolken in der morgendlichen Kälte. Sie schickte einen Blick
und ein schwaches Lächeln in seine Richtung.

Er drückte ihren Ellenbogen sanft und in einer beschützen-
den Geste.

Sie sah aus, als wäre sie bereit, loszurennen und in den nächsten Zug nach Norden zu springen, zurück in vertrautes Terrain.

Anton nahm die Schuld an ihrer Angst auf sich. Er fragte
sich, was für Unmenschen sie zu ihrer Begrüßung erwartete –
dank allem, was er ihr über seine Familie vorgejammert hatte.
Wahrscheinlich hätte er ... diskreter sein sollen. Doch es fiel
ihm leicht, sich Tatjana anzuvertrauen. Er hatte ihr Dinge über
seine Kindheit erzählt, von denen er geglaubt hatte, dass er sie
nie jemandem offenbaren würde. Zum Beispiel, dass sein Vater,
als Anton zwölf war, eine neue Frau und drei Brüder ins Haus
gebracht hatte. Und wie Johann Klassen diese Brüder, seine Stief-
söhne, mit auf die Jagd und zum Angeln genommen hatte und

sogar auf eine Reise nach Kiew, während er Anton zu Hause gelassen hatte. Dass er nie das Gefühl hatte, sein Vater hätte ihm vergeben, dass er lebte. Wie er versucht hatte, der Sohn zu sein, den Johann wollte – wie er das Familiengeschäft übernommen und eine erfolgreiche Vertriebsstelle in Petrograd aufgebaut hatte, und wie er sogar dem mennonitischen Gebot zur Wehrdienstverweigerung gefolgt war, als all seine Freunde aus der Handelsschule im Ausland waren und für Russland kämpften.

Er erzählte ihr sogar von seinem Traum, dem Namen Klassen eines Tages Ehre zu machen.

Und sie hatte zugehört. Ihr schöner Mund hatte sich zu einem sanften Lächeln geformt und ihre Augen hatten auf ihm geruht, vertrauten ihm, sogen seine Worte auf. Alles, was ein Mann sich von einer Frau wünschen konnte.

Nun, zumindest alles, auf das er hoffen konnte. Denn er war sich ihrer Grenzen stets bewusst, besonders gestern Abend, als er in den Gang getreten war, damit sie sich für die Nacht umziehen konnte. Er war zurückgekehrt, als Tatjana bereits in ihr Bettzeug gewickelt dalag, und hatte sie einen Augenblick lang im Schlaf betrachtet – obwohl er sich sicher gewesen war, dass sie nicht schlief. Sie hatte die Decke bis über die Ohren gezogen, um ihren kahlen Kopf zu verstecken, und er hatte ihren Schmerz und ihre Wunden nachempfunden.

Sie verdiente einen Mann, der sie liebte. Wertschätzte. Und als er so über ihr gestanden hatte, hatte er sich gefragt, ob er nicht dieser Mann sein konnte.

Er war ins Bett gegangen und hatte nicht gewagt, diesen Gedanken, diesen winzigen Traum in seinem Herzen, in sein Gebet einzuschließen. Doch gleichwohl ließ ihn der Gedanke an Tatjana in seinen Armen lächeln.

Vielleicht würde Gott das Versprechen einlösen, dass er Anton am Morgen ihrer Hochzeit gegeben hatte. Das Versprechen, das unmissverständlich ausdrückte, dass Gott sie nicht verlassen würde – Psalm 100: *„Denn der Herr ist gut zu uns, seine Liebe hört niemals auf, von einer Generation zur anderen bleibt er treu."*

Generationen der Familie Klassen? Er wollte nicht fragen, ob die zukünftigen Generationen vielleicht von dieser Frau abstammen könnten, doch der Gedanke hatte sich in seine Brust gebrannt, als er versprochen hatte, sie zu beschützen und ihr Ehemann zu werden.

Anton wusste genug über den Weg des Glaubens, um dieses Versprechen Gottes nicht für seine Bequemlichkeit und sein Wohlbefinden zu missbrauchen. Doch er musste glauben, dass selbst in ihren dunkelsten Stunden Gott sich als treu und wahr erweisen würde.

Auch er hatte Tatjana ein Versprechen gegeben – viele Versprechen. Und das erste davon war, sie sicher zurück zum Zaren zu bringen. Er würde dieses Versprechen halten, ungeachtet des Preises.

Ein weiterer Blick auf die Menschenmenge brachte wieder keine Spur von seinen Verwandten. „Mach dir keine Sorgen", sagte er und schaute zu Tatjana herunter. Ihre blasse Gesichtsfarbe und die hängenden Schultern zeugten von ihrer Müdigkeit und davon, dass sie eine warme Mahlzeit, ein warmes Bad und ein sauberes Bett brauchte – egal, wie früh am Tag es noch war.

Wo war sein Vater? Hatte er vielleicht Antons Telegramm nicht erhalten?

„Ich bin mir sicher, dass uns bald jemand abholen wird. Gehen wir doch weg von all den Menschen und warten an der Straße neben dem Bahnhofsgebäude." Er schob seinen Rucksack höher auf die Schulter und griff mit einem Nicken in die Richtung, in die sie gehen sollte, nach Tatjanas Koffer.

Wenn es nötig sein sollte, würde er eine Troika mieten, um sie nach Hause zu bringen, damit er sich unverzüglich um Tatjanas Bedürfnisse kümmern konnte. Der Bahnhof, der seinem Heimatort am nächsten lag, war hier in Halbstadt, und sie hatten immer noch eine vierzigminütige Fahrt vor sich, bevor sie auf dem Gut der Klassens in Alexanderwohl ankamen. Anton setzte seine Frau den Elementen nur ungern länger als unbedingt nötig aus.

Seine Frau.

Dieses Wort hatte einen schönen Klang.

Seine Frau.

Zumindest vorerst.

Vielleicht waren sie nicht ineinander verliebt, doch jetzt, da sie Fakten geschaffen hatten, konnte er sich vorstellen, sein ganzes Leben mit ihr zu verbringen. Die Worte des Zaren hatten sich bewahrheitet. Tatjana hatte ein hübsches Gesicht und war schön anzusehen, trotz der schwachen Windpockennarben. An ihrem Hochzeitstag hatte sie wie ein Engel ausgesehen, so in Weiß gekleidet. Ihr Anblick hatte ihm den Atem geraubt. Sobald sie sich ganz erholt hatte und ihr Haar wieder wuchs, würde sie sich rechtmäßig den Titel der hinreißendsten Frau in der ganzen Kolonie verdienen. Und obwohl sie einen temperamentvollen Geist und starken Willen hatte, legte sie doch auch unerschütterliche Hingabe und Loyalität an den Tag, die zwei Eigenschaften, die er am meisten bei einer Frau suchte.

Sicher hätte er sich eine viel schlechtere Braut wählen können. Wenigstens hatte sie ihn nicht wegen seines Geldes geheiratet. Dieser Gedanke ließ ihn lächeln.

Er konnte nicht, würde nicht von seinem Versprechen an den Zaren zurücktreten. Er hatte geschworen, Tatjana zu schützen und zu verteidigen, bis die kaiserliche Familie sie zurückholte. Und das würde er auch tun.

Anton schloss die Augen. *Herr, bitte zeige mir, wie ich der Mann sein kann, der ich nach deinem Willen sein soll. Der Mann, den Tatjana braucht.*

„Hallo Anton! Hier drüben!" Anton erkannte die Stimme seines Stiefbruders Jonas, noch bevor er die Augen öffnete. Der schlaksige junge Mann hatte sich vom Kutschbock des Pferdewagens gelöst und kam auf sie zu. Dabei starrte er Tatjana unverfroren an.

„Es stimmt also. Du hast nicht nur versucht, Vater mit deinem Telegramm zu verärgern. Du bist hingegangen und hast ein russisches Mädchen geheiratet." Er gab einen leisen Pfiff von sich.

Anton warf einen Blick auf Tatjana, sah, wie sie errötete, und legte seinen Arm um sie. „Jonas, hast du denn überhaupt keinen Anstand? So kannst du doch nicht meine Braut begrüßen." Er warf ihm einen gespielt tadelnden Blick zu, doch er musste lächeln. Jonas war eine weniger gezähmte Version von Timofea: jung, frech, kühn und in der Lage, mit seinem Lächeln jedes Herz in Molotschna zu erobern. Sein Haar war kürzer als Timofeas und der Wind brachte es auf seinem hutlosen Kopf durcheinander. Er verbeugte sich oberflächlich vor Tatjana. „Ich bitte um Verzeihung, Frau Klassen. Meine Manieren sind miserabel, aber meine Absichten sind ehrbar."

„Nimm ihre Tasche, Jonas, und lass uns fahren." Doch Anton zwinkerte seinem Stiefbruder zu. Trotz des Keils, den Hilda zwischen die beiden zu treiben versuchte, war Anton so erleichtert gewesen, dass er jemanden hatte, der mit ihm seine Aufgaben erledigte und mit dem er sich in der Scheune balgen konnte, dass die beiden schnell Freundschaft geschlossen hatten. Manchmal kam es ihm so vor, als wäre Jonas wirklich blutsverwandt mit ihm.

Genau genommen würde er seinen Vater sofort gegen Jonas eintauschen.

Jonas lud ihr Gepäck in die Kutsche und Anton half Tatjana hinein und schlug ihre Beine in eine Decke ein. Obwohl hier in der Ukraine der März schon richtige Frühlingsdüfte mit sich brachte und am Fluss die Eschen und Eichen Knospen bekamen, konnte doch der ungehinderte Wind, der von den Steppen hereinrauschte, Tatjana krank machen. „Es ist keine lange Fahrt", sagte er und ließ sich neben ihr nieder. Er wagte sogar, den Arm um sie zu legen, damit sie sich an ihn lehnen konnte.

Jonas stieg auf den Kutschbock des Federwagens mit Verdeck, zwinkerte Anton zu und nahm die Zügel.

Bei all seinen Reisen in den Norden hatte der Wunsch, in seiner geliebten Molotschna-Kolonie zu leben, Antons Seele nie verlassen. Die akkuraten, mit Bäumen gesäumten Straßen des Dorfes, die bunt gestrichenen Holzhäuser und der Geruch von Kohlerauch, der aus den Steinkaminen aufstieg, während sie von Halbstadt wegfuhren, brachten Erinnerungen an das Haus von Onkel Franz zurück. Er hatte bei seinen Verwandten in diesem Dorf gelebt, bis Tante Agata bei dem Brand gestorben war, der ihre Familienbäckerei zerstört hatte. Ohne Einkommen und ohne Frau, die für seine Kinder sorgen konnte, war Onkel Franz gezwungen gewesen, Anton zurück zu seinem Vater zu schicken.

Das Leben auf dem Klassen-Gut mit der Fabrik war schwierig und einsam. Ihre Situation unterschied sich von den typischen Wirtschaftshöfen innerhalb der Grenzen von Alexanderwohl. Die Dorfhöfe hatten gemeinsames Ackerland am Rand des Dorfes und die Bauern mit Landbesitz bewirtschafteten die Felder zusammen. Die Familie Klassen besaß für ihre Sattlerei ein Grundstück und einen Hof im Norden und Westen des Dorfes. Antons Vater stellte Leibeigene an, um das Land zu bearbeiten, und später, als Zar Nikolaj die Gesetze reformierte, blieben sie und erhielten kleine Landstücke gegen Arbeit.

Sein Vater hatte ihn oft allein auf dem Hof gelassen, manchmal auch bei den nächsten Nachbarn, den Herrschaften Wedel und ihrer siebenköpfigen Familie. Bei den Wedel-Kindern bekam Anton den ersten Vorgeschmack auf alle folgenden Spötteleien und Quälereien, sodass er es einfacher fand, nach Hause zu kriechen und seine Wunden zu lecken. „Halte die andere Wange hin", hatte sein Vater gesagt, als er von seinem Arbeitstag in der Fabrik zurückkam und Anton frierend und hungrig auf der

Veranda wartend vorfand. Die wenigen Male, die er gegen die Ermahnung seines Vaters gehandelt hatte, wenn er aus Angst und Verzweiflung zurückgeschlagen hatte, war er von beiden Seiten bestraft worden.

Als Anton endlich alt und gebildet genug war, überzeugte er seinen Vater davon, dass es am besten wäre, wenn er ihm erlaubte, sich an der Handelsschule in Groß-Tokmak anzumelden. Dort stürzte er sich in sein Studium. Wenn er schon kein Bauer sein konnte – oder es zumindest nicht ertragen konnte, auf dem Hof zu sein –, würde er sich doch in Betriebswirtschaft auszeichnen.

Vielleicht würde er sich eines Tages den Respekt seines Vaters verdienen.

Er gab die Hoffnung nicht auf.

„Warum ist Vater nicht gekommen?", fragte Anton.

„Er hat dein Telegramm wegen Petrograd erhalten." Jonas schaute über die Schulter. „Er sagt, er wird mit dir reden, wenn du nach Hause kommst." Jonas schnitt eine Grimasse, die diese Worte abmildern sollte, doch Anton seufzte und wandte den Blick ab. Tatjana hatte, an ihn geschmiegt, die Augen geschlossen und er sehnte sich danach, genau dort zu bleiben, wo er gerade war – beim Geruch der Felder, auf denen die Saat aufging, und den Knospen der Bäume, dem Gesang der Vögel und dem Sonnenschein, der ihre Gesichter wärmte und ihn in dem Glauben wiegte, dass sich alles finden würde.

Wie konnte er eine Ehefrau und ein fehlgeschlagenes Geschäft erklären, ohne Tatjanas Vertrauen zu hintergehen?

Sie fuhren schweigend weiter. Die Stille wurde nur vom dumpfen Schlagen der Pferdehufe auf der Straße durchbrochen. Die Dorfhäuser wurden spärlicher, und schließlich gewannen die weitläufigen Felder überhand. „Ich sehe, dass die Bauern von Halbstadt ein weiteres Feld angelegt haben", sagte er, als sie an einem frisch gepflügten Stück Land vorbeikamen.

„Sie wollen auf diesem Feld noch mehr Sommerweizen anbauen. Auch wir pflügen neue Felder, um mehr Weizen anzubauen. Vater sagt, jetzt im Krieg müssen wir alles tun, was wir können, um die Patrioten zu unterstützen. Wir müssen unseren Teil beitragen, um Lebensmittel an die Front zu liefern."

Sein Vater hatte das gesagt? Nun, es leuchtete ein, dass er versuchte, seinen Teil zum Krieg beizutragen, solange das nicht einschloss, seine Söhne in den Kampf zu schicken.

„Was meinst du, Jonas? Wirst du dich den Forsteinheiten anschließen oder den Sanitätern des Roten Kreuzes, wenn du einberufen wirst?"

„Ich?" Jonas drehte sich mit einem Grinsen auf dem Gesicht um. „Ich hoffe, dass sie mit der Absetzung des Zaren und der Einsetzung einer neuen Regierung diesen Krieg beenden werden und ich den Wehrdienst ganz umgehen kann, so wie du. Ich möchte meine zukünftige Braut nicht verlassen."

„Du heiratest? Das ist mir neu. Wann? Und wen?"

„Wenn die Erntezeit vorbei ist. Ich heirate Gertruda Regier."

Gertruda. Natürlich. Jonas kannte sie schon aus der Schule. „Wie ist das denn passiert?"

Er glaubte zu sehen, wie Jonas' Nacken rot wurde. Doch in seiner typischen Art zuckte er die Schultern. „Warum nicht? Ich bin liebenswert."

„Für Wilhelmina, die Muttersau."

Jonas starrte ihn wütend an. Anton grinste, aber er konnte sich eines Anflugs von Eifersucht nicht erwehren. Ja, er war verheiratet ... aber, nun ja, nicht *richtig* verheiratet. Irgendwie war das ein Unterschied.

Sie bogen in die Allee zum Klassen-Gut ein. Das große Haus, das einst ein einfacher, eingeschossiger mennonitischer Bau gewesen war, bei dem die Räume in L-Form um die Küche herum angeordnet waren und die Scheune mit dem Haus verbanden, war nach der Ankunft seiner Stiefmutter ausgebaut worden. Jetzt war es an einem Ende zwei Etagen hoch, mit einem großen Schlafzimmer für seine Eltern über einem Keller aus Feldsteinen. Das mit Stroh gedeckte Dach war durch Holzschindeln ersetzt worden, und vor zwei Jahren hatten sie das Haus in einem Himmelblau gestrichen. Die sanfte Brise strich über die Baumwipfel, und auf den Feldern, die das Haus umgaben, sah er die Triebe von Frühkartoffeln, die gerade aus den angehäufelten Reihen herauslugten.

Näher beim Haus sah er Daniel und Peter, die den Küchengarten umgruben. Sie drehten sich beim Klang der Pferdehufe um und hoben die Hände. Obwohl Anton mit ihnen nie eine Freundschaft aufgebaut hatte wie mit Jonas, waren sie umgänglich und behandelten ihn wie einen großen Bruder. Mit wachsamem Respekt.

Nur ihre Mutter Hilda schien ihn zu verabscheuen.

Glücklicherweise war sie im Augenblick nirgendwo zu sehen.

Sie fuhren bis vors Haus und Jonas stieg von der Kutsche, um die Koffer loszubinden. Anton erwartete, dass Tatjana sich erhob und ihm folgte, doch als sie das nicht tat, bemerkte er, dass sie eingeschlafen war. Sein Herz zog sich in unerwarteter Zuneigung zusammen. Einen Finger über den Mund gelegt, um Jonas zum Schweigen zu mahnen, nahm er Tatjana auf die Arme, stand auf und stieg vorsichtig vom Wagen.

„Ich bringe sie vorerst in mein Zimmer", flüsterte er Jonas zu. Jonas öffnete die Tür und Anton trug sie hinein. Er roch den muffigen Keller, den Duft von frisch gebackenem Brot, der noch in der Luft hing, und den Hauch von Holzrauch auf den Gipswänden. Die Küche war leer, als er sie durchquerte, und er verspürte eine Welle der Erleichterung.

Er würde Tatjana einfach in sein Bett legen und dann seinen Vater aufsuchen. Das würde wohl nicht unbedingt ein friedvolles Gespräch, und er brannte nicht darauf, dass seine Braut es hörte.

Er beugte sich nach vorn, um die Tür zu öffnen, als er eine Bewegung hinter sich hörte. Dann: „Nun, der verlorene Sohn kehrt zurück."

Er richtete sich auf und wandte sich leicht um. „Hallo Hilda."

Die unförmige Figur der Frau warf einen riesigen Schatten, als sie in die Küche trat. Sie trug ihr Haar in einem so straffen Knoten zurückgekämmt, dass es ihre harten Züge nur noch verkniffener und ernster erscheinen ließ. Sie blickte ihn finster an. Dann fiel ihr Blick auf das Bündel in seinen Armen.

Ihre Lippen verzogen sich zu einem schiefen Lächeln und sie schüttelte den Kopf. „Was für eine Dahergelaufene hast du denn hier in mein Haus gebracht?"

❧

„Ich hätte dich nie schicken sollen, um das Lager zu führen! Was hast du dir nur gedacht? Du hast mich wieder einmal blamiert. Den Namen unserer Familie besudelt. Du machst mich krank."

Olga saß auf der Kante von Antons Einzelbett und fror bis auf die Knochen. Sie zitterte vor Entsetzen. Die laute Stimme auf der anderen Seite der geschlossenen Tür kam ihr vor, als würde sie ihr direkt in die Seele dringen, und sie konnte nur erahnen, was diese Worte Anton wohl antaten.

Sie wollte durch die Tür stürmen und etwas zu seiner Verteidigung schreien. Ihre Mutter nannte sie immer Hitzkopf. Jetzt wäre diese Untugend vielleicht angebracht.

Doch die Worte der Frau, als sie Olga zum ersten Mal gesehen hatte, brodelten in ihrem Inneren und lähmten sie. Dahergelaufene? Sie sah wie eine Dahergelaufene aus? Sie musste zugeben, dass man sie so noch nie genannt hatte; wenigstens hatte man es ihr nicht ins Gesicht gesagt. Und als die Frau sie von oben bis unten betrachtet hatte wie einen streunenden Hund, wollte sie verzweifelt gern an den sanften Platz zurückkehren, an dem sie noch Augenblicke zuvor gewesen war – in Antons Arme.

Sie konnte ihn noch riechen, das Rasierwasser, das er benutzte. Oder vielleicht war es auch sein Zimmer, das nach ihm roch, einfach und ordentlich wie Anton. Über das Einzelbett, das an die weiße Gipswand geschoben stand, war eine handgenähte Decke gebreitet. Ein *Schkaf* aus Holz enthielt seine persönlichen Habseligkeiten; eine der Türen stand einen Spalt weit offen. Und auf einem Tisch neben seinem Bett lag ein Gedichtband. Sie wusste nicht genau warum, doch das fand einen weichen Platz in ihrem Herzen und schlug Wurzeln.

Olga schlang sich die Arme um die Taille und erinnerte sich daran, wie sein Griff um sie fester geworden war, als ob er sie vor Hildas Angriff abschirmen wollte. Stattdessen waren ihre Augen bei Hildas Worten aufgeflogen und sie hatte sie entgeistert und erschreckt angestarrt.

In was für eine Familie hatte sie hineingeheiratet?

Sie legte die Hände über die Ohren. Sie wollte nicht mehr hören und konnte doch die Worte nicht aussperren. Antons Vater zufolge – der, obwohl sie ihn nicht gesehen hatte, seiner Stimme nach zu urteilen wohl ein korpulenter Mann mit düsteren Augen und einem mürrischen Gesicht war – hatte sein Sohn eigenhändig das Familiengeschäft zerstört und sie wären in einer Woche Bettler.

Warum verteidigte Anton sich nicht? Warum erhob er nicht seine Stimme gegen die Anschuldigungen, erzählte nicht von seinem Versprechen, sie zu verteidigen?

Weil er dann ihr Geheimnis verraten würde. Und das ihr Leben sehr viel schwieriger machen würde. Heiße Tränen brannten in ihren Augen und rannen ihr über die Wangen. „Ach Anton, was habe ich dir angetan?"

Olga schloss die Augen und ließ die Tränen von ihrem Kinn tropfen. Sie hörte weder, wie die Tür sich öffnete, noch wie Anton ins Zimmer kam. Er schreckte sie auf und wischte ihre Tränen mit dem Daumen weg. Sie öffnete die Augen und sah, dass er zu ihren Füßen kniete.

Sie schaute zu ihm hinunter, ihrem Ehemann. Er lächelte traurig, das Gesicht gerötet von den bösen Worten gegen ihn. Diese Güte in seinen Augen ließ sie nur noch mehr weinen.

„Du bist keine Dahergelaufene, Tatjana. Ich verspreche dir, dein Haar wird wieder wachsen. Und für mich bist du bereits hübsch. Hör nicht auf sie."

Sie setzte sich auf, plötzlich wütend. „Sie hat Unrecht, weißt du? Sie haben beide Unrecht."

„Natürlich haben sie Unrecht. Du bist wunderschön. Hör nicht –"

„Wissen sie nicht, was gerade in Petrograd vor sich geht? Du trägst wohl kaum die Schuld an diesem geschäftlichen Unglück. Hast du ihnen nicht gesagt, dass die Übergangsarmee deine ganze Belegschaft eingezogen hat?" Sie wischte sich kräftig über die Augen und stand auf, um hin und her zulaufen. „Es tut mir so leid, Anton."

Er starrte hoch zu ihr und blinzelte, als ob ihm gerade erst klar wurde, dass sie nicht über ihr Aussehen weinte. Dann erhob er sich und wischte eine weitere Träne von ihrer Wange. „Ich werde in der Scheune schlafen. Du kannst dieses Zimmer haben. Wenn meine Eltern fragen, werden wir ihnen sagen, dass du immer noch schwach von deiner Krankheit bist."

Sie starrte ihn an. Ihr Mund öffnete sich, dann schloss sie ihn rasch wieder, beschämt über ihre Wut. Wo hatte Gott einen so edlen Mann gefunden?

„Danke, Anton. Doch das ist auch dein Zimmer. Ich habe das Gefühl, dass ich nicht –"

„Nein. Mein Platz ist in der Scheune."

Sie nickte und schaute dann zu, wie er seine Sachen einsammelte.

„Versuch dich auszuruhen. Ich hole dich zum Abendessen." Er drehte sich um und verließ das Zimmer. Die Tür schloss er mit einem sanften Schnappen hinter sich.

Sie verdiente ihn nicht. Wie seltsam dieses Gefühl war ... sie, eine Adlige, verdiente einen einfachen Bürger nicht. Doch nach allem, was er für sie aufgegeben hatte, verdiente er eine echte Ehefrau. Eine Frau, die ihn lieben konnte. Eine Frau, die an ihn glaubte.

Sie glaubte an ihn. Und sie war vielleicht nicht die perfekte Ehefrau, doch sie konnte sein Leben leichter machen, indem sie es versuchte. Wenigstens tagsüber.

11. Kapitel

Er hatte sein Versprechen an Tatjana gehalten. Ihr Haar wuchs wieder in hellbraunen Locken über ihren Kopf und die fröhliche Junisonne legte einen gesunden goldenen Glanz auf ihre Haut – sie war schön geworden. Und Anton musste zugeben, dass auch ihre innere Schönheit ihn nachdenklich machte, wenn er sah, wie sie Bohnen oder Zwiebeln pflanzte, wenn er zuschaute, wie sie Eier einsammelte, und wenn sie einen einbeinigen Hocker heranzog, um die Kühe zu melken. Sie hatte eine Ruhe an sich, eine Entschlossenheit und ein Lächeln für jedes gemeine Wort, das Mutter Hilda zu ihr sagte, egal, ob wegen der aus Versehen verschütteten Gerste- und Haferkörner, die sie mahlte, um Brot zu backen, oder weil sie vor Schreck erstarrte, wenn die Hühner sie ausschimpften, weil sie ihre Eier wegnahm, oder weil sie beim Melken ungeschickt war.

Zugegebenermaßen schien sie für eine Kammerzofe recht tolpatschig und nicht einmal an die einfachsten Arbeiten des Lebens auf einem Bauernhof gewöhnt. Anton hatte versucht, sie zu beschützen, und hatte so gut wie möglich eingegriffen, wenn Hilda sie immer und immer wieder tadelte und ihre scharfe Zunge Narben hinterließ. Doch er schätzte Tatjana nur noch mehr dafür, dass sie es unterließ, eine scharfe Antwort zu erwidern.

Sie war so anders als das Mädchen, das er in Petrograd kennengelernt hatte, das Mädchen, das ihn nach dem Überfall auf Julia verantwortlich gemacht hatte. Sie schien ihre Lage hinzunehmen und sogar zu akzeptieren, bereit, mit ihm für diese Mission Opfer zu bringen.

Wie jetzt, als sie aus der Scheune kam und zwei Eimer mit

Milch vom Mittagsmelken trug. Sie hatte ein Kopftuch umgebunden, unter dem ihre Locken hervorlugten, und hielt die Milch von sich weg, damit sie nicht auf ihren Rock spritzte. Ihr Gesicht sah so düster aus, dass er aufhörte, die Tomatensetzlinge einzupflanzen, und lächelte.

„Lass mich dir helfen", sagte er, ließ den Spaten fallen und rannte hinüber zu ihr.

„Es geht schon", erwiderte sie, doch er nahm die Eimer trotzdem. Sie überließ sie seinen Händen und streckte die ihren aus, um den Krampf zu lösen. „Danke."

Sie drehten sich um und gingen aufs Haus zu. „Ich dachte, wir könnten morgen vielleicht ein Picknick am Begim-Tschokrak machen. Es ist nicht weit von hier und wir beide brauchen einen Tag Ruhe."

Sie blieb stehen und schaute ihn mit einem Stirnrunzeln an. „Niemand anderes ruht sich aus", sagte sie und deutete mit dem Kinn auf Jonas, dessen Silhouette sich über dem wogenden Weizen abzeichnete.

„Ja, aber Jonas muss nicht jeden Sonntag fünfundzwanzig Kilometer zur Kirche fahren." Da sein Vater verfügt hatte, dass es Anton und Tatjana nicht gestattet war, an der örtlichen mennonitischen Versammlung teilzunehmen, hatten sie angefangen, mehr als fünfundzwanzig Kilometer nach Groß-Tokmak in die nächste orthodoxe Kirche zu fahren, um dort jeden Sonntag an der zweistündigen Messe im Stehen teilzunehmen. Die Fahrt, der Gottesdienst und die Stunde, die Tatjana im Gebet verbrachte und Kerzen für jedes Mitglied der Familie Romanow anzündete, verschlangen alle Zeit, um ein Nickerchen zu machen oder sich ein wenig zu erholen, wie es für einen Sonntag eigentlich gedacht war.

Normalerweise kam Anton hungrig und müde wieder, aß das kalte Essen, das Hilda ihnen übriggelassen hatte, und zog sich in sein neues Quartier in der Sattelkammer der Scheune zurück, um zu lesen oder vielleicht in sein Tagebuch zu schreiben.

Gelegentlich gingen sie spazieren, doch an den meisten Sonntagen zog es Tatjana vor, ebenfalls in ihrem Zimmer zu verschwinden und leise die Tür zu schließen, um mit ihren Gedanken allein zu sein.

Glücklicherweise erwähnten weder Jonas noch ein anderer seiner Stiefbrüder den Umstand, dass Tatjana und Anton getrennt schliefen. Allerdings hatte er einmal Jonas vor der Sattelkammer stehen gesehen und bemerkt, wie er ihn beim Anziehen beobachtete. Er hatte die Fragen in seinem Blick gespürt.

Anton fragte sich, wie lange sie noch die Maskerade ihrer Ehe fortsetzen konnten. Er hatte ihre Krankheit und ihren geschwächten Zustand als Entschuldigung benutzt, warum er in der Scheune schlief. Doch da Tatjana inzwischen eine gesunde Farbe annahm und ihre Aufgaben bewältigte, würde Hilda bald anfangen, ihre Trennung zu hinterfragen. Er wollte der Frau nur ungern einen weiteren Grund geben, um über Tatjana zu spotten, selbst wenn er sich sicher war, dass Tatjana es vorzog, dass er in einem anderen Raum schlief. Allerdings hatte er noch keinen Weg gefunden, das Thema anzuschneiden, ohne sie zu beleidigen oder ihr Grund zu geben, andere Absichten zu vermuten.

Am meisten aber vermisste er ihre Gespräche. Selbst die langen Fahrten nach Groß-Tokmak gaben ihnen keine Zeit für zwanglose Unterhaltungen, denn Tatjana bemühte sich, ihm auf dem Weg zur und von der Kirche Englisch beizubringen.

„Was ist nun mit morgen? Ich bereite ein Picknick vor und wir nehmen uns den Tag frei."

„Was ist mit Hilda?" Tatjana verschränkte die Arme über dem Bauch und rieb sie mit einer Bewegung, die er als Sorge zu erkennen gelernt hatte.

„Hilda hat ihren monatlichen Nähkreis. Sie wird den ganzen Tag im Dorf sein." Er lächelte und hasste den Umstand, dass er nicht den Mut hatte, sich Hilda einfach entgegenzustellen und Zeit für Tatjana und sich einzufordern. Doch manchmal schien eine sanfte Antwort – und in diesem Fall ein leiser Abgang –

der beste Weg zu sein, ihrem Zorn und ihren gefährlichen Fragen aus dem Weg zu gehen.

Tatjana schaute ihm in die Augen und ihr besorgter Gesichtsausdruck verblasste. Dann, zu seiner Freude, nickte sie. „Es würde mir gefallen, eine Gelegenheit zu haben, einen Tag lang zu entfliehen. Soll ich irgendetwas mitbringen?"

Er sehnte sich so sehr danach, die Hand auszustrecken und das weiche Haar zu berühren, zu sehen, ob es sich unter seinen Fingerspitzen wie Seide anfühlte. „Nur dein Lächeln."

Sie belohnte ihn mit der leisen Andeutung eines Lächelns.

Der Morgen brach mit einem lavendelfarbenen Streifen am Himmel an, schob sich in das verbleibende Dunkel der Nacht und deutete auf einen herrlich sonnigen Tag hin. Anton begrüßte ihn, als er draußen auf der Schaukel saß, die von der hoch aufragenden Eiche herabhing. Er hatte die Bibel offen vor sich und las noch einmal die Verse aus Psalm 100, die Gott ihm an dem Tag geschenkt hatte, als er und Tatjana geheiratet hatten: „Jubelt dem Herrn zu, ihr Bewohner der Erde! Stellt euch freudig in seinen Dienst!" Es schien ihm, als stimmte der ganze Himmel ihm zu, indem er das Morgenrot auf seine Seele niederließ, den Duft von Pfingstrosen und Jasmin in der Morgenbrise.

Er hatte über den letzten Monat hinweg von einem gefährlichen Gedanken geträumt. Was, wenn er den Zaren überzeugen konnte, Tatjana zu erlauben, bei ihm zu bleiben und seine Frau zu sein, statt in ein Leben als Dienstmädchen zurückzukehren? Sicher würde ihr der Zar nicht die Gelegenheit verweigern, ein friedvolles und angenehmes Leben zu führen, wenn sie das wollte? Sollte er sich bei seiner Mission, sowohl das Wappen des Heiligen Vasilij als auch Tatjana zu schützen, als vertrauenswürdig erweisen, vielleicht konnte er, wenn er mit dem Zaren zusammentraf, um das Wappen zurückzugeben, im Tausch gegen die versprochene finanzielle Belohnung um Tatjanas Hand bitten.

Welche Geheimnisse sie auch hegte, er würde sie achten und schwören, sie zu beschützen, solange er lebte. Der Gedanke, dass sie jede Hoffnung auf ein normales Leben – auf Ehe und Kinder und ein eigenes Zuhause – opfern sollte, um den abgesetzten Zaren zu schützen, schien eine zu harte Forderung, selbst für ein niedrig stehendes Dienstmädchen. Natürlich lebte seine Familie nicht in einem Palast und hatte auch kein Anrecht auf Adelstitel, doch sie verdienten recht ansehnlich und waren gesegnet, in Frieden und Wohlstand auf dem eigenen Grund und Boden zu leben.

Diese Grübeleien, diese inneren Dialoge, drängten ihn mit jedem Tag, der verging, tiefer in seine verbotene Hoffnung hinein.

Tatjana erschien an der Tür, noch bevor er klopfen konnte. Hilda und Johann waren bereits ins Dorf gefahren und Anton verspürte eine Welle von Entzücken, dass Tatjana kein Kopftuch umgebunden, sondern ihr Haar unbedeckt gelassen hatte, sodass es ihr Gesicht einrahmte. Ihre großen blauen Augen funkelten, als sie ihn begrüßte. „Fertig?"

Er hielt ihr den Arm hin und war froh, dass er das Mittagessen bereits in der Kutsche verstaut hatte. „Es ist ein schöner Tag", sagte er, da er nicht wusste, wie er sich zu ihrem Aufzug äußern sollte – ein weißes Kleid mit einer blauen Samtjacke, die am Kragen mit unechten Diamanten besetzt war. Er musste zugeben, dass sie für eine Kammerzofe exquisite Kleidung besaß.

Er half ihr in die offene Kutsche, stieg dann neben ihr ein und fuhr los. „Der Begim-Tschokrak fließt durch Alexanderwohl, doch ich kenne einen vom Dorf abgelegenen Platz, wo wir picknicken können, ohne gestört zu werden. Als ich noch ein Junge war, bin ich manchmal tagelang ausgerissen, um dort zu lagern. Ich habe Forellen geangelt, während mein Vater seine Reisen in die Stadt unternahm."

Sie schaute ihn mit Melancholie im Blick an. „Ich finde es traurig, dass du ohne Mutter aufgewachsen bist."

Er zuckte die Schultern, fühlte sich aber von ihren Worten berührt. Als Waise wusste sie wahrscheinlich, was für ein Gefühl das war. „Wie alt warst du, als du in den Dienst der Romanows getreten bist?"

Sie wandte den Blick von ihm ab und faltete die Hände. „Ähm, ich bin nicht ... ich glaube, ich muss etwa sechs Jahre alt gewesen sein. Ich kann mich nicht richtig daran erinnern. Meine frühesten Erinnerungen sind schon die an den Hof der Romanows, wie ich auf den Dienst vorbereitet wurde."

„Sechs ist sehr jung, um ein Leben als Dienerin zu beginnen." Er verspürte einen Stich von Traurigkeit. Hatte sie eine Kindheit gehabt, eine Zeit der Freiheit und des unbeschwerten Spielens?

„O, es kam mir meistens gar nicht wie Dienst vor. Ich hatte viele glückliche Augenblicke. Die Romanows sind eine großartige Familie. Sie spielen gern und haben viele Haustiere. Ich erinnere mich an Marias französische Bulldogge Ortino. Er spielte gern und schlief während des Unterrichts immer auf unseren Füßen." Sie kicherte. „Er liebte Gedichte. Puschkin natürlich, wie jeder gute Russe, und Robert Browning." Sie lehnte sich zurück, stützte sich auf den Händen ab und begann, Browings Gedicht „Rabbi Ben Ezra" zu zitieren:

Werde alt mit mir!
Das Beste kommt erst noch,
Das Letzte des Lebens, für das das Erste erschaffen wurde:
Unsere Zeit steht in Seiner Hand,
Der sagt, „Ein Ganzes habe ich geplant;
Die Jugend zeigt's nur halb; vertraue Gott: sieh alles, und hab
keine Angst."

Die Worte strömten nur so hervor und mit ihnen ein süßes Lächeln. Sie schloss die Augen.

Anton schwieg neben ihr.

Sie öffnete die Augen wieder und ertappte ihn dabei, wie er sie stirnrunzelnd anschaute. „Das ist unglaublich, Tatjana. Auch ich habe Browning gelesen, aber ich habe seine Gedichte nie recht auswendig gelernt." Er studierte sie. „Ich finde es faszinierend, dass du mit den Großfürstinnen am Unterricht teilnehmen durftest."

Ihre Augen weiteten sich, und einen Moment lang sah sie ängstlich aus. Er berührte ihre Hand. „Tatjana, du musst dir keine Sorgen darum machen, dass ich irgendetwas weitererzählen würde, was du mir sagst. Ich bin dein Ehemann, wenn auch nur auf dem Papier, und deine Geheimnisse sind meine. Von dem, was ich aus deinen Geschichten ableite, hattest du als Dienerin eine recht ungewöhnliche Beziehung zu den Romanows und es ist dir nur zugute gekommen, dass sie dich so unter ihre Fittiche genommen haben. Offen gesagt, muss ich meine Meinung von der kaiserlichen Familie revidieren."

„Tatsächlich?" Was ein erleichtertes Lächeln gewesen war, verwandelte sich in ein Stirnrunzeln. „Wie hast du die Familie denn gesehen? Als die tyrannischen Despoten, wie es die Übergangsregierung behauptet?"

„Natürlich nicht!" Anton wusste, wie empfindlich sie auf negative Äußerungen über die Romanows reagierte. Er wählte seine Worte sorgfältig, versuchte aber dennoch ehrlich zu sein. „Ich habe eigentlich nie viel über sie nachgedacht. Sie kamen mir weit entfernt von meinem Leben vor, abgesehen vom Edikt des Zaren vor einigen Jahren, das eine Enteignung betraf. Das Gesetz verlangte, dass die deutschen Kolonisten ihr Eigentum innerhalb von acht Monaten verkaufen, doch glücklicherweise sind diese Gesetze noch nicht in Kraft getreten. Du kannst sicher verstehen, warum der Zar damals bei vielen Mennoniten in Ungnade gefallen ist."

Er warf einen Blick in ihre Richtung und sah Betroffenheit in ihrem Gesicht. Eilig versuchte er, seinen Worten die Schärfe zu nehmen. „Ich selbst weiß, dass hinter Politik immer mehr steckt, als offensichtlich ist. Zweifellos stand der Zar unter dem Druck der Duma, die pro-deutsche Haltung zu widerlegen, derer er bezichtigt worden war. Das Gesetz war wahrscheinlich nie mehr als eine halbherzige Geste." Anton lächelte Tatjana zu und sie nickte in stillem Einverständnis mit seinen Worten.

„Immer wenn ich an die Zarenfamilie denke", fuhr Anton fort, „tragen mich meine Gedanken zurück zu einem Tag, als ich ungefähr zwölf war. Der kaiserliche Zug fuhr auf dem Weg zum Schwarzen Meer durch Molotschna. Er hielt in Halbstadt an und ich erinnere mich, wie ich mich zum Bahnhof schlich, in der Hoffnung, einen Blick auf die Großfürstinnen zu erhaschen." Er erinnerte sich ebenfalls an die Eifersucht über die schützende Fürsorge der Zarin, als sie am Ende des Waggons standen und der Menge zuwinkten. Und gemessen an der Art und Weise, wie der Zar dafür gesorgt hatte, dass eine seiner Dienerinnen gerettet wurde, hatte Anton keinen Zweifel daran, dass der Mann ähnliche Vorkehrungen für seine Familie getroffen hatte. Ihr Hausarrest schien nur eine Unannehmlichkeit zu sein, und Anton war sich sicher, dass Zar Nikolaj einen Plan hatte, sie alle zu retten, selbst wenn das bedeutete, ins Exil zu gehen.

Was bedeutete, dass sie auch nach Tatjana schicken würden. Er konnte nicht leugnen, dass ihm dieser Gedanke einen schmerzhaften Stich versetzte.

„Ich erinnere mich an die Mädchen", fügte Anton hinzu. „Sie waren nicht viel jünger als ich und trugen alle weiße Kleider und hatten die gleichen Schleifen in ihrem langen Haar. Ich erinnere mich, dass sie alle so königlich aussahen, wie sie dort standen."

„Daran erinnere ich mich", sagte Tatjana leise. „Es war heiß. Und Mutter wollte anhalten, um frisches Obst zu besorgen. Pfirsiche, wenn ich mich recht erinnere."

Anton schaute sie an. „Du nennst die Zarin ‚Mutter'?"

Tatjana schnappte nach Luft. „Ja, natürlich. Sie ist unser aller Kaiserliche Mutter, nicht wahr?"

Anton nickte trotz seines Stirnrunzelns. Ja, die Romanows wirkten durch Tatjanas Augen wie eine eng verbundene, liebevolle Familie. Ganz anders als die wohlhabenden Aristokraten, die darauf erpicht waren, die Massen zu unterdrücken, wie die Rebellenführer und Übergangsregierung es behaupteten.

„Ich staune, was für ein Leben du bei ihnen geführt hast, Tatjana. Du musst damals kaum acht Jahre alt gewesen sein. Welch ein unglaubliches Geschenk, in eine adlige Familie aufgenommen zu werden, selbst als Dienerin."

Ihr Blick ging in die Ferne. „Es ist ... eine bemerkenswerte Familie. Ich bin oft als persönliche Begleiterin mit ihnen gereist. Sie wussten nie, wann sie mich brauchen könnten."

Anton schaute sie an. „Was könnte ein junges Mädchen von acht oder zehn Jahren wohl als Dienst für den Zaren leisten?"

Tatjanas Gesichtsausdruck wurde traurig. „Meistens habe ich mit den Großfürstinnen gespielt. Und ich habe sie beschützt."

„Sie beschützt?"

Tatjana schien seine Frage zu verstehen, denn sie legte ihm eine Hand auf den Arm. „Manchmal liegt der Schutz nicht in der Macht, sondern in den Entscheidungen. Was wir bereit sind, füreinander zu tun. Wie das, was du für mich getan hast, Anton. Ich kann dir nicht genug danken, dass du mich hergebracht hast, trotz allem, was es dich gekostet hat. Du hast mir das Geschenk der Sicherheit gemacht. Und mir geholfen zu glauben, dass es trotz des Durcheinanders in unserer heutigen Welt noch Kavaliere gibt, die bereit sind, einer Dame zu helfen."

Du bist meine Ehefrau, Tatjana. Natürlich werde ich dich beschützen. Der Gedanke lag ihm auf den Lippen, und zum ersten Mal wurde ihm klar, dass er, obwohl er eine Mission hatte, nicht mehr nur den Befehl des Zaren befolgte. Heute gehorchte er seinem Herzen.

Olga half, das Picknick aufzubauen, das aus Käse, Fleisch, Schwarzbrot, Butter, frischer Milch und einem Glas Himbeer-marmelade bestand. Sie saßen auf einer Decke, die Anton aus Hildas Leinentruhe entwendet hatte. Der See lockte, während die Sonne von oben her strahlte; die leichte Brise kräuselte das Wasser kaum merklich. Der Duft von Gras und Wildblumen lag in der Luft und sie konnte im Lachen der Kinder, die am nahe gelegenen Strand schwammen, beinahe die Erinnerungen schmecken. Sie war schon mehr als einmal durch dieses Land gereist. Die Route zu ihrem Ferienparadies in Liwadija ging durch die Molotschna-Kolonie und sie fragte sich, ob sie an dem Tag, als sie Halt gemacht hatten, einen hellblonden Jun-gen in der Menge gesehen hatte. Wenn sie sich recht erinnerte, hatte Tatjana sie begleitet – genau genommen hatte sie sie auf beinahe jeder Reise begleitet, aus genau den Gründen, die Olga Anton erklärt hatte. Also hatte sie nicht gelogen, jedenfalls nicht richtig.

Dennoch fühlte sie sich in ihrem Inneren hässlich. Er ver-diente es, die Wahrheit zu erfahren, und das nagte an ihr, seit sie in die Ukraine gekommen war. Der Umstand, dass Anton die Romanows nicht verhöhnt hatte, wo doch der Rest der Welt über ihre Gefangenschaft zu jubeln schien – das gab ihr Hoff-nung. Dennoch, je weniger er über ihre Familie wusste, umso besser.

Anton belegte für sie ein Brot mit Wurst und Käse. „Ich weiß, es ist nichts Ausgefallenes. Ich wollte einfach nur weg und mich vielleicht ein bisschen im Sonnenschein aalen."

Olga aß schweigend, beinahe heißhungrig. Sie strengte sich sehr an, unter Hildas Adleraugen so unsichtbar wie möglich zu sein. Das Leben auf dem Klassen-Hof war bisher nicht einfach gewesen. An den meisten Abenden zog sie sich erschöpft in ihr

Zimmer zurück, rollte sich zusammen und weinte leise in der Dunkelheit. Die Sorge um ihre Familie, um Julia und um ihre Zukunft schmerzte sie. Ihre Gebete schienen sich an der Gipsdecke zu sammeln. Auch der Rauch der Kerzen, die sie in der Kirche anzündete, schien ihre Bitten nicht zum Himmel zu tragen. Sie hatte sich noch nie so von Gott abgewiesen gefühlt, nie so leer. So hoffnungslos.

Nur Anton gab ihr einen Grund zum Lächeln. Sie spürte jeden Tag, den sie durchlebte, sein wachsames Auge über ihr, fühlte sich bestätigt durch die Augenblicke, in denen er auftauchte, um ihr einen Hut zu bringen oder die Milch zu tragen oder einfach die Schaukel anzuschubsen, auf der sie sich ein paarmal erschöpft niedergelassen hatte. Sie wusste, dass er unermüdlich darum bemüht war, sie außerhalb der Reichweite von Hildas beißenden Worten zu halten, obwohl ... als die Frau mit ihr geschimpft hatte, weil ihr Eierschalen in den *Pljuschki*-Teig gefallen waren ... Nun ja, es gab Momente, in denen Olga sich wünschte, kein Deutsch zu verstehen.

Die Sonne und die Arbeit auf dem Bauernhof hatten Anton das Aussehen eines Bauern gegeben, mit sonnengebräunten Unterarmen und sonnengebleichtem Haar. Er lehnte sich auf der Decke zurück, verschränkte die Arme hinter seinem Kopf und streckte sich aus, um die Knöchel übereinanderzulegen. Er hatte sich der feinen Kleidung entledigt, die er in Petrograd und auf ihrer Reise nach Süden getragen hatte. Jetzt trug er Arbeitshosen aus Baumwolle, Stiefel und ein weißes Hemd, dessen Ärmel er hochgerollt hatte. Diese Aufmachung stand ihm. Stark, selbstbewusst. Und einen Augenblick lang spürte sie, wie sich Wärme in ihr regte. Ihr Ehemann. Trotz der Lüge hinter diesem Wort konnte sie nicht anders, als es zu genießen. Er wäre ein wunderbarer Ehemann für die echte Tatjana.

Sie seufzte und schob diesen Gedanken weg, bevor er sich festsetzen und ihr Innerstes nach außen kehren konnte. Sie hatte kein Anrecht auf diesen Mann. Er gehörte ihrer Kammerzofe, so wie Tatjanas augenblickliche Stellung als Zarentochter unter Hausarrest Olga gehörte.

„Ich nehme an, du warst schon am Schwarzen Meer?" Anton sprach mit geschlossenen Augen. „Hast du dich je an einer Qualle verbrannt?"

Olga nahm einen Löffel Himbeermarmelade, leckte ihn ab und ließ den Geschmack in ihrem Mund explodieren. „Nein. Aber Maria. Einmal. In einem Sommer ist sie direkt nach unserer Ankunft ins Meer gelaufen, bevor die Kaiserliche Mutter sie aufhalten konnte, und tauchte sofort wieder auf – mit einer Qualle auf dem Rücken. Schreiend fiel sie auf den Strand, während mein Va– ... Der Zar und ihr Cousin Gleb haben die Qualle abgerissen und Sand auf Marias Rücken geschaufelt. Sie war eine Woche lang krank und die Zarin hat sie wieder gesundgebetet. Ich glaube, Maria ist den Rest der Reise nicht mehr ins Wasser gegangen."

Anton drehte sich zu ihr um und überschattete seine Augen. „Ist die Zarin so religiös, wie alle behaupten? Man sagt, sie hat die Bluterkrankheit des Zarewitsch weggebetet."

Olga dachte an ihren Bruder, an die Tage, wenn er nach einem Sturz ans Bett oder den Rollstuhl gefesselt war oder von seinen ständigen Leibwächtern und Begleitern, den Matrosen Derewenko und Nagorny, getragen werden musste. Tränen stachen in ihren Augen, als sie sich an seine Schmerzensschreie erinnerte. „Ich weiß nicht. Sie glaubte, dass der Starez Rasputin die Macht hatte, Alexej zu heilen. Ich muss mich fragen, ob nicht der Mord am Starez Gottes Zorn auf die Familie gelenkt hat."

Sie wandte den Blick ab zu dem glücklichen Bild der Schwimmer, nicht sicher, warum sie diese Angst schließlich doch laut ausgesprochen hatte. Doch sie wurde davon geplagt – besonders seit man behauptete, dass ihr Onkel Dima an Rasputins Mord beteiligt gewesen war. Sie hatte sogar gehört, wie ihr Vater über Cousin Gleb und seine Beteiligung spekuliert hatte. Der Gedanke, dass ihr zweiter Cousin, der liebste Spielgefährte der Großfürstinnen, einen Mann foltern konnte, machte sie beinahe krank.

„Ich bin mir sicher, dass Gott der Familie Romanow nicht den Rücken gekehrt hat, Tatjana." Anton stützte sich auf einem Arm auf. „Ich habe erst heute Morgen in Psalm 100 gelesen: ‚Denn der Herr ist gut zu uns, seine Liebe hört niemals auf, von einer Generation zur anderen bleibt er treu.' Gott hat die Familie Romanow eingesetzt, und selbst wenn sie entmachtet wurde, heißt das nicht, dass er sie nicht liebt. Wir nehmen oft an, dass Gott uns nicht mehr liebt, weil etwas Schlimmes passiert. Wir müssen ihm die Treue halten und glauben, dass er einen Plan hat. In Vers drei des gleichen Psalmes heißt es: ‚Denkt daran: Der Herr allein ist Gott! Er hat uns geschaffen, und ihm gehören wir. Sein Volk sind wir, er sorgt für uns wie ein Hirt für seine Herde.' Das sagt uns, dass wir in Gottes Händen sind, und er weiß, wie schwach wir sind. Er wird uns nicht verlassen. Wir müssen auf die Zukunft schauen – manchmal auf die nächste Generation –, doch wir dürfen ihm glauben."

Die Frage kam über die Lippen, bevor sie sie aufhalten konnte. „Denkst du je an die Zukunft, Anton?"

Er betrachtete sie, und seine grauen Augen hielten die ihren mit einer solchen Eindringlichkeit fest, dass sie spürte, wie Hitze über ihren Rücken aufstieg. Ihr Mund wurde trocken. Dann seufzte er und wandte den Blick ab. „Wenn du meinst, ob ich hoffe, eines Tages eine Familie zu haben, ist die Antwort Ja. Ich sehne mich danach, einen Erben zu haben, jemanden, der den Familiennamen weiterträgt." Seine Stimme war jetzt alles andere als kalt. Sie konnte den Gedanken nicht abschütteln, dass sie diese Pläne für ihn durchkreuzt hatte. Dass sie ihn in einer Ehe gefangen hatte, die seine Zeit, eine Braut zu finden, auffraß.

Es sei denn natürlich, ihr Plan funktionierte und Tatjana nahm ihn zu ihrem rechtmäßigen Ehemann. Sie würde ihr Vertrauen in diese Möglichkeit setzen müssen. „Du wirst eines Tages eine

Familie haben, Anton. Und ich weiß, dass du ein wunderbarer Vater sein wirst."

Er schaute sie an, und das Lächeln auf seinem Gesicht trieb ihr die Röte in die Wangen. „Und ich vermute, du wirst eine wunderbare Mutter sein."

Olga fuhr sich mit der Zunge über die Lippen. Es gefiel ihr ganz und gar nicht, wie diese Worte sie berührten. „Hoffentlich werde ich gütiger sein als Hilda." Olga runzelte die Stirn, als sie an Antons Stiefmutter dachte. „Was bringt dich dazu, ihr und deinem Vater gegenüber zu schweigen?"

Er lächelte traurig. „Ich schweige vor meinem Vater, weil er älter ist als ich und ich sein Sohn bin."

„Doch er behandelt dich so respektlos. Die Heilige Schrift sagt auch, dass Väter ihre Kinder nicht zum Zorn reizen sollen. Selbst ich werde durch seine Worte zum Zorn gereizt."

Anton setzte sich auf und zog die Knie hoch, um sich auf sie zu stützen. „Danke für deine Geduld mit meiner Familie. Ich weiß, dass es nicht einfach ist. Die Wahrheit ist ..." Er seufzte. „Ich habe immer damit zu kämpfen gehabt, wie ich mich verhalte. Ja, tief in mir sehne ich mich danach, die Stimme zu erheben und mich zu verteidigen. Vielleicht habe ich versucht, ihm durch mein Schweigen zu zeigen, dass er im Unrecht ist. Doch als Mennonit habe ich immer geglaubt, dass Gott meine Schlachten schlägt."

„Bist du deshalb nicht den kaiserlichen Truppen beigetreten, um in Deutschland zu kämpfen?"

Er nickte, und sie spürte mehr hinter dieser Bewegung. Er blieb lange stumm und sie fühlte sich versucht, die Lücke mit einer Entschuldigung zu füllen.

„Die Wahrheit ist, Tatjana, dass ich mich frage, ob ich den Mut hätte, im Krieg zu kämpfen."

Was? Sie starrte ihn an und versuchte, das Entsetzen aus ihrem Gesicht zu wischen. „Anton, ich finde, du bist der tapferste Mann, den ich kenne."

Er schüttelte den Kopf und senkte den Blick. „Ich habe nicht reagiert, als der Betrunkene in Petrograd unsere Kutsche angegriffen hat. Und als Julia überfallen wurde – was, wenn ich einige Minuten früher eingetroffen wäre? Hätte ich gewusst, was zu tun ist?" Er biss die Zähne aufeinander. „Als ich noch jünger war, lehrte mich meine Religion, die andere Wange hinzuhalten. Ich habe meine Kindheit mit einer ständig blutigen Nase zugebracht und mir einen Ruf als Feigling eingehandelt."

Olga konnte nicht dem Drang widerstehen, seinen Arm zu berühren. Er hatte starke, von der Arbeit auf dem Bauernhof geformte Muskeln. „Nur weil du nicht zurückschlägst, heißt das nicht, dass du schwach bist."

„Es heißt auch nicht, dass ich stark oder mutig bin." Er schüttelte den Kopf. „Die Wahrheit ist, ich weiß nicht, was ich tun würde, wenn jemand, den ich liebe, angegriffen würde. Wenn ich gezwungen wäre, zwischen Kämpfen und Schweigen zu wählen. Nicht, weil ich nicht die Kraft dazu habe. Gelegentlich brauche ich all meine Kraft, um auf dem Weg des Friedens zu bleiben. Doch ich kann die Grundsätze meiner Erziehung nicht mit den Gegebenheiten um mich herum vereinbaren. Was macht einen Mann mutig, Tatjana? Seine Fähigkeit, eine Waffe oder ein Schwert zu schwingen, oder sein Glaube an Gott?"

Sie schwieg. Nach seinen Worten wusste sie nicht mehr, was sie sagen sollte. Tatsächlich hatte sie gesehen, wie ihr Vater, das Oberhaupt der orthodoxen Kirche, sein Land in Schlachten angeführt hatte, und sie hatte nicht einen Augenblick lang darüber nachgedacht.

Er seufzte. „Ich wollte dich nicht mit meinen inneren Kämpfen belasten." Er warf ihr einen Blick zu und lächelte grimmig. „Allerdings gibt es Momente, in denen ich mir wünsche, der Zar hätte mich nicht gebeten, diese Aufgabe zu übernehmen."

Sie fühlte sich, als ob er sie geschlagen hätte. Es nahm ihr den Atem. Er bereute die Aufgabe? Sie zu beschützen? Sie zu heiraten?

Olga zog die Hand zurück und fühlte sich krank. Doch, natürlich musste er so empfinden. Sie war ihm eine Last, eine, die zu tragen für ihn zu schwer war. Wie für jeden anderen auch. Heiße Tränen stachen in ihren Augen, als sie sie schloss und den Blick abwandte.

„Es tut mir leid", sagte sie leise.

Er antwortete nicht.

12. Kapitel

„Ist zwischen dir und deiner Frau etwas nicht in Ordnung?"
Jonas saß neben Anton auf dem Wagen, als sie von Alexanderwohl
zum Anwesen der Klassens fuhren. Die Sonne hing ihnen im
Rücken, verbrannte ihnen den Nacken und klebte ihre
Baumwollhemden an ihre schweißnassen Körper. Anton sehnte
sich danach, die Pferde für einen Ausflug zum Fluss nach Sü-
den zu lenken und sich abzukühlen, bevor er zu Hause ankam.
Andererseits war Tatjanas Empfang wahrscheinlich kühl genug.

„Ist das so offensichtlich?" Anton hielt die Zügel und starrte
auf die schweißbedeckten Körper der Pferde, die sich abmüh-
ten, den Wagen voller Vorräte zu ziehen. Auf den Feldern um
sie herum wogten flachsfarbene Ähren kaum schulterhoch im
heißen Augustwind.

„Nun, abgesehen von dem Umstand, dass du noch immer in
der Scheune schläfst, glaube ich nicht, dass es irgendjemandem
außer mir auffallen würde. Sie schaut dich beim Abendessen
kaum an und ich habe zweimal gesehen, wie sie sich in der
Scheune versteckt hat, bis du ihr den Rücken zugedreht hast,
bevor sie sich hinausgewagt hat." Jonas zog seinen breitkrempi-
gen Hut vom Kopf und fuhr sich mit dem Taschentuch über
die Stirn. „Hast du sie beleidigt?"

Anton zuckte die Schultern und schüttelte lange den Kopf.
„Ich weiß nicht, Jonas. Vielleicht."

„Bitte, sag mir, was du getan hast, damit ich den gleichen
Fehler bei Gertruda vermeiden kann." Jonas schmunzelte ihn
an. „Ich habe nicht vor, auch nur eine Nacht in der Scheune zu
verbringen, wenn wir verheiratet sind."

Anton versuchte zu lächeln, doch Eifersucht stieg in seinem

Hals auf und erstickte ihn beinahe. Wie sehr er sich doch nach einer Familie sehnte, einer echten Ehe. Tatjana faszinierte ihn trotz ihres Verhaltens immer noch, und seine Gedanken drehten sich um sie, wenn er sie nicht gefangen hielt. Manchmal kehrte er im Traum zu ihrem Picknick zurück und hörte alle Worte noch einmal bis zu dem Punkt, an dem sie geschwiegen hatte.

„Ich glaube, ich habe vielleicht irgendwie gesagt, dass es mir leidtäte, dass wir verheiratet sind." Er hatte nicht direkt diese Worte gebraucht. Er hatte gemeint, dass er fürchtete, sie zu enttäuschen, den Zaren zu enttäuschen, den Familiennamen zu entehren. Er hatte gemeint, dass sie sich so weit in sein Herz geschlichen hatte, dass er sie nicht mehr gehen lassen könnte.

Sie hatte ihn gefragt, ob er an die Zukunft dachte. Er hatte die Wahrheit umgangen und von Hoffnung auf eine Familie gesprochen. Vielleicht hatte er eine Einladung in seine Worte gelegt. In Wahrheit sah er in seiner Zukunft nur Herzeleid.

Und deshalb gab es Augenblicke, in denen er die Aufgabe des Zaren für sein Leben bereute.

„Du hast ihr gesagt, dass es dir leidtut, dass du sie geheiratet hast?" Jonas schüttelte den Kopf. „Selbst ich weiß, dass das das Falscheste war, was du sagen könntest."

„Ich meinte einfach, dass das nicht das Leben ist, das ich für uns geplant hatte." Sozusagen.

Jonas beugte sich vor, die Unterarme auf den Knien. „Ich weiß, dass die Lage trostlos aussieht, mit dem Krieg und der Rebellion und so weiter. Doch das Leben auf einem Bauernhof ist nicht schlecht, Anton. Du wirst dir ein eigenes Haus bauen, eine Familie gründen."

„Das Leben eines Bauern ist gut, Jonas. Das wollte ich damit nicht sagen. Es ist ... kompliziert."

Jonas warf ihm einen Blick zu und schwieg einen Moment lang. „Liebst du sie?"

Diese Frage bohrte sich wie ein Pfeil in sein Herz. Liebte er sie? Er fand es schön, wie sich ihr goldbraunes Haar jetzt um ihre Ohren lockte, ihre wunderschönen blauen Augen, ihr sanftes Lächeln. Er liebte ihre Entschlossenheit, ihre elegante, beinahe königliche Haltung. Er liebte den Umstand, dass sie ihrer Familie treu zu sein schien und selbst ihm, da sie in ihrem Dienst für seine Familie schwieg. Ihr Vertrauen zu ihm hatte ihn berührt. Und als sie ihm gesagt hatte, dass er vielleicht der mutigste Mann war, den sie kannte ... hatte er diese Worte genommen und sie in seinem Herzen aufgenommen.

Aber sie lieben? Meistens träumte er von einer Zukunft mit ihr. Er stellte sich vor, wie ihre Kinder aussehen mochten – hellblond, mit ihren großen, blauen Augen, ihrem Lächeln. Er dachte an die wenigen Male, als er sie auf den Armen getragen hatte, wie warm und wie vollkommen sie sich an seinem Körper angefühlt hatte.

Vor allem war sie bis vor Kurzem seine Vertraute gewesen. Selbst jetzt konnte er sich nicht vorstellen, mit irgendjemandem über die Angelegenheiten seines Herzens so freimütig zu sprechen wie mit Tatjana.

Dieser Schmerz, den er in sich spürte, wenn er daran dachte, sie zu verlieren ... wie sein Herz jedes Mal einen Sprung tat, wenn er sie sah, selbst wenn sie vom Unkrautjäten im Garten schmutzig und zerzaust aussah – ja, vielleicht liebte er sie.

Vielleicht.

Er schaute Jonas nicht an, als er kaum merklich nickte.

„Dann, Bruder, ist es nicht kompliziert. Zieh zu deiner Frau ins Haus. Gründe eine Familie. Ein Leben. Bring sie wieder zum Lächeln!"

Anton schluckte den schmerzhaften Knoten in seinem Hals hinunter.

Selbst wenn er ihr seine Liebe beteuerte, sie in die Arme nahm, die Worte auslöschte, die er in einem Augenblick der Torheit gesagt hatte, war er sich sicher, dass sie nie wieder lächeln würde. Nicht nach den Nachrichten, die er heute in der Stadt erfahren hatte.

Der Klassen-Hof war ertragreich, die Sommersonne und der Regen hatten die Felder fruchtbar gemacht. Gerste und Hafer säumten die Felder, und der Blumengarten, voller Gladiolen, Rosen und Malven, schickte seinen berauschenden Duft in die Luft. Selbst aus dieser Entfernung konnte Anton Tatjana erkennen, die über den Gemüsegarten gebeugt war und zwischen den Tomatenpflanzen Unkraut jätete.

Er fürchtete ihr Gespräch, und die Worte steckten ihm bereits im Hals fest. Die Brüder hielten am Haus und luden die Zuckersäcke ab, den Stoff, den Hilda bestellt hatte, und Utensilien zum Einwecken. Dann fuhren sie in die Scheune und stapelten dort die zusätzlichen Vorräte an Weizensaat, die sie im Herbst aussäen würden. Anton hoffte, dass Jonas' Idee funktionierte. Jetzt, da das Lager in Petrograd geschlossen war, brauchten sie jedes zusätzliche Einkommen, das sie aufbringen konnten, bis sie es wieder eröffnen konnten, wenn das Chaos abflaute.

Anton musste zugeben, dass er dankbar war, in diesen Tagen nicht in Petrograd zu sein, obwohl Lenin, ihr neuer Anführer, erst vor wenigen Wochen die Hauptstadt nach Moskau verlegt hatte. Er machte sich seine Gedanken über dieses neue Staatsoberhaupt, über die Reformen, die er versprach. Sie schienen von seinem Leben in Molotschna weit entfernt zu sein, und Anton hoffte, dass sie weit entfernt blieben. Allerdings hatte er Gerüchte von einem Bürgerkrieg gehört, von Rebellentruppen, die nach Süden drängten. Die Bevölkerung fürchtete sowohl die Rote Armee, die die Bolschewiken repräsentierte, als auch die Weiße Armee, die aus den kaiserlichen Truppen bestand. Beide Armeen stürmten die Dörfer und verpflichteten alle wehrtüchtigen Männer zum Kampf gegeneinander, und auch gegen ihre deutschen Feinde im fortdauernden Großen Krieg. Doch sicher würden sie die mennonitischen Gemeinden nicht antasten, da sie doch wussten, wie deren Bewohner über Gewalt und Krieg dachten.

Anton stapelte die letzten Saatsäcke, spannte dann die Pferde aus und rieb sie ab. Die Sonne bewegte sich bereits langsam zum westlichen Horizont, als er fertig war und sich Hände und Gesicht mit einem Taschentuch abrieb.

Tatjana saß auf der Schaukel und bewegte sie leicht vor und zurück, die Füße auf dem Boden und Anton den Rücken zugekehrt. Sie starrte in den Sonnenuntergang.

Einen Augenblick lang stand er da, seufzte und bot all seinen Mut auf.

Er ging langsam auf sie zu, weil er sie nicht erschrecken wollte, und Unbehagen machte jeden seiner Schritte schwer. Sie hielt sich an den Schaukelseilen fest und er bemerkte, dass ihre eleganten Hände zerkratzt und rau aussahen. Sein Herz zog sich zusammen. Dennoch hielt sie sich mit der Anmut, die sich für eine Dienerin des Adels ziemte. Sie würde wahrscheinlich nie wirklich auf einen Bauernhof passen. Mit allem, was in ihm war, sehnte sich Anton danach, sie mit in die Stadt zu nehmen, ihr Kleider zu kaufen und eigene Diener zur Verfügung zu stellen.

Er berührte das Seil über ihrer Hand. „Tatjana?"

Sie drehte sich zu ihm um, schaute ihn an, und er sah, dass Tränen Spuren auf ihrem Gesicht hinterlassen hatten. Plötzlich war er beunruhigt. „Geht es dir gut?"

Sie nickte, wischte sich mit der Hand übers Gesicht und hinterließ schmutzige Fingerabdrücke. „Nur müde, denke ich." Sie lächelte ihn schwach an. Dieses Lächeln war wärmer als alle anderen, die sie ihm in den letzten Wochen zugeworfen hatte. Ihm war zum Weinen zumute. Er ging um sie herum und kauerte sich vor ihr hin. Die Schaukelseile hielt er mit beiden Händen fest.

Ihr Gesichtsausdruck veränderte sich zu einem Stirnrunzeln.

„Ich habe Neuigkeiten für dich", sagte er, bevor sein Mund völlig trocken wurde. „Über die Kaiserliche Familie."

Sie sagte nichts, doch Sorge erfüllte ihre Augen. Sie schluckte.

Er schloss die Augen und wünschte sich alles andere für Tatjana, nur nicht das. Dann öffnete er sie wieder und legte seine Hände über ihre. „Die Regierung hat die Familie Romanow und alle übrigen Diener nach Sibirien als Gefangene ins Exil geschickt."

Olga starrte Anton an und wusste nicht genau, was er damit sagen wollte. Sie versuchte, seine Worte zu entwirren. Exil? In Sibirien? Nein, das konnte nicht stimmen. Sie hatten Familie in ganz Europa, besonders in England. Ihr Vater hätte sie alle zu Verwandten geschickt. Nicht nach Sibirien.

„Was? Ich verstehe nicht."

Anton kauerte vor ihr, der Ausdruck in seinen Augen war sanft, aber besorgt. Sie spürte seine Berührung auf ihren Händen, warm und stark, und ihr wurde wieder einmal klar, wie sehr sie seine Kameradschaft vermisst hatte. Er bedeutete ihr mittlerweile mehr als Julia und in vielerlei Hinsicht mehr als ihre Schwestern. Das Wissen, dass er es bereute, die Mission übernommen zu haben, ließ sie nur noch mehr respektieren, dass er sie weiterhin beschützte. Langsam machten ihre wachsenden Gefühle für ihn ihr Angst. Sie sollte sich innerlich nicht so sehr an jemanden binden, der sie nur aus Pflichtgefühl bei sich behielt.

Das Mitgefühl in seinem Gesicht trieb Olga Tränen in die Augen. „Die Übergangsregierung hat die ganze Familie nach Sibirien geschickt. Einige sagen, dass dies am Ende zum Exil in Japan führen wird. Andere sind nicht dieser Ansicht."

Sibirien? Sie wusste so wenig über dieses riesige Gebiet in Russland. Kalt. Sie wusste, dass es kalt und öde war. Und menschenfeindlich. Was war mit Alexejs Krankheit? War Dr. Botkin mit ihnen gereist? Wenn nicht, gab es dort fähige Ärzte? Und ihre Schwestern waren allein ohne sie. Ihr wurde schlecht, und sie schlang die Arme um ihren Bauch. „Nein. Ich verstehe nicht. Warum hassen sie uns so sehr? Was in aller Welt haben wir ihnen getan?"

„Niemand hasst dich, Tatjana. Das hat nichts mit dir zu tun." Er löste ihre Arme von ihrer Taille und nahm ihre Hände in seine. Seine Hände waren rau und abgearbeitet, ganz anders als die glatten Hände, die sie an dem Tag gespürt hatte, als sie nach dem Überfall auf Julia zusammengebrochen war. Auch sie fühlte sich weit entfernt von jenem Mädchen, das sie einmal gewesen war. Wie töricht war sie doch gewesen, den Palast zu verlassen, ihrem Vater ohne einen Gedanken zu gehorchen. Hatte er damals schon gewusst, dass sie vielleicht nie wieder vereint sein würden?

Die Tränen machten sie blind und ihr Gesicht fiel in sich zusammen, als sie versuchte, ein Aufschluchzen zu unterdrücken. Sie krümmte sich vor Schmerz, riss ihre Hände aus Antons Griff und wiegte sich hin und her. „Nein, das kann nicht sein. Nein."

Sie spürte, wie Antons Arme sich um sie legten, spürte, wie er sie hochhob und neben sich auf den Boden setzte. Mit immer noch geschlossenen Augen entwich die Trauer in bebendem Schluchzen. Sie bedeckte das Gesicht mit den Händen und gab sich dem Kummer hin, der sie jeden Tag verfolgte.

„Ich habe dem nie zugestimmt. Ich habe nie gesagt, dass ich ohne sie leben könnte." Sie spürte, wie Anton sie an sich zog, seinen Griff um sie verstärkte, und sie gab seinem Trost nach. Er war so stark, so schutzspendend, als sie den Kopf an seine Brust legte. „Er hatte Unrecht. Er hatte so Unrecht." Sie grub ihre Hand in Antons Arbeitshemd und zog sich in seine Umarmung. „Sie hätten mich nie fortschicken dürfen."

„Ruhig, Tatjana. Nicht weinen." Antons Arme schlossen sich noch fester um sie und sie spürte sein Kinn auf ihrem Scheitel, dann merkte sie, wie er sanft seine Lippen auf ihr Haar drückte.

„Du verstehst das nicht, Anton." Sie ließ die Worte in der Luft hängen, sehnte sich schmerzlich danach, es ihm zu erzählen, musste es ihm erzählen. „Ich muss bei ihnen sein."

„Nein, Tatjana." Er schob sie von sich weg und sah ihr in die

Augen. „*Daragaja*, dein Leben bei ihnen ist vorbei. Sie haben jetzt einen anderen Weg, einen, der dich aus ihrem Dienst entlässt. Wahrscheinlich werden sie das Land im Osten verlassen und ins Ausland reisen. Du musst das hinnehmen und in die Zukunft schauen."

Ihr Mund öffnete sich, und ihr Schmerz brach sich Bahn. Wut ballte sich in ihr zusammen und raste durch ihre Arme. Sie riss sich aus seinen Armen, stieß ihn zurück und rutschte von ihm weg. „Nein!"

„Tatjana –"

„Nein, Anton! Ich gehöre zu ihnen! Sie brauchen mich. Sie sind meine Zukunft."

Anton seufzte mit geschürzten Lippen. Er wandte den Blick von ihr ab, das Gesicht düster. Dann schüttelte er den Kopf.

„Ja, Anton. Bring mich zu ihnen."

„Nach Sibirien?" Der Ausdruck auf seinem Gesicht, ungläubig, entsetzt, untermauerte nur die Worte, die ihr herausgerutscht waren.

„Ja, nach Sibirien. Ich muss zu meiner Familie zurückkehren."

„Sie sind nicht deine Familie, nicht mehr. Ich weiß, dass du sie wahrscheinlich wie dein eigen Fleisch und Blut liebst. Und ich weiß, du glaubst, du hast niemanden sonst, aber du bist nicht allein, Tatjana."

Sie starrte ihn an, in sein verzweifeltes Gesicht, hörte seine raue Stimme. Sie schluckte, runzelte die Stirn, wusste nicht –

„Du hast mich." Er legte sich eine Hand auf die Brust. „Mich. Ich bin dein Ehemann. Und ich weiß, es war nur eine Maskerade, aber du – du bist mir wichtig. Und du bist nicht allein. Ich werde für dich sorgen."

Sie fühlte, wie sie noch einmal aufschluchzte. Sie war ihm wichtig? Ein weiterer Strom von Tränen verschleierte ihren Blick, und verwirrt bedeckte sie das Gesicht mit beiden Händen.

Was, wenn ihre Familie nach Japan geschickt wurde oder aus Sibirien zurückkehrte, wenn die kaiserlichen Truppen die Übergangsarmee bezwangen? Sie konnte nicht Antons Frau sein. Ihre Eltern würden ihre Ehe nie gutheißen. Eine Annullierung würden sie verstehen, vielleicht, doch Anton, einen einfachen Bürger, als Schwiegersohn?

Sie schluchzte noch heftiger und spürte, wie Anton sich ihr näherte und sie wieder in die Arme schloss.

„Ich verspreche, ich werde dir ein gutes Leben aufbauen, für dich sorgen und dir eine Zukunft geben, Tatjana. Sei meine Frau. Meine richtige Ehefrau."

Sie hörte seine Worte, und in ihr schmerzte alles. Doch sie schüttelte schweigend den Kopf. „Ich kann nicht, Anton. Ich kann nicht."

Sie spürte, wie er erstarrte, dann seufzte er, als ob etwas in ihm gestorben sei. Sie biss die Zähne aufeinander und zwang sich zur Fassung. Nur einen Augenblick noch gestattete sie sich in seinen Armen, roch das Heu und den Schweiß an ihm, spürte seine muskulöse Umarmung, die sie tröstete.

Dann entzog sie sich ihm, hob das Kinn und schaute ihm in die Augen. Sie war eine Prinzessin, und auch wenn er es nicht wusste, war er noch immer ihr Untertan. Und unter dem Kommando ihres Vaters. „Ich möchte, dass du mich nach Sibirien bringst. Es ist an der Zeit, dass ich zu meiner Familie zurückgehe, Anton."

Sein Stirnrunzeln, der dunkle Blick in seinen Augen, machte ihr Angst. „Gibt es etwas, das du mir nicht über deine Beziehung zur kaiserlichen Familie gesagt hast, Tatjana?"

Sie schluckte und wandte den Blick ab, hasste sich selbst. „Nichts, Anton." Mit Hilfe der Schaukel zog sie sich auf die Füße. „Ich erwarte, dass wir am Morgen abreisen."

Er saß dort im Gras. Der Sonnenschein tauchte sein blondes Haar in einen Bronzeton; sein Gesicht war vor Wut verhärtet und seine grauen Augen kalt wie Stein. So hatte sie ihn noch nie gesehen. Trotz der Hitze lief ihr ein Schauer über den Rücken.

Er schüttelte den Kopf und sagte leise: „Dann wirst du bitter enttäuscht werden, Tatjana. Denn solange du unter meiner Obhut stehst, gehst du nirgendwohin."

Sie starrte ihn an, und ihre Welt kippte um. Bebend holte sie Luft und nickte. „So sei es." Sie drehte sich um und ging aufs Haus zu. In Gedanken entwarf sie schon ihren Fluchtplan. Sie hatte Geld in ihrer Reisetasche und Juwelen in ihren Reisemantel genäht, selbst in eines ihrer Korsetts. Sie hatte bei weitem genügend Mittel, um ihre Reise nach Sibirien zu bezahlen.

Olga spürte Antons Blick auf sich ruhen und wusste zum ersten Mal, seit sie Zarskoje Selo verlassen hatte, dass sie ganz und gar alleine war.

❧

Anton war am Boden zerstört, als er Tatjana beim Abendessen betrachtete. Etwas hatte sich zwischen ihnen verändert, etwas Unwiderrufliches und Herzzerreißendes. Ja, er wusste, dass er sie schon einmal verletzt hatte, als er gesagt hatte, dass er bereute, die Mission des Zaren übernommen zu haben. Doch er dachte, er hätte seine Absichten ihr gegenüber deutlich gemacht, als er sie in die Arme genommen hatte. „Sei meine Frau, meine richtige Ehefrau", hatte er gesagt und sein Herz offenbart.

Und doch war sie auf ihren Dienst für die Krone fixiert. Als hätte sie keine Wahl.

Oder vielmehr, als ob sie eine Wahl ablehnte. Ihn ablehnte. Der *Tweeback* in seinem Mund schmeckte wie Asche und er entschuldigte sich zeitig. Er spürte Jonas' Blick auf sich, als er seiner Familie Gute Nacht sagte und zur Scheune hinausging.

Anton stieg auf den Heuboden hinauf, wo er sehen konnte, wie sich die Nacht über das Anwesen legte, schaute hinauf in den Himmel und fragte nach Gottes Plan. Er sehnte sich nach Tatjana, wollte tun, was immer sie erbat, wollte das Glück auf ihrem Gesicht sehen. Doch er konnte sie nicht nach Sibirien bringen. Nicht, ohne ihr Leben zu riskieren. Und wieder spürte er die Last der Bitte des Zaren. *„Beschützt sie."*

Als Erinnerung zog er das Wappen hervor, das er in einem Gedichtband in der Scheune versteckt hatte, und legte es wieder um seinen Hals. Vielleicht hatte er seine Zielausrichtung verloren und das kalte Gewicht an seiner Haut würde ihm helfen, einen klaren Kopf zu behalten. Er sah, wie Tatjanas Licht verlosch, und stellte sich vor, wie sie zu Bett ging. Einen winzigen Augenblick lang hatte er gedacht, dass sie zustimmen könnte, dass sie ihr Gesicht zu seinem heben würde, Freude in ihren Augen, und seinen Antrag annehmen würde.

„Ich kann nicht, Anton."

Die Worte stachen immer noch.

Der Wind brachte den Geruch von Gerste und die Kühle des Spätsommers mit sich. Bald würden sie ernten, und dann würde Jonas heiraten und Gertruda ins Haus bringen. Vielleicht konnte eine weitere Frau Hildas scharfe Zunge abmildern. Dennoch wusste er, dass Tatjana ihre „Familie" vermisste. Er musste allerdings einräumen, wie seltsam ihre Verbundenheit mit ihnen war. Offenbar hatte er die Bindung zwischen der Familie und ihrer Dienerschaft unterschätzt. Vor allem verabscheute er den Umstand, dass er ihre Bitte abweisen musste. Er hasste es, den Schmerz in ihren Augen zu sehen. Es war unerträglich für ihn, zu wissen, dass sie sich danach sehnte, ihm zu vertrauen, und dass er jede Möglichkeit dazu erstickt hatte.

So viel dazu, dass er wollte, dass sie ihn liebte. Sie hatte ihn angeschaut, als ob sie ihn hassen würde.

Er beobachtete noch immer ihr Zimmer, als er sah, wie sich die Tür öffnete. Eine Figur schob sich hinaus in die Nacht, warf einen Blick zur Scheune und bewegte sich dann auf die Straße zu. Er erkannte einen Mantel, einen Reisekoffer ... Tatjana.

O nein. Was hatte sie denn jetzt vor? Er wusste, dass sie einen resoluten Charakter hatte. Aber das konnte sie doch nicht ernst meinen. Sie entschied sich zur Flucht.

Einer Flucht vor ihm.

Mit einem Seufzen stieg er vom Heuboden herunter und verließ die Scheune, Tatjana leise auf den Fersen. Sie eilte den Weg zur Straße hinunter. Was? Wollte sie den ganzen Weg zum Bahnhof in Halbstadt laufen?

Er stahl sich rasch hinter sie, folgte ihr zügig mit angehaltenem Atem.

Sie bog vom Weg ab und trat auf die Straße. Das Mondlicht säumte ihren Mantel, ein Phantom in der Nacht.

„Tatjana!", zischte er.

Sie erstarrte, drehte sich um, die Augen weit aufgerissen. Dann seufzte sie, und ihr Gesicht zeigte deutlich, dass ihr das Herz sank. „Lass mich gehen, Anton."

Er trat zu ihr, und als sie einen Schritt machte, pflanzte er sich vor ihr auf. Sie sah so trotzig, so wütend aus, dass es ihn bis ins Innerste erschütterte. Ihre Augen schnellten vor Wut auf. „Geh mir aus dem Weg."

„*Njet*. Ich habe dem Zaren versprochen, dich zu beschützen. Und das werde ich auch tun."

„Dann bring mich nach Sibirien."

„Nein. Du bist dort in Gefahr. Jeder, der in Verbindung zur kaiserlichen Familie steht, ist in Gefahr."

Ihre Augen glänzten feucht, aber sie weigerte sich, den Blick abzuwenden. Ihre Wangenmuskeln spannten sich an. „Sie brauchen mich."

Ich brauche dich. Die Worte verließen beinahe seine Lippen, doch er fing sie ein. Er seufzte und gab einen frustrierten Atemzug von sich. „Bleib. Vorerst. Wenn ich denke, dass es sicher ist ... werde ich dich nach Sibirien bringen." Er fuhr sich mit der Hand durchs Haar und konnte kaum glauben, dass er das tatsächlich gesagt hatte.

Eine Träne rann ihr über die Wange. Sie wischte sie weg und Wut lag in ihrer ganzen Haltung. „Wirklich? Versprochen?"

Anton schloss die Augen und fühlte sich wie ein Narr. Ein tief betrübter Narr. Und nickte.

„Danke. Ach, danke, Anton!" Das Beben in ihrer Stimme ließ ihn die Augen öffnen, eine Sekunde bevor sie ihre Reisetasche fallen ließ, die Arme um ihn schlang. Sie drückte das Gesicht an seine Brust und er fragte sich, ob sie hören konnte, wie sein Herz in wildem Erstaunen gegen seine Rippen pochte.

Seine Arme legten sich um sie und er hielt sie fest und genoss den Augenblick. Tatjana in seinen Armen. Er zog sie näher an sich und vergrub das Gesicht in ihrem Haar. Sie roch wunderbar, frisch gewaschen und weiblich. Er schloss die Augen. Tatjana.

Was war er doch für ein Narr. Aus reiner Verzweiflung hatte er ihr versprochen, sie nach Sibirien zu bringen. Er wusste, dass das Versprechen, das er gerade gegeben hatte, sie beide umbringen konnte.

13. Kapitel

Anton sah aus wie ein Prinz, als er bei den anderen Klassen-Männern in der ersten Reihe saß, während sein Stiefbruder Jonas Gertruda das Eheversprechen gab. Sie trug einen Kranz aus gelben Chrysanthemen in ihrem langen blonden Haar und ein einfaches Kleid aus weißer Baumwolle. Dennoch sah das Mädchen, das vielleicht ein oder zwei Jahre jünger war als Olga, strahlend aus.

Und warum auch nicht? Sie heiratete den Mann ihrer Träume. Olga würde sich auch so fühlen, wenn sie nur Anton sagen könnte, dass sie seine Frau sein wollte. Wenn er sie nur zurücknahm.

Sie saß neben Hilda in der zweiten Reihe in der kleinen Mennonitenkirche. Sie hatten bereits zwei Predigten, Gebete und zwei Chorvorträge hinter sich. Vorn in der Kirche hielt Gertruda einen einfachen Strauß aus spätblühenden Dahlien und Chrysanthemen in den Händen – eine Mischung aus Lila, Orange und Weiß, das den recht einfachen Aufzug von Braut und Bräutigam unterstrich. Einfach allerdings nur gemessen an kaiserlichen Maßstäben. Olga würde liebend gern die Juwelen des für sie vorgesehenen Brautkleides opfern, um einen Mann zu heiraten, den sie liebte.

Ein melancholisches Lächeln spielte auf ihren Lippen. Sie *hatte* den Mann geheiratet, den sie liebte.

Anton.

Das hatte sie sich endlich eingestanden, als sie eines Tages beobachtet hatte, wie er mit den anderen Helfern zusammen die Gerste erntete. Wie befreiend diese Erkenntnis doch war. Als ob sie zum ersten Mal ehrlich zu sich selbst war. Sie liebte

Anton. Seit dem Augenblick, in dem er sie in den Armen gehalten und sich einverstanden erklärt hatte, sie zurück zu ihrer Familie zu bringen, egal, was es ihn kostete, war er wieder ihr Freund geworden. Sie waren am Ententeich spazieren gegangen. Sie hatte ihm geholfen, Kürbisse zu ernten und den Küchengarten winterfest zu machen, indem sie die abgeernteten Pflanzen als Dünger in den Boden gruben. Seine starken Arme hatten sie bei der Ernteausfahrt ins Heu gehoben und sein Lachen hatte ihre Seele erfüllt und ihre Stimmung gehoben, selbst wenn ihre Hoffnung nur schwach war. Seit Wochen hatte sie kein einziges Wort von der kaiserlichen Familie gehört, obwohl Anton sein Bestes gab, um alle nur möglichen Neuigkeiten zu erhaschen, wenn er ins Dorf ging.

Ihr Vater war zu einem Gerichtstermin bestellt worden; der Staat machte ihm den Prozess. *Den Prozess*, wie einem Kriminellen. Dieser Gedanke drehte ihr den Magen um. Momentan führten die Bolschewiken und die Übergangsarmee Kämpfe in jedem Dorf in Russland. Glücklicherweise hatte die Hitze des Gefechts noch nicht Molotschna erreicht, doch selbst die Ukrainer waren nicht vor der Einberufung oder der Beschlagnahmung von Pferden oder Lebensmitteln für die militärischen Aktionen beider Seiten gefeit. Olga erwartete halb, dass sie jeden Tag über Alexanderwohl herfielen und Anton mitnahmen, trotz seiner Versicherungen, dass man die Mennoniten nicht antasten würde. Sie war allerdings darin seiner Meinung, dass sie mit der Rückkehr zu ihrer Familie warten mussten, bis der Prozess vorbei war. Was, wenn sie nach Westen ins Exil geschickt wurden – England oder Frankreich – und sie dort zu ihnen stoßen konnte? Es war sinnvoll, die Zeit abzuwarten ... und mittlerweile ihrem Vater einen Grund zur Sorge zu nehmen.

Und es gab ihr Zeit, sich die Worte zurechtzulegen, mit denen sie ihrer Familie mitteilen würde, dass sie sich einen Ehemann genommen hatte. Denn in ihrem Herzen konnte sie Anton nicht hergeben. Nicht an die echte Tatjana. Nicht an eine Annullierung. Nicht, ohne dass ihr Herz zerbrach wie einer der Spiegel im Winterpalais nach dem Aufstand der Rebellen. Ihr war egal, dass er kein Adliger war. In ihrem Herzen war er königlich.

Sicher würden ihre Eltern nach allem, was Anton getan hatte, erlauben, dass sie verheiratet blieben. Besonders, wenn die Ehe vollzogen worden war.

Dieser Gedanke erschreckte sie. Anton hatte seit dem Tag, als er sie gebeten hatte, seine Ehefrau zu sein – seine richtige Ehefrau, keinerlei Andeutung über seine Gefühle mehr gemacht. Das konnte ebenso gut ein Trick gewesen sein, um sie zum Bleiben zu bewegen. Er hatte gesagt, dass sie ihm wichtig war. Doch was, wenn er sie nicht liebte? Sicher bedeutete die Art und Weise, wie er zuhörte, wenn sie ihm Gedichte vorlas oder Geschichten von der Familie erzählte, dass er ihre Gesellschaft genoss. Und sie hatte mehr als einmal Gefühle in seinen schönen Augen auftauchen sehen, wenn er sie nach einem Abendspaziergang an der Tür zu ihrem Zimmer verlassen hatte ... Verlangen? Liebe?

Dieser Gedanke ließ ihren Magen vor Hoffnung kribbeln.

„Aufgrund der heiligen Versprechen, die ihr vor diesen Zeugen und Gott dem Herrn im Himmel gegeben habt, erkläre ich euch hiermit zu Mann und Frau."

Olga schaute auf und lächelte, als Jonas seine Frau küsste. Von seiner Bank aus sah Anton sie an und lächelte.

Olga spürte, wie ihre errötenden Wangen trotz der kühlen Luft brannten.

Das Festwochenende hatte sie und Hilda und Gertrudas Familie eine Woche lang beschäftigt. Beginnend mit dem Essen für den gestrigen Polterabend, wo sie Spiele gemacht und Geschenke ausgetauscht hatten, hatten sie für beinahe dreihundert Leute gebacken – das ganze Dorf. Da in der Scheune der Klassens mehr Platz war, hatten die Familien Regier und Klassen sie ausgeräumt und die Tenne für das Hochzeitsessen gefegt. Anton war ins Haus gezogen und schlief auf dem Küchenboden. Sein Stiefbruder Jonas hatte erstaunt geschaut und sie damit an alles erinnert, was Anton für sie durchmachte.

Glücklicherweise hatte Olga sich einige kulinarische Fähigkeiten zugelegt und geholfen, Borschtsch, Kuchen, Striezel und Plätzchen für die Hochzeit zuzubereiten. Anders als bei orthodoxen Hochzeiten und besonders adligen Hochzeiten würde es keinen Tanz geben. Doch Olga spürte trotzdem die Feierstimmung in der Luft, als Braut und Bräutigam zusammen aßen und die Glückwünsche ihrer Freunde und Familien entgegennahmen.

Dieses neue Leben hatte sie überrascht. Wer hätte gedacht, dass sie sich nach Einfachheit sehnen würde, nach einer Familie mit Anton, sogar nach einem Leben auf dem Bauernhof? Sie verspürte einen Stich von Schuld, als sie Jonas und Gertruda betrachtete und die Freude auf ihren Gesichtern sah. Sie bezweifelte, dass die beiden Geheimnisse voreinander hatten.

Olga spürte Antons Anwesenheit hinter sich, noch während sie an ihn dachte. Er konnte kaum im gleichen Raum mit ihr sein, ohne dass ihr Herz raste und Wärme sie durchströmte. Sie drehte sich um und sah seinen Blick auf ihr liegen. Ein lässiges Lächeln im Gesicht, lehnte er am Rahmen des riesigen doppelten Scheunentores. Hinter ihm funkelte der Sternenhimmel, ein glänzender Kronleuchter für diesen rustikalen Ballsaal.

„Du siehst heute Abend wunderschön aus", sagte er leise. Obwohl Lachen und Gespräche den Raum erfüllten, konnte sie ihn klar und deutlich hören. Sie schluckte die Hitze in ihrem Hals hinunter und war froh, dass sie das grüne Ballkleid gewählt hatte, das sie zum Neujahrsball in Zarskoje Selo getragen hatte. Einfach und doch elegant, mit Samtärmeln und einem Seidenmieder. Jetzt sorgte sie sich, dass es unter den Bauersfrauen von Alexanderwohl übertrieben aussah. Glücklicherweise hatte Hilda sich ein neues Kleid genäht, mit einer Rüschenbluse und einem tiefblauen Samtrock, obwohl Olga sich sicher war, dass die Diamanten, die Hilda um den Hals trug, nicht echt waren, wie die um Olgas Hals und auf ihrem Mieder. Dieses Geheimnis brachte ein Lächeln auf ihre Lippen.

„Danke", sagte Olga und schob sich näher zu ihm. „Du siehst auch gut aus", fügte sie hinzu und spürte, wie sie wieder errötete. Im gleichen Aufzug, den er in den Tagen getragen hatte, als sie sich kennengelernt hatten – einem Anzug aus Wollstoff, einer breiten Krawatte um den Hals, einem Seidenhemd und Manschettenknöpfen –, sah er wie ein anderer Mensch aus, obwohl sein gewelltes Haar und seine hohen Wangenknochen von der Sonne noch immer etwas rötlich verfärbt waren. Er streckte die Hand zu ihr aus. „Kommst du mit spazieren?"

Ihr war nach Singen zumute, als sie die Scheune verließen und zur Schaukel hinüberbummelten. Sie setzte sich darauf und er schubste sie an. Die kühle Luft war frisch und rein nach der Hitze und den Gerüchen der Scheune. „Sie sind ein schönes Paar", sagte Olga. „Ich bin mir sicher, dass sie glücklich werden."

Anton sagte nichts.

„Ich habe in den letzten Jahren beobachtet, wie verschiedene Adlige Heiraten erstritten und intrigiert haben – alles nur, um eine vorteilhafte eheliche Verbindung herzustellen. In all diesen arrangierten Ehen kannten die Braut und der Bräutigam einander kaum. Manchmal gingen die frisch Vermählten nach der Hochzeit getrennte Wege."

„Die Menschen heiraten aus den verschiedensten Gründen. Bequemlichkeit. Gesellschaft. Politik", sagte Anton.

„Schutz." Olga schaute über die Schulter zu Anton.

„Liebe", sagte er. Seine Augen waren auf ihre gerichtet. Kein Lächeln. Sie schluckte und nickte.

„Liebe", wiederholte sie. Sie dachte, ihr Herz müsste ihr aus der Brust springen. Sie ließ die Füße über den Boden schleifen, um die Schaukel anzuhalten. Anton schaute sie an, und seine Arme fielen herab. Er stand einfach da, schweigend im Mondlicht.

Sie erhob sich von der Schaukel, hielt sich mit der rechten Hand am Seil fest und wandte sich zu ihm um. Ihr Mund war ungewöhnlich trocken und sie fuhr sich mit der Zunge über die Lippen.

Sein Blick fiel auf ihren Mund, und sein Gesicht sah kummervoll aus. Dann schloss er die Augen und wandte sich von ihr ab.

Panische Angst durchströmte sie. „Anton, was ist?"

Er seufzte und rieb sich die Stirn. „Nichts. Es tut mir leid, Tatjana."

Doch sie ging einen Schritt auf ihn zu, legte ihm die Hand auf den Rücken. „Anton, bitte schau mich an."

Er seufzte erneut, drehte sich dann um und fuhr sich mit der Hand durchs Haar. Sein Blick traf ihren. „Wir sollten zurück in die Scheune gehen."

Nein. Sie schaute auf zu ihm, drängte ihn, ihr Herz zu sehen, die Liebe, die sie in ihren Blick legte. Sie ging einen weiteren Schritt auf ihn zu, öffnete den Mund, berührte das Revers seiner Jacke. „Anton."

Er runzelte die Stirn und dann, während er sie immer noch ansah, beugte er sich herunter, legte die Hand an ihre Wange und küsste sie. Sanft. Zärtlich. Vollkommen.

Sie schloss die Augen und ließ sich in seinen Kuss fallen. Er schmeckte würzig, wie Apfelwein, und stark, wie der Mann, dem zu vertrauen sie gelernt hatte. Sie bewegte ihre Lippen, erwiderte seinen Kuss, hielt jetzt seine Jacke mit beiden Händen fest und zog ihn näher zu sich.

Er schlang auch seinen anderen Arm um sie, drückte sie an sich und verstärkte seinen Kuss. Ja. Er liebte sie; sie wusste es. Und sie küsste ihn mit jeder Hoffnung, die sie für sie beide hatte, mit jedem Gefühl der Dankbarkeit der letzten sechs

Monate, mit aller Liebe, die in ihrem Herzen zu ihrem Ehemann gewachsen war.

Ihr Ehemann.

„Anton", flüsterte sie dicht an seinen Lippen, „ich möchte deine Frau sein. Deine richtige Ehefrau, die dich ... die dich liebt."

Er hob den Kopf, starrte sie an, atmete schwer. Sie sah, wie sein Adamsapfel sich auf und ab bewegte. Sah die Unentschlossenheit auf seinem Gesicht.

„Ach Tatjana. Du hast keine Ahnung, wie ich mich danach gesehnt habe, dich das sagen zu hören. Ich liebe dich. So sehr."

Er liebte sie. Ihr war zum Tanzen zumute. Stattdessen füllten sich ihre Augen mit Tränen.

Er lehnte seine Stirn an ihre. „Ja, sei meine Frau. Meine schöne, wunderbare Frau. Und ich werde dein Mann sein. Und ich verspreche, ich werde jeden Schwur halten, den ich dir an unserem Hochzeitstag geschworen habe."

Sie streckte die Arme aus und schlang sie um seinen Hals. Dann lachte sie, als er sie schwungvoll auf die Arme nahm.

„Ich möchte dir etwas zeigen. Ein Geheimnis, das ich vor dir versteckt habe."

Sie versuchte die Schuldgefühle zu ignorieren, die sich um ihre Seele legten, als er sie zum Haus trug.

⚜

„Wohin bringst du mich, Anton?"

Anton stieß die Tür zu seinem Zimmer mit dem Fuß auf. „Warte nur."

War das wirklich möglich? Alles in ihm sagte ihm, er sollte sich kneifen, sollte aufwachen, bevor er feststellte, dass er vor Schmerz nicht atmen konnte. Doch, o Wunder, er träumte nicht. Tatjana hatte die Arme um seinen Hals gelegt und die Worte gesagt, von denen er fast jeden Tag und jede Nacht geträumt hatte, seit sie verheiratet waren. *„Ich möchte deine Frau sein."*

Anton wollte das so sehr, dass er in diesem Augenblick beinahe angefangen hätte zu weinen. Stattdessen hatte er sie auf die Arme genommen und war förmlich zum Haus gerannt. Dennoch war er sich der Angst in ihrem Gesicht bewusst, trotz ihrer Worte oder der Art, wie sie sich an ihn klammerte. Er zwang sich, langsamer zu gehen, seinen Herzschlag zu beherrschen. Er setzte sie ab. „Warte hier."

Er ging zum Kleiderschrank und schob ihn beiseite. Beinahe konnte er spüren, wie ihre Augen groß wurden, als die Tür dahinter sichtbar wurde. Er öffnete sie und zog die Bodentreppe herunter, die sich dahinter befand. „Als ich noch klein war, bevor es diesen Anbau gab, war diese Treppe der Zugang zu einem Lagerraum. Nachdem Hilda und die Jungen eingezogen waren, habe ich mich manchmal hier versteckt." Er roch die hölzernen Dachsparren, den Staub. „Komm mit, nur kurz."

Sie lächelte, als er an ihr vorbeiging und dabei die Decke von seinem Bett zog. Er ging voran, nahm ihre Hand und half ihr die Treppe hinauf. Vor langer Zeit hatte er sich vorgestellt, dass er über alles herrschte, was er von seinem Spähposten aus sah, von dem man die Scheune und das Klassen-Anwesen überblicken konnte. Der Raum war nicht einmal groß genug, um aufrecht darin zu stehen. Die Erinnerung brachte ihn zurück in eine Zeit, als er sich hier ein Bett aufgeschlagen, das Fenster geöffnet und sich jede Nacht hier heraufgeschlichen hatte, um bei Kerzenlicht die Sterne zu beobachten und zu lesen.

Er legte die Decke auf den Boden; dabei wirbelte er Staub auf. Dann öffnete er das Fenster. Die Novemberluft fühlte sich auf seiner schweißnassen Stirn kühl an. Er löste den steifen Kragen und band seine Krawatte ab.

„Kerzen?", fragte Tatjana.

„Ja." Anton nahm die Streichholzschachtel, die er vor so langer Zeit auf dem Fensterbrett gelagert hatte, und zündete eine

Reihe von Kerzen an, die bereits von häufigem Gebrauch zeugten. Sie warfen ein flackerndes Licht in den Raum und vertrieben die Schatten von Tatjanas Gesicht. Sie lächelte ihn einen Augenblick lang an, bevor sie sich auf den Bauch rollte und aus dem Fenster schaute.

„Von hier aus kann man die Scheune sehen.“

„Ja. Als ich noch klein war, habe ich mir immer vorgestellt, dass ich der Zar wäre und meine Leute beobachte.“

„Du glaubst, dass der Zar so neugierig ist?“

Anton lachte und ließ sich neben ihr nieder. „Nein. Ich wollte nur der Herr des Hauses sein. Aber Zar zu werden, erschien mir ein erstrebenswertes Ziel.“

Tatjana drehte sich auf die Seite und legte den Kopf auf den Ellenbogen. Ihr Haar war jetzt schulterlang und er gestattete sich, die Hand danach auszustrecken, es zu berühren, seine Finger hindurchgleiten zu lassen. Dann beugte er sich hinunter und küsste sie.

Oft hatte er sich vorgestellt, wie es wohl wäre, Tatjana in den Armen zu halten, sie mit den Gefühlen zu küssen, die sich seit jenem Tag auf der Straße in seinem Inneren aufgestaut hatten, als sie ihn verlassen wollte. Dieser Tag hatte einen neuen Anfang für sie beide bedeutet und er freute sich auf ihr Lächeln am Ende des Tages wie ein Hungernder. Trotzdem hatte er seine Sehnsucht, eine wirkliche Ehe zu führen, für sich behalten, voller Angst, dass sie ihn wieder zurückweisen würde.

Niemals jedoch hatte er sie sich so wie jetzt vorgestellt, wie sie seinen Kuss erwiderte, seinen Namen flüsterte. Zuließ, dass er sie liebte.

„Bist du dir sicher, Tatjana?“, fragte er. Sanft hielt er ihren Kopf in seinem Arm, ließ den Daumen über ihre Wange gleiten. Sie war feucht, und das machte ihm ein wenig Angst, denn er hatte ihre Tränen schon einmal geschmeckt, und das Allerletzte, was er wollte, war, ihr jetzt wehzutun. Niemals.

„Ich bin mir sicher, Anton. Ich möchte den Rest meines Lebens mit dir verbringen. Ich möchte Kinder haben und ein Leben mit dir aufbauen." Sie hob ihr Gesicht zu seinem, wand ihre Finger in sein Haar, küsste ihn und flüsterte ihm dann ins Ohr: „Ich möchte deine Frau sein."

Sein Hals war wie zugeschnürt, und es kümmerte ihn nicht, dass er jetzt weinte, dass sie seine Tränen wegwischte, dass sie ihn für schwach halten könnte. Denn in ihren Armen fühlte er sich stark. Vollständig.

Vielleicht gehörte die Welt ja tatsächlich ihm.

Er hatte nicht vorgehabt, dass sie ihre Hochzeitsnacht auf dem Dachboden verbringen würden, doch er hatte auch nicht erwartet, dass seine Gefühle ihn so überwältigen würden, dass Tatjana so viel von sich selbst geben würde und dass er darin eine neue Art von Liebe finden würde. Von Vertrauen. Er konnte so viel von dieser Frau lernen, die sein Herz gefangen hatte – Mut und Loyalität und Hingabe und Großzügigkeit.

Zum ersten Mal wusste er, was für ein Gefühl es war, angenommen zu sein. Und geliebt.

Sie lag in seinen Armen, atmete leise, ließ ihre Finger über das Wappen des Heiligen Vasilij gleiten, das noch immer um seinen Hals hing. „Ich kann kaum glauben, dass der Zar dir das gegeben hat. Er hat es nie abgelegt."

„Er sagte mir, ich solle es mit meinem Leben verteidigen. Dass man hinter diesem Schmuckstück her sein würde, sobald man entdeckte, dass es verschwunden ist."

Sie nickte, und ihr Gesicht war ernst, als sie ihren Daumen über die Juwelen gleiten ließ. „Wenn er nur wüsste", sagte sie leise.

Die Geräusche von der Feier unten drangen durchs Fenster herein. Raues Lachen und Pferdewiehern.

„Was ist das?", fragte sie, bewegte sich aber nicht, um hinunterzuschauen. Er sah ebenso wenig hin, hielt sie einfach fest und atmete den Duft ihres Haares ein, das Gefühl, wie sie in seinen Armen lag.

„Charivari. Das ist eine alte Tradition." Er küsste sie hinter dem Ohr und sie kicherte. „Sei froh, dass wir weit weg waren, als wir geheiratet haben."

Sie stieß ihn leicht an. „Erzähl mal."

Er zuckte die Schultern und strich ihr das Haar hinters Ohr. „Ein paar Freunde des Bräutigams blamieren die Braut und den Bräutigam öffentlich. Zum Beispiel, indem sie einen schrecklichen Lärm machen, bis sie mit Essen bezahlt werden, oder indem sie eine Gänseherde in die Hochzeitsgesellschaft loslassen."

„Das ist furchtbar!"

„Ich habe den Einspänner meines Cousins aufs Dach ihres Hauses bugsiert."

Olga klappte der Unterkiefer herunter und sie versetzte ihm einen wohlverdienten Klaps. Er lachte und küsste sie noch einmal.

Ein Schuss ließ ihn den Kopf hochreißen. Er runzelte die Stirn.

„Das klingt nicht nach einem Streich."

Er schüttelte den Kopf, spähte aus dem Fenster. *Nein, kein Streich.* Ihm schnürte sich die Brust zusammen. „Bleib unten, Tatjana."

„Was?" Sie stützte sich auf die Ellenbogen auf und glitt zum Fenster. „Wer sind die?"

„Schwer zu sagen. Bolschewiken oder die kaiserlichen Truppen. Vielleicht Banditen." Er stand auf und griff nach seiner Kleidung.

„Wo willst du hin?" Tatjana packte seinen Arm. Ihre Finger gruben sich in seinen Unterarm. „Lass mich hier nicht allein!"

„Es wird schon gut –"

„Nein! Was, wenn sie dich mitnehmen! Anton, du hast meinem Vater versprochen, dass du auf mich aufpassen würdest. Du hast es gesagt. Du kannst nicht gehen!"

Ihr Vater? Sein Herz donnerte, und ein ungutes Gefühl regte sich in ihm. Doch ein weiterer Schuss, dann Schreie, rissen seine Aufmerksamkeit zurück zu dem Geschehen vor dem Fenster.

Er sah die Frauen draußen versammelt; sie wurden von den Truppen zurückgehalten und schrien. Zwei Männer lagen blutüberströmt am Boden.

„Tatjana, ich muss hinaus."

„Nein! Du kannst mich nicht verlassen! Du musst bleiben – mich beschützen!"

Er legte die Hände um ihr Gesicht. „Ich komme zurück, ich versprech's."

Ihre Wangenmuskeln spannten sich an und ihre schönen Augen waren ungestüm. „Anton Klassen, du bist jetzt mit der Großfürstin Olga Nikolajewna Romanowa verheiratet und ich verlange, dass du bei mir bleibst."

Er starrte sie an, und alles in ihm wurde schwach. Sein Atem ging in heißen Stößen. Was? War sie krank? Hatte sie den Verstand verloren?

Das Knallen der Tür und Schritte im Haus ließen ihn zusammenfahren. Er riss sich aus ihrem Griff, wich zurück.

„Ich komme gleich wieder."

Tränen strömten ihr übers Gesicht, während sie ungläubig den Kopf schüttelte.

14. Kapitel

Olga saß im Eisenbahnwaggon, neben eine streng riechende Babuschka und ihr Lamm gequetscht, und fühlte sich taub bis in die Zehenspitzen. Und es lag nicht an den Böen des Novemberwindes, die durch die zersprungenen Fenster wehten und die Reisenden in der *Obschje*-Klasse frieren ließen.

Nein, die Trauer hatte jegliche Blutzufuhr in ihrem Körper abgeschnitten, abgesehen von ihrem Herzen, das mit jedem Pulsschlag schmerzte.

In der Nähe gackerte ein Huhn und sie legte sich die Hände über die Ohren, um das Geschrei zu dämpfen. So viel Geschrei.

Sie konnte die Augen nicht schließen, oder sie würde sie alle sehen: die Frauen, die darum kämpften, ihre Ehemänner zu befreien; die Angreifer, die alle mit dem Bajonett erstachen oder erschossen, die durch die Reihen brachen und auf die brennende Scheune zustürzten. Sie hatte entsetzt gesehen, wie Hilda gestorben war; sie hatte geschrien, als die Soldaten ihrem Leben ein Ende setzten. Im Traum konnte Olga noch den beißenden Geruch der brennenden Scheune riechen, der ihr in die Nase kroch, ihr in den Augen stach; sah noch immer den Mann, den sie liebte, die Treppe hinunterrennen.

Sie wäre völlig zusammengebrochen, wäre er nicht wenige Augenblick später schwer atmend zurückgekommen. Ihre Kleider und alle leicht zu findenden Besitztümer hatte er in ihre Reisetasche geworfen. Er hatte die Treppe hinter sich hochgezogen, mit dem Küchenbeil dagesessen und sie angeschaut, als hätte er einen Geist gesehen.

Etwas in ihm war in jener Nacht gestorben. Sie hatte gesehen, wie es erstickte, als seine ganze Familie, seine Stiefbrüder, sein Vater, in der Scheune auf dem Klassen-Hof gestorben waren. Die Angreifer plünderten das Haus, und nur durch seine Geistesgegenwart, ihre Habseligkeiten einzusammeln, hatten sie noch etwas, das Wert besaß. Er hatte die Kerzen gelöscht und war die ganze Nacht und bis in die frühen Morgenstunden an der Treppe postiert geblieben, bis sie sich sicher waren, dass die Angreifer fort waren.

Die Scheune war bis auf die Grundmauern niedergebrannt und ein ekelerregender Geruch hing in der Luft. Die Frauen, völlig erschöpft vom Weinen und dem Entsetzen, sichteten die Asche.

Olga war auf dem Dachboden schlecht geworden und sie hatte sich übergeben, bis sie zu erschöpft war, um noch etwas zu fühlen.

Anton hatte sie aus einiger Entfernung beobachtet, als hätte er Angst, sie zu berühren. Er sah durch und durch erschöpft aus. Das Leben war aus seinen schönen Augen gewichen.

„Geht es dir gut?", hatte er endlich gefragt, als er glaubte, dass er gefahrlos sprechen konnte. Sie hatte den Kopf geschüttelt. Vielleicht würde es ihr nie wieder gut gehen. Was so traumhaft gewesen war, war einem Alptraum gewichen.

So viel war ihnen gestohlen worden.

Anton hatte sie hochgehoben und sie und ihre Reisetasche sanft vom Dachboden heruntergetragen. Er war nicht bei den trauernden Witwen und Töchtern stehen geblieben, sondern hatte sie mit finsterem Gesicht in den Wagen gesetzt. Dann, während die Frauen weinend und schreiend nach ihm spuckten, war er von den rauchenden Überresten des Klassen-Hofes zum Bahnhof nach Halbstadt gefahren.

Sie saßen jetzt schon zwei Tage im Zug nach Pskow. Olga fühlte sich schmutzig und unordentlich, schmerzerfüllt und ausgelaugt.

Anton stand in der Nähe des Fensters. Hin und wieder fiel sein Blick schützend auf sie. Auch er sah zerzaust aus; sein Anzug war schmutzig und in Unordnung, sein Haar war wirr und stand ihm zu Berge. Dicke Ringe hingen unter seinen Augen. Sie selbst hatte nur wenig geschlafen, doch sie bezweifelte, dass er überhaupt geschlafen hatte.

Sie wusste nicht, ob er ihr glaubte oder dachte, sie sei verrückt geworden. Er hatte kein Wort über ihre Erklärung verloren.

Sie lehnte den Kopf zurück und versuchte, den Geruch von Kohlerauch, den Gestank der menschlichen Körper und Tiere und den Zigarettenrauch auszublenden. Ihr Kopf nickte gegen den harten Holzsitz. Sie war dankbar, dass Anton um diesen schmalen Platz gekämpft hatte. Unglaublich, dass sie das früher als unter ihrer Würde betrachtet hatte. Jetzt war sie einfach dankbar, am Leben zu sein.

Der Zug hatte einen Rhythmus und sie bewegte sich mit ihm, verlor sich in der Bewegung, in lange vergangenen Träumen von glücklichen Zeiten. Davon, wie sie in Antons Armen lag. Sie reisten nach Norden durch andere Städte, von denen einige von Überfällen zeugten. Sie fragte sich, was mit Alexanderwohl geschehen würde und ob die ganze Molotschna-Kolonie bald verlassen dalag.

Anton kaufte ihr durchs Fenster hindurch ein gekochtes Ei, als sie in einem Bahnhof hielten, dann eine Tasse Joghurt. Keines von beidem half ihrem Magen besonders. Als die Nacht hereinbrach, hob er sie hoch, setzte sie auf seinen Schoß und legte die Arme um sie, sodass ihr Kopf an seine Brust fiel. „Danke, Anton", sagte sie leise.

Er sagte nichts, während er ihr übers Haar strich. Sie schlief mit seiner Hand auf dem Kopf ein.

❦

Die Morgensonne fiel auf ihr Gesicht und weckte sie. Olga blinzelte gegen die Lichtflut an und versuchte, sich zu orientieren.

Holzdecke und Holzwände, gelbliche Spitzenvorhänge an den Fenstern, der Geruch von Speck, der in Sonnenblumenöl briet. Eine raue Wolldecke war bis zu ihrer Nase hochgezogen und jeder Muskel in ihrem Körper schmerzte.

Beunruhigt setzte sie sich auf. Die Decke fiel ihr bis zur Taille hinunter und sie bemerkte, dass sie nur Unterwäsche trug. Rasch zog sie die Decke wieder hoch bis unter die Achselhöhlen, und Gänsehaut überzog ihre Arme.

Wo war sie? Ihr gegenüber stand ein Tisch mit einer Kanne und einer Waschschüssel, darunter ein Hocker. Mit winzigen Rosen bedruckte Tapete zierte die Wände, und plötzlich erkannte sie alles wieder. Onkel Maxims Haus. Anton hatte sie zurück zu Julia gebracht. Oder zumindest hoffte sie, dass ihre ehemalige Kammerzofe noch hier bei ihrem Onkel und ihrer Tante wohnte.

Zu ihrer Rechten, über einen Stuhl gehängt, sah sie ihr grünes Kleid, gewaschen und sauber. Olga ließ sich aus dem Bett gleiten, zog die Decke um sich und suchte nach ihrer Reisetasche. Sie fand sie neben dem Sekretär, zog das Arbeitskleid heraus, das Vera Petrowna ihr gegeben hatte, schlüpfte hinein, knöpfte das Blusenteil über ihrem Leibchen zu und schnürte dann ihre Schuhe. Sie fühlte sich schmutzig und sehnte sich nach einem Bad, aber nicht, bevor sie Anton gefunden hatte.

Vorsichtig drückte sie auf die Türklinke, und zu ihrer großen Erleichterung ließ sich die Tür öffnen. Olga schob sie einen Spalt weit auf und hielt bei Antons Anblick auf einem Hocker vor ihrer Tür inne. Seine Arme waren über seiner Brust verschränkt, das Kinn hing tief, so als wäre er eingeschlafen. Sein Haar stand noch immer in alle Richtungen, und raue Bartstoppeln überzogen sein Gesicht. Sie öffnete die Tür weiter und zuckte zusammen, als ein Quietschen Anton mit einem Ruck weckte. Er hob erschrocken den Kopf, dann starrte er sie angestrengt an, als versuchte auch er sich zu erinnern, wo sie waren. Sie lächelte dünn.

„Du bist wach."

„Ist Julia hier?"

Er schaute ihr einen langen Moment lang in die Augen, bevor er antwortete. „Nein. Sie arbeitet in einem Waisenhaus in der Nähe."

Olga nickte und kam in den Flur. Anton sah schrecklich aus. Die tagelange Reise hatte ihren Tribut von ihm gefordert: Er hatte dunkle Augenringe und trug noch immer seine unordentliche Kleidung. „Sind wir hier sicher?"

„Ja." Er stand auf und schaute sie mit einem Stirnrunzeln an. „Ich weiß nicht genau – muss ich mich verbeugen?"

Sie zuckte zusammen, bestürzt von seinen Worten. „Ich ... ähm ..."

„Denn es ist so ... Nun ja, jetzt, da wir hier sind und, ja, in Sicherheit, muss ich es wissen."

Sie erschauderte und wartete auf die Frage, die kommen musste.

„Wer bist du eigentlich?"

Sie legte eine Hand an den Kopf. „Ich brauche einen Schluck Wasser."

„In deinem Zimmer ist Wasser." Er kam auf sie zu, die Hand ausgestreckt, wie um sie zu stützen.

„Und ich würde gern baden."

„Natürlich. Genau genommen ist Onkel Maxim schon gegangen, um die Banja anzuheizen."

Sie schloss die Augen. Eine Banja. Es schien ihr ein Jahr her zu sein, seit sie das letzte Mal richtig gebadet hatte.

„Danke, Anton."

Er stand auf dem Flur. Seine Brust hob und senkte sich; das Schweigen wog schwer, und sein Gesicht war grimmig.

Wie konnte sie ihm die Wahrheit sagen? Würde es sie beide für immer verändern? Würde er sie zurückweisen? Das konnte er nicht – nicht nach dem, was sie getan hatten.

Sie waren Mann und Frau. Wahrhaftig. Dieser Gedanke ließ sie taumeln.

Er streckte die Hand aus, berührte ihren Ellenbogen. „Tatjana?"

„Es geht mir gut. Ich bin nur müde."

Er nickte und öffnete die Tür zur Kammer. „Jetzt bekommst du erst einmal etwas zu trinken." Er zog sie hinein und setzte sie wieder aufs Bett. Dann goss er ihr einen Becher Wasser aus der Kanne ein und reichte ihn ihr. Es war kühl und frisch. Sie trank gierig und ihr Magen erwachte knurrend. „Wann sind wir hier angekommen?"

„Sehr früh heute Morgen. Du warst so müde, dass du dich kaum gerührt hast, als ich dich aus dem Zug getragen habe. Timofea hat uns mit der Kutsche abgeholt. Ich hatte ihm vom Bahnhof aus telegrafiert. Er hat vorgeschlagen, dass wir in Maxims Haus bleiben, bis wir über unsere Zukunft entschieden haben."

„Niemand ist uns gefolgt, oder?"

Anton schaute sie seltsam an und hockte sich hin, den Rücken an die Wand gelehnt. Er massierte seine Stirn mit beiden Händen und betrachtete sie, seine grauen Augen waren bekümmert. „Ich habe es mir tausendmal durch den Kopf gehen lassen und ich muss sagen, dass ich dir geglaubt habe. So eng, wie du mit der Familie Romanow verbunden bist, dass du die Zarin ‚Mutter' und den Zaren ‚Vater' nennst. Und du hattest nie eine Familie, also ergibt das schon einen Sinn. Ich kann sogar verstehen, dass du dir vorgestellt hast, eine der Großfürstinnen zu sein, wo du doch so eng mit ihnen zusammengelebt hast." Er schüttelte den Kopf. „Offen gesagt hätte ich wahrscheinlich das Gleiche getan – mir ein eigenes Leben erschaffen." Er faltete die Hände über den Knien. „Und dann die Kleider und die Art, wie du mich behandelt hast, als wir uns kennenlernten." Er stieß einen unwilligen Atemzug aus. „Ich habe dir geglaubt, Tatjana, wirklich. Drei Tage lang."

Sie erstarrte, fühlte sich hohl, wusste nicht, wie sie reagieren sollte. Ein Teil von ihr sehnte sich schmerzlich danach, ihm die

Wahrheit zu sagen, die Ehrlichkeit zwischen ihnen herzustellen, die er verdiente. Doch der andere Teil – der Teil, der sich danach gesehnt hatte, als Tatjana, das einfache Dienstmädchen, geliebt zu werden – wollte ihre Worte leugnen. Sie mit einem Lachen abtun und sie der panischen Angst zuschreiben.

Sie rieb sich die Arme und warf ihm ein schwaches Lächeln zu. „Was ist geschehen?"

Er zuckte die Schultern und schüttelte den Kopf. „Ich habe Julia gefragt. Ich habe ihr durch Timofea eine Nachricht zukommen lassen, in der ich ihr eben diese Frage stellte, und sie hat mir die Wahrheit gesagt."

Olga hielt den Atem an.

„Sie sagte mir, dass ihr beiden Dienerinnen wart, Kammerzofen. Und manchmal habt ihr so getan, als wärt ihr Prinzessinnen." Er lächelte hart. „Du hast mir allerdings ziemliche Angst eingejagt. Undenkbar, dass ich geglaubt habe, ich würde nicht nur das Wappen des Heiligen Vasilij beschützen, sondern ein Mitglied der Zarenfamilie Romanow." Sein Lächeln verschwand und seine Augen wurden dunkel. „Nein, ich habe sie nicht nur beschützt ..."

Olgas Mund wurde trocken, als sie an ihre Intimität dachten. Sie schluckte, war sich der Erleichterung in seinen Augen bewusst und erkannte die Wahrheit. Er liebte sie als Tatjana. Doch als Großfürstin ... Wahrscheinlich sollte ihr Geheimnis für sie beide, für ihre Sicherheit wie auch für ihre Zukunft, genau das bleiben – ein Geheimnis. „Es tut mir leid. Ich nehme an, ich – ich wusste nicht, was ich sagen sollte. Du wolltest mich verlassen."

Antons Gesichtsausdruck wurde weich, sanft. Er lehnte sich zu ihr herüber, kniete sich dann hin und nahm sie in die Arme, hielt sie an sich gedrückt. Sie atmete seine Stärke ein. „Ich werde dich nie verlassen, Tatjana. Das verspreche ich."

Unsäglicher Kummer erfüllt meine Seele seit jenem Tag, der der glücklichste meines Lebens sein sollte. Kaum hatte ich mich Tatjanas süßer Liebe überlassen, brach unsere Welt über uns zusammen. Sie starben, während meine Frau und ich hilflos von unserem geheimen Platz aus zusahen. Ihre Schreie hallen in meinem Herzen nach, quälen jeden meiner Gedanken, sogar meine Seele. Was für ein Mann bin ich, dass meine Brüder starben, während ich lebe? Wie kann mein Glaube solches Grauen überleben?

Die Schreie erfüllten seinen Kopf und rissen ihn mit einem jähen Blitz aus dem Schlaf. Tatjana!

Er setzte sich auf, und die Bettdecke fiel bis zu seiner Taille hinunter. Schweiß brannte auf seiner Haut, bis ihm bewusst wurde, dass das Schreien aufgehört hatte. Neben ihm lag Tatjana, in ruhigem Schlaf zusammengerollt, und ihr hellbraunes Haar fiel über ihr Gesicht. Sie sah so jung aus, so verletzlich. Anton schloss die Augen und rieb sich mit beiden Händen übers Gesicht. Sein Herz hämmerte gegen seine Brust. Er atmete langsam ein und aus und versuchte, seine Gedanken zu ordnen.

Sie konnten nicht ewig bei Maxim bleiben. Tatjana fuhr jetzt schon bei jeder zuschlagenden Tür zusammen und ihr Gesicht verzog sich vor Angst, wenn Hufgetrappel auf dem Hof zu hören war. Dass sie hier angreifbar waren, war jedes Mal, wenn Onkel Maxim einen Besucher empfing, nur allzu offensichtlich. In letzter Zeit schien das immer häufiger vorzukommen. Anton fürchtete nicht nur um ihre Sicherheit, sondern um ihre Zukunft, sollte die Rote oder Weiße Armee auch durch Pskow ziehen und Männer einberufen.

Timofea hatte vorgeschlagen, dass sie ins Kloster ziehen sollten. Tatjana wäre dort sicher. Man würde ihr im Besucherquartier Zuflucht gewähren, während Anton in einer der Zellen übernachten und in der Schmiede arbeiten könnte. Das Kloster würde ihnen vorerst Abgeschiedenheit, Anonymität und Sicherheit bieten.

Allerdings ließ der Gedanke dieser räumlichen Trennung, sei sie auch noch so klein, einen sengenden Schmerz durch seine Brust fahren. Anton würde Tatjanas Wärme neben sich vermissen, die ihnen beiden half, die bösen Geister zum Schweigen zu bringen.

Und sie beide wurden von jeder Menge böser Geister verfolgt. Die Schreie und der gewaltsame Tod seiner Stiefmutter, seines Vaters und seiner Stiefbrüder war für immer in seine Erinnerung gebrannt worden – besonders Jonas' Tod. Dieser Gedanke raubte Anton den Atem. Er ließ sich aus dem Bett gleiten und fiel auf die Knie. Sein Magen wollte sich umdrehen.

Anton vergrub das Gesicht in den Händen. „O Gott, was habe ich getan?", flüsterte er. Er hatte wie ein ängstliches Kind auf dem Dachboden gesessen und mit seiner Braut zugeschaut, während die Angreifer seine gesamte Familie getötet hatten. Er widerte sich selbst an.

„Anton Klassen, du bist jetzt mit der Großfürstin Olga Nikolajewna Romanowa verheiratet und ich verlange, dass du bei mir bleibst." Tatjanas Worte klangen in seinem Kopf nach. Er klammerte sich an sie, als könnten sie sein Handeln rechtfertigen. In seinem tiefsten Inneren wusste er jedoch, dass das wohl eine Lüge gewesen war. Großfürstin? Der Zar würde den Schutz seiner ältesten Tochter niemals in die Hände irgendeines mennonitischen Fremden legen.

Andererseits, wenn er selbst nach jemandem suchte, bei dem er seinen wertvollsten Besitz verstecken konnte – wertvoller noch als das Wappen des Heiligen Vasilij –, würde er auch die unwahrscheinlichste Tarnung wählen. Den unwahrscheinlichsten aller Helden.

Nein, sie konnte nicht die Prinzessin sein. Tatjana hatte es selbst geleugnet, als er sie direkt danach gefragt hatte.

Dennoch blieben Zweifel. Wie etwa ihr detailliertes Wissen um die Aktivitäten der Zarenfamilie, ihr vertrauter Umgang mit ihren Namen oder ihre bestimmende Haltung, besonders damals, als er sie kennengelernt hatte. Trotzdem würde sich keine Großfürstin unter die Führung einer mennonitischen Bauersfrau begeben und sich dazu herablassen, im Garten Unkraut zu jäten und Kühe zu melken.

Und sie würde auch keinen einfachen Bürger heiraten und lieben, einen Mennoniten wie ihn. Der Gedanke, dass er eine Großfürstin Russlands in den Armen gehalten hatte, machte ihm solche Angst, dass ihm ganz schlecht wurde. Wenn der Zar das herausfand ... hätte Anton auch ebenso gut mit seiner Familie in den Flammen verbrennen können.

Er fuhr sich mit der Hand durchs Haar. Nein, Tatjana hatte einfach aus panischer Angst heraus reagiert und eine Rolle eingenommen, von der sie schon immer geträumt hatte.

So, wie er die Rolle ihres Ehemannes eingenommen hatte. Nur dass er nicht aus Angst heraus gehandelt hatte.

Tatjana war wirklich zum wichtigsten Menschen in seinem Leben geworden. Er musste zugeben, dass in ihren Armen zu liegen für kurze Zeit das Entsetzen jener Nacht auslöschte. Es gestattete ihm, die Gefühle der Trauer, die er in seinem Herzen verschlossen hielt, hinauszulassen und Trost für den brennenden Schmerz in seiner Brust zu finden.

Tatjana war wahrhaftig zu seiner Helferin und Trösterin geworden.

Und er betete, dass sie in seinen Armen ebenfalls Zuflucht fand. Heilung. Sogar Hoffnung. Anton erhob sich leise, um Tatjana nicht zu wecken, und zog ein sauberes Hemd an. Er goss Wasser in die Schüssel und wusch sich das Gesicht. Dann verließ er vorsichtig das Zimmer und ging in die Küche, in der Hoffnung, Milch oder Haferbrei zu finden, den er Tatjana bringen konnte.

Er erschrak, als er Timofea am Tisch sitzen sah, der an einer

Tasse Tee nippte. Sein langes, lockiges Haar schlang sich bis in seine Kutte und ein Lächeln drang unter seinem verfilzten Bart hervor, das zu dem gütigen Ausdruck in seinen Augen passte. „*Dobroje utro*", sagte er und kam auf Anton zu. „Bist du auf der Suche nach Frühstück?"

„Ich hatte gehofft, etwas für Tatjana zu finden", sagte Anton, doch der Geruch von Haferbrei ließ auch seinen Magen knurren. Tante Vera war nirgendwo zu sehen.

„Sie ist mit Onkel Maxim gegangen", sagte Timofea, als hätte er Antons Gedanken gelesen. „Ich bin gekommen, um nach euch beiden zu sehen. Möchtest du Haferbrei?"

Anton nickte und wartete, während Timofea eine Schale für ihn füllte. Er reichte sie Anton mit einem Löffel.

„Ich hoffe, es geht euch gut?"

Anton legte beide Hände um die Schale. Die Wärme und der Geruch waren tröstlich. „Wir erholen uns." Er setzte sich an den Tisch, nahm den Löffel, rührte den Haferbrei um, ordnete seine Gedanken. „Ich habe über deinen Vorschlag nachgedacht, und auch ich fürchte um Tatjanas Sicherheit." Er holte tief Luft. „Ja, ich würde gern im Kloster Zuflucht suchen, wenn das Angebot noch steht."

„Ich denke, das Kloster könnte im Augenblick der beste Platz für euch beide sein. Tatjana sieht erschöpft aus, und du auch. Gestatte uns, euch zu dienen."

Anton nickte, überrascht über die große Dankbarkeit, die er wegen Timofeas Angebot empfand. „Danke."

Timofea nahm einen Schluck Tee, die Augen auf Anton gerichtet. „Was ist passiert, Anton?"

Anton hatte Timofea und dessen Familie nur wenig über den Überfall auf seinen Bauernhof erzählt, über den Tod seiner Familie. Meistens waren ihm die Worte im Hals stecken geblieben. Das Entsetzen ließ sie zu festen Klumpen werden. Doch jetzt, da er in der sonnendurchfluteten Küche saß, schien die Welt von Alexanderwohl so weit entfernt, und die ganze Geschichte brach hervor – die Hochzeit, der Angriff der Roten Armee und ihre Flucht nach Petschori. „Ich wusste nicht, wo wir sonst hinsollten."

„Es war weise von dir, hierher zu kommen. Wir können euch beiden Schutz bieten", sagte Timofea. „Doch ich bin neugierig – warum bist du deinen Brüdern nicht in ihr Schicksal gefolgt?"

Anton atmete tief durch und schluckte schwer. Er wandte den Blick von Timofea ab – hin zum Kloster in der Ferne, den goldenen Kuppeln, den blau gestrichenen Kapellen, den weißen Klippen weiter hinten. „Tatjana und ich sind nach den Maßstäben der Kirche tatsächlich verheiratet."

Anton erwartete, dass Timofea erschreckt nach Luft schnappen würde. Stattdessen nickte der junge Mann. „Ich hatte mir schon so etwas gedacht. Doch ich bin neugierig. Ihr beide hattet doch gesagt, ihr wollt die Ehe annullieren lassen."

„Zwischen uns hat sich etwas verändert." Über Antons Gesicht flog ein Lächeln. „Ich liebe sie."

Timofea lächelte ebenfalls mit einem gütigen Blick. „Ich hatte mir schon gedacht, dass das geschehen würde." Er ließ zwei seiner abgearbeiteten Finger am Henkel der Tasse entlanggleiten. „Möchte Tatjana immer noch Julia sehen?"

„Ja. Wo ist sie? Als du die Nachricht überbracht hast, hast du ein Waisenhaus erwähnt?"

Timofea nickte. „Sie arbeitet dort als Amme."

Anton schaute erstaunt von seinem Haferbrei auf. „Als Amme? Warum das?"

Timofea wandte den Blick ab, und Anton bemerkte Tränen in den Augen des jungen Mannes. „Sie hat vor etwa einem Monat einen Sohn zur Welt gebracht. Er ist schwach und kränklich, und mein Onkel hat eine Arbeit für sie besorgt, mit der sie für sich und das Kind sorgen kann."

Kummer über das, was Julia hatte erleiden müssen, durchflutete Anton. „Es tut mir leid, das zu hören."

Timofea starrte aus dem Fenster in den Sonnenschein auf den

Hof. „Sie hat mir etwas erzählt, Anton, und ich glaube, dass es wichtig ist. Julia kannte ihren Angreifer."

Was? Jetzt hatte der Mönch Antons ungeteilte Aufmerksamkeit. „Wer war es?"

Timofea schüttelte den Kopf. „Sie nennt seinen Namen nicht. Nur, dass es ein Mann war, den sie im Palast kennengelernt hatte. Sie glaubt, er ist ihr zu Borowskis Haus gefolgt, und als sie ihn abwies, hat er sie überwältigt."

„Ist er noch eine Gefahr für sie?"

„Ich glaube nicht. Aber nach allem, was sie sagt, glaube ich, dass er auch hinter Tatjana her sein könnte. Julia will mir nicht sagen warum, aber ich vermute, er glaubt, dass Tatjana etwas Wertvolles aus dem Palast mitgenommen hat."

Vielleicht das Wappen des Heiligen Vasilij? Aber niemand konnte davon wissen, oder? Beinahe fuhr seine Hand zu dem wertvollen Stück, das um seinen Hals hing. Es sei denn, man hatte sein Fehlen entdeckt, als der Zar in den Palast zurückkehrte, und angenommen, dass er es an Tatjana weitergegeben hatte. Oder an Julia.

Timofea trank den Rest seines Tees aus. „Anton, hast du schon weiter über eure Zukunft nachgedacht? Natürlich könnt ihr im Kloster bleiben, so lange ihr wollt. Doch wenn der Zarenfamilie der Prozess gemacht wird, nun ja, dann weiß ich nicht, ob ihre Diener noch sicher sind, besonders wenn man sie verdächtigt, kaiserliches Vermögen mit sich zu führen."

Anton nickte und kratzte den Rest des Haferbreis aus der Schale. „Ich habe schon einige Zeit über eine Idee nachgedacht. Vielleicht schon jahrelang. Wahrscheinlich ist das unsere einzige Möglichkeit."

Er unterbrach sich und holte Luft. „Ich glaube, ich sollte nach Amerika gehen – und Tatjana mitnehmen."

15. Kapitel

Er beobachtete seinen Onkel Oleg und Cousin Felip, als sie aus dem Verkehrsministerium kamen. Seit Wochen hatte er sie beobachtet, ihre Pläne ausgekundschaftet. Der Umstand, dass sie weder ihm noch seiner Mutter gegenüber ihre Absichten erwähnt hatten, sagte ihm, wie kurzlebig ihre Loyalität doch war.

Jetzt, da die kaiserliche Familie nach Sibirien ins Exil geschickt worden war, kämpfte jeder Romanow für sich selbst. Oleg konnte gar nicht schnell genug aus dem Land fliehen.

Was Felip betraf, nun ja, Gleb kannte seine Geheimnisse. Er wusste, dass er eine geheime Romanze mit der Tochter eines ehemaligen Kaufmannes hatte, der jetzt im Gefängnis saß und dessen Waren für die Massen konfisziert worden waren. Gleb wusste, dass Felip nie ohne sie gehen würde.

Und auch nicht ohne die Kassetten mit Familienjuwelen, die Zar Nikolaj einem Familienmitglied nach dem anderen hatte zukommen lassen. Keine großen Kassetten, gemessen an romanowschen Verhältnissen. Doch genug, um ihnen die Ausreise und einen glanzvollen Neuanfang in Europa zu ermöglichen.

Es war das Mindeste, was der Zar tun konnte, nachdem er das Land gegen die gesamte kaiserliche Familie aufgebracht hatte.

Traurigerweise blieb Glebs Anteil bei seiner Mutter unter Verschluss. Und eigentlich wollte er nichts von ihr stehlen, denn eines Tages bräuchte er sie vielleicht noch mal.

Doch Felip hatte Ziele, die seinen eigenen entgegenkamen. Den Familienschatz stehlen und aus dem Land fliehen, mit der Frau, die er liebte. Gleb hatte vor, sie mit einer kleinen Überraschung am Zug zu erwarten.

Sein Magen knurrte, während er zusah, wie sie die Straße überquerten und in ihre Kutsche stiegen. Dann schlich er in den Schatten eines Hauses und packte den Hals seiner Wodkaflasche.

Nichts war so gelaufen, wie er es geplant hatte. Wie Julia und Olga entkommen waren, ohne dass er es bemerkt hatte – das hatte ihn überrascht. Doch er würde sie finden. Und Julias Familie in Petschori war ein guter Anfang für die Suche.

Doch zuerst brauchte er das Geld. Er trank den letzten Wodka aus, ließ sich von ihm sein Inneres wärmen und Mut spenden. Dann wankte er hinaus auf die Straße und machte sich zum Haus von Felip Alexander Romanow auf.

⁂

Der Anton, der vor den Klostermauern Holz hackte und das Schmiedefeuer schürte, der Hufeisen hämmerte und Zaumzeug machte, war nicht mehr derselbe Mann, der sie auf dem Dachboden über dem Klassen-Anwesen in den Armen gehalten hatte.

Einerseits war er kräftiger geworden, Brust und Arme breit und muskulös. Aber andererseits zeigte sein Gesicht kaum noch das Lächeln, das sie so sehr an ihm liebte. Manchmal schenkte er es ihr beim Abendessen, wenn er sie aus zwei Tischen Entfernung ansah. Dann lächelte er sie traurig an, als läge eine zentnerschwere Last auf seinem Herzen.

Er sprach nur wenig mit ihr, besonders jetzt, da sie in verschiedenen Teilen des Klosters schliefen und lebten. Sie hatte es sich zur Gewohnheit gemacht, nach ihm Ausschau zu halten, wenn sie zum Gebet ging oder in der Küche half, auch wenn ihr in letzter Zeit durch den Geruch von Essen übel wurde. Am meisten vermisste sie es, sich nachts neben ihm zusammenzurollen und seinen warmen Körper zu spüren, der ihre Ängste beruhigte und sie daran erinnerte, dass sie in Sicherheit war. Sie wusste, dass ihr Umzug ins Kloster seine Art war, sie zu beschützen, aber sie hätte auch in einer Höhle gelebt, wenn sie nur regelmäßig seine Umarmung hätte spüren können.

Die kühle Winterluft war erfrischend, als sie mit Timofea durch Petschori fuhr. Der harte Holzsitz und das Knarren des Wagens erinnerten sie an die vielen Fahrten nach Groß-Tokmak, die sie mit Anton erlebt hatte. An die angenehme Stille, in der sie nur neben Anton saß. Tränen traten in ihre Augen, bevor sie sie einen Augenblick später wegblinzelte. Der Geruch von Holzrauch erfüllte die Luft. Wäsche flatterte im kalten Wind, und Hunde rannten hinter großen, farbig angestrichenen Zäunen hervor. Sie bellten die Pferde an, die vorbeitrabten. Timofea hatte die Unterarme auf die Knie gestützt und hielt die Zügel fest.

„Danke, dass du mich zu Julia bringst", sagte Olga in dem Versuch, das Schweigen zu brechen. Timofea hatte kaum ein Wort über seine Schwester verloren, seit sie vor beinahe einem Monat im Kloster angekommen waren. Abgesehen von seinen Essenslieferungen hatte sie ihn nur selten gesehen, und wenn, dann war er mit Anton ins Gespräch vertieft.

Diese Gespräche hatten schon seit beinahe einer Woche ihre Fantasie geweckt; Antons Bedenken über ihre Sicherheit hatten sich verstärkt, nachdem sie die Nachricht erhalten hatten, dass die Bolschewiken Ende Oktober die volle Kontrolle über die Regierung übernommen hatten. Olga fragte sich, ob Anton und Timofea etwas planten; wollten sie sie wegschicken? Vielleicht in ein Kloster?

Sie würde nirgendwohin gehen außer zurück zu ihrer Familie. Niemals.

Timofea richtete sich auf und schaute sie mit einem angespannten Lächeln an. „Ich muss dir etwas über Julia sagen." Er seufzte. „Sie hat ein Kind, das aus der Vergewaltigung entstanden ist. Sie nennt ihn Boris und weigert sich, den Namen des Vaters preiszugeben. Er ist nicht gesund."

Olga saß in fassungslosem Schweigen da. Julia hatte ein Kind?

Sie drückte eine Hand gegen ihren flauen Magen. „Warum hat sie mir nicht einen Brief oder ein Telegramm geschickt? Ich wäre doch gekommen, hätte sie bei der Entbindung unterstützt und ihr bei der Pflege des Kindes geholfen."

„Mein Onkel hat ihr eine Arbeit im Waisenhaus besorgt. Sie hat sich geschämt, Tatjana. Sie wollte es dir nicht sagen. Erst jetzt habe ich sie davon überzeugen können, sich mit dir zu treffen."

Timofeas Gesicht verriet seine Trauer über das Unglück seiner Schwester. „Sie ist nicht mehr dieselbe Frau, die du zurückgelassen hast, Tatjana. Auch wenn Boris ihr ein wenig neue Freude gebracht hat, wirkt sie innerlich immer noch zerbrochen. Als ob sie ihren Lebenssinn verloren hat."

Olga wischte eine Träne weg. „Danke, Timofea. Ich werde mein Bestes tun, um ihr Mut zu machen." Sie ahnte, wie Julia sich fühlen musste.

Das Waisenhaus schien verlassen dazuliegen, als sie davor hielten. An dem senfbraunen zweigeschossigen Gebäude mit einem unkrautüberzogenen Garten und einem kaputten Zaun, der das Gelände eingrenzte, gab es kein Anzeichen für Fröhlichkeit. Timofea half Olga aus dem Wagen, öffnete die Tür des Waisenhauses für sie und ließ sie hinein. Bunte Bilder, von den Kindern gemalt, säumten den schattigen Korridor. Olga hörte leicht gedämpftes Singen, das aus einem Raum am Ende des Flures drang.

Timofea blieb an einer Holztür stehen und klopfte, während Olga die Hände rang. Arme Julia. Erst der Überfall, dann das Kind, und dann Anton, der die Wahrheit wissen wollte. Ihr zog sich das Herz wegen Julias unerschütterlicher Loyalität zusammen.

Die Tür öffnete sich, und zu Olgas Überraschung wirkte das Gesicht, das ihr entgegenschaute, älter, weiser. Das lange Haar hatte Julia zu einem Dutt hochgesteckt und mit einem Kopftuch bedeckt; sie trug einen weißen Leinenkittel. Sie lächelte, und in ihren Augen lag echte Wärme, trotz eines eindeutig traurigen Zuges. „Madame", sagte sie und beugte den Kopf.

Timofea runzelte die Stirn und schaute zwischen Julia und Olga hin und her. Olga streckte die Arme aus und zog Julia in eine feste Umarmung. „Julia. Ich bin so glücklich, dich zu sehen."

Julia schien zu zögern, die Umarmung zu erwidern, doch Olga hielt sie fest, bis die andere Frau sich an sie lehnte. „Ich habe mir Sorgen gemacht", flüsterte Julia ihr ins Ohr.

Olga lächelte sie an. „Ich mir auch. Ich habe gehört, du bist Mutter geworden?"

Ein Schatten überzog Julias Gesicht, doch sie nickte. „Ich habe einen Sohn. Boris." Sie öffnete die Tür zu dem Zimmer hinter sich, und Olga sah ein kleines Säuglingszimmer mit gewickelten Babys, die in einem einzigen großen Stubenwagen auf der Seite lagen. Ihre runden Köpfchen schauten aus den Tüchern heraus. So fest eingewickelt, sahen sie alle fast gleich aus. Olga fragte sich, wie Julia sie unterscheiden konnte. Julia nahm einen von den Säuglingen hoch und hielt Olga das kleine Bündel hin.

Olga nahm es, sah die gekräuselten Lippen, die Augen in friedlichem Schlummer geschlossen, und eine Welle von Sehnsucht überrollte sie. „Er ist so niedlich, Julia."

Sie lächelte, und ihre dunklen Augen leuchteten ein wenig auf. „Danke."

„Ich hole dich in einer Stunde ab, Tatjana. Ich habe im Dorf noch Wege zu erledigen." Timofea schloss die Tür hinter sich.

Julia bot Olga einen Stuhl an. Olga setzte sich und bemerkte, dass ihr bei dem Geruch von antiseptischen Mitteln, der im Raum hing, wieder übel wurde. Sie wiegte den kleinen Boris in den Armen. „Er ist so winzig."

„Vor einem Monat kam er mir noch viel größer vor. Er wächst nicht gut." Julias Gesichtsausdruck zeigte Sorge. „Die Ärzte wissen nicht, was ihm fehlt. Ich stille ihn beinahe alle zwei Stunden."

Boris öffnete den Mund zu einem Gähnen.

„Ihr seht müde aus, Eure Hoheit."

Olga schaute auf und warf ihr einen scharfen Blick zu. „Julia –"

„Es tut mir leid. Nur ... ich vermisse mein Leben im Palast ... und mit dir. Alles scheint so ganz anders zu sein."

„Es ist auch anders. Die kaiserliche Familie steht unter Hausarrest und meinem Vater wird der Prozess gemacht wie einem Verbrecher." Olga hielt ihre Aufmerksamkeit auf Boris gerichtet und blinzelte gegen die Tränen an. „Und ich bin mit einem Mann verheiratet, der mir nicht glaubt, dass ich die Großfürstin bin."

„Du hast es ihm gesagt?"

Olga schloss die Augen. Nickte. „Nur hat er mir nicht geglaubt, besonders, nachdem du es geleugnet hast. Ich weiß, ich sollte dir danken – du hast nur getan, was man dir aufgetragen hatte. Doch diese Lüge wird mit jedem Tag erdrückender."

„Es tut mir leid. Ich wusste nicht, was ich tun sollte. Seine Nachricht wirkte so ehrlich, aber ich habe um deine Sicherheit gefürchtet. Du scheinst ihm wirklich wichtig zu sein."

Olga ließ sich von diesen Worten beruhigen. Er hatte ihr gesagt, dass er sie liebte, aber seit sie ins Kloster gezogen waren ...

„Ich weiß nicht, was ich von Anton denken soll, Julia." Sie streichelte mit dem Fingerrücken über Boris' Wange. „Er ist ein guter Mensch und er versucht nur, mich zu beschützen, das weiß ich. Aber was, wenn ... was, wenn ich ihm die Wahrheit gestehe und er ... Nun ja, es ist nicht so, als wäre es einem einfachen Bürger verboten, eine Adlige zu heiraten, aber ganz sicher werden meine Eltern –"

„Deine Eltern sind in Gefangenschaft. Der Zar hat dich seiner Fürsorge anvertraut."

„Sie haben nicht erwartet, dass ich ihn heiraten würde. Oder dass wir ..." Sie schaute hinauf zu Julia, die einen Schritt zurücktrat, die Hand über den Mund geschlagen, die Augen groß.

Olga nickte und spürte, wie sie errötete.

Julia kniete sich zu ihren Füßen hin, beugte sich über Boris, berührte Olgas Hand. „Du hast Angst, dass sich alles ändern wird, wenn er herausfindet, dass du die Großfürstin bist."

„Ich muss gestehen, dass ich es genossen habe zu wissen, dass er Tatjana die Kammerzofe liebt."

„Das wird sich auch nicht ändern, wenn du es ihm sagst. Er liebt dich. Und dass du die Großfürstin bist, wird seine Gefühle nicht ändern."

„Nicht?" Olga schaute Boris an, und eine tiefe Sehnsucht stieg in ihr auf. „Ich habe ihn die ganze Zeit angelogen. Du glaubst doch nicht, dass er mir das verzeihen würde, oder?"

„Du liebst ihn wirklich, nicht wahr?"

Olga schaute auf, überrascht über Julias Direktheit. Dann nickte sie stumm. „Ich liebe ihn mit jedem Atemzug mehr. Er ist ein guter Mensch, und ehrlich gesagt hoffe ich, dass, wenn ich zurück zu meiner Familie komme, meine Eltern gezwungen sind, ihn zu akzeptieren, nach allem, was er für mich getan hat."

„Aber Olga, du kannst doch wirklich nicht daran denken, zu ihnen zurückzugehen! Man spricht von ... von ..." Sie schüttelte den Kopf, die Augen weit aufgerissen.

Olga spürte, wie ihr ein kalter Schauer über den Rücken lief. „Was?"

Julia schluckte und wandte den Blick ab. „Hinrichtung."

Olga erstarrte völlig, und das Blut wich aus ihrem Gesicht. Sie atmete, atmete nur, ein und aus. Die Welt drehte sich um sie.

Julia erhob sich und nahm ihr Kind aus Olgas Armen, dann kniete sie sich neben sie. „Es tut mir leid. Wahrscheinlich werden sie einfach ins Exil geschickt. Doch du musst die Wahrheit wissen."

Olga schüttelte den Kopf und stand auf. Eine Welle von Schwindel überrollte sie und ihre Knie gaben nach. Sie landete hart auf dem Stuhl und spürte Julias Hand auf ihrem Arm. „Geht es dir gut?"

Olga drückte eine Hand an den Kopf, die andere auf den Bauch. „Ich weiß nicht. In letzter Zeit fühle ich mich so schwach. Mir ist auch immer übel. Ich weiß nicht, was mit mir los ist. Wahrscheinlich die Anspannung." Heiße Tränen traten ihr in die Augen. „Ich muss zu meiner Familie."

„Du musst dich weiter verstecken." Julia legte Boris zurück in den Stubenwagen zu den anderen Kindern und kauerte sich dann wieder neben Olgas Stuhl. Ihre Stimme wurde sanfter. „Nimm Anton als deinen Ehemann an und verlass Russland, bevor dich das gleiche Schicksal ereilt wie deine Familie. Vielleicht ist es das, was dein Vater die ganze Zeit beabsichtigt hatte."

„Ich werde niemals das Land verlassen, solange meine Familie hier ist."

Julias Augen weiteten sich, betroffen über Olgas Ton. Olga schlang die Arme um ihren Bauch. „Ich glaube, ich muss mich übergeben."

Julia verlor keine Zeit, griff nach einem Eimer und drückte ihn Olga in die Hände. Doch die Welle von Übelkeit verging und sie lehnte sich auf dem Stuhl zurück. Kalter Schweiß stand ihr auf der Stirn. Sie holte tief Luft.

Julia feuchtete einen Lappen an und legte ihn auf Olgas Stirn. Dann trat sie zurück und betrachtete Olga, die Hände auf den Hüften. „Olga", sagte sie schließlich, „kann es sein, dass du … schwanger bist?"

„Ich glaube, ich habe jetzt alles für unsere Reise arrangiert", sagte Anton zu Timofea, als der Mönch mit dem Wagen zurückkehrte. Er hatte beobachtet, wie Timofea Tatjana vor dem Gästequartier hinuntergeholfen und dann das Fahrzeug in den Mietstall gebracht hatte. Tatjana schien einen Augenblick lang nicht sicher auf den Füßen zu sein, denn sie stützte sich auf den Mönch, bevor sie das Gebäude betrat.

In letzter Zeit sah sie besonders blass aus. Das machte ihm Sorgen, denn er hatte gesehen, wie sie sich während der Zeit auf dem Bauernhof erholt hatte. Der seelische Schock der Ereignisse des letzten Monats schien einen Rückfall hervorgerufen zu haben.

Timofea reichte ihm die Zügel der Pferde, und Anton spannte den Wagen aus.

„Wann reist ihr ab?", fragte Timofea und löste das Geschirr auf der anderen Seite des Gespanns.

„Anfang März. Sie segeln nicht gern im Januar; sie sagen, die See ist dann zu rau. Doch ich habe einen Dampfer gefunden, der am ersten März von Petrograd aus fährt. Wir werden ein Fischerboot mieten, das uns die Welikaja hinauf und zum Hafen bringt. Ihr wird es bis zur ersten Märzhälfte doch bestimmt wieder gut genug gehen, dass sie reisen kann?"

Timofea zuckte die Schultern, das Gesicht unter seiner Kapuze in Sorge getaucht. „Das ist ihr dritter Besuch bei Julia, und jedes Mal scheint sie schwächer zu werden. Ich frage mich, ob es Julias Sorgen sind, die sie so angreifen." Er schüttelte den Kopf. „Boris wird immer lethargischer. Und er nimmt nicht zu. Es könnte sein, dass er nicht überlebt."

Anton fühlte erneut einen schmerzhaften Stich für Julia. „Vielleicht sollte ich sie bitten, uns zu begleiten."

Timofea nickte. „Vielleicht. Wann wirst du es Tatjana sagen?"

Anton ließ die Deichsel des Wagens sinken und begann, das Geschirr auszuhaken. „Ich muss sie einmal allein abpassen und außerhalb der Klostergrenzen mit ihr reden. Unsere momentane Wohnsituation gibt uns keine Gelegenheit allein zu sein."

Timofea führte eines der Pferde in eine Box. „Ich weiß, das ist nicht die passendste Situation für ein Ehepaar. Allerdings fürchte ich, dass Tatjana in ihrem momentanen Zustand Ruhe braucht und keine Gesellschaft."

Anton warf ihm einen düsteren Blick zu. „Timofea, es ist nicht so, als wollte ich sie bedrängen. Ich will nur mit ihr reden."

Timofea drehte sich um, ein Lächeln auf dem Gesicht. „Beruhige dich, Anton. Ich sage nur, dass ich sehe, wie sie dich anschaut. Ich glaube, sie vermisst dich. Und sorgt sich um dich. Ich möchte nicht, dass sie durch die Pläne, die du für euch hast, noch mehr belastet wird."

„Sie muss es erfahren. Sie muss sich verabschieden und sich bevorraten. Bis zum orthodoxen Weihnachts- und Neujahrsfest sind es nur noch ein paar Tage, und die Zeit vergeht schnell."

Timofea nahm das Geschirr ab und hängte es auf einen Haken in der Nähe. „Wie wäre es, wenn ich es einrichte, dass sie sich mit dir in der Kapelle in den Höhlen trifft? Morgen nach dem Abendgebet."

❧

Der nächste Tag zog sich hin wie eine Ewigkeit, während Anton Sattelzeug ölte und mit dem Schmied Zahnräder herstellte und dabei unentwegt an das Treffen mit Tatjana dachte. Er entschuldigte sich zeitig, um noch zu baden, und zog dann Wollhosen und ein sauberes Hemd an. Er fühlte sich wie am Tag seiner Hochzeit – sein Magen war wie verknotet, und Schweiß lief ihm den Rücken hinunter. Seit dem Tag, als sie im Kloster angekommen waren, hatte er kein ruhiges, privates Gespräch mehr mit Tatjana geführt. Er musste sich eingestehen, dass er hoffte, sie in die Arme zu nehmen und sie an die Versprechen zu erinnern, die er ihr in der Nacht gegeben hatte, als sie Mann und Frau geworden waren.

Schnee fiel in sanften Flocken vom Himmel, als er über das Gelände und durch das hintere Tor ging. Er ging auf die Höhlen zu, die Anfang des 16. Jahrhunderts als Zentrale des Klosters gedient hatten. Selbst jetzt noch wurden einige der Höhlen für Gebetsklausuren, als Banja und als Kapelle für Reisende genutzt. Anton hielt eine Laterne in der Hand und sie warf ein unheimliches gelbes Licht in die Nacht.

Behutsam öffnete er die Kapellentür und ließ seinen Augen Zeit, sich an die Schatten in dem getünchten Raum zu gewöhnen. Sein Herz tat einen Sprung, als er eine Figur vor dem Kruzifix vorn im Raum knien sah. Licht flackerte von dünnen orangefarbenen Kerzen her, die vor Rahmen mit goldenen Ikonen standen.

„Tatjana?"

Sie drehte sich um, und etwas in ihm gab beim Anblick ihres Lächelns nach. Sie erhob sich, und er durchquerte den Raum mit zwei Schritten und schloss sie in die Arme. „Tatjana." Er hatte sie so sehr vermisst, dass er einen Augenblick lang glaubte, sein Brustkorb würde zerspringen. Er zog ihre Kapuze zurück und vergrub das Gesicht in ihrem Haar. „*Daragaja*, ich habe dich vermisst."

Sie beugte sich zurück, und er sah ihre Augen glänzen. „Ich dich auch."

Er küsste sie und hielt dabei sein Verlangen zurück, weil er daran dachte, wie schwach sie in letzter Zeit wirkte. Sie schlang die Hände um seine Oberarme und erwiderte seinen Kuss. Dann lehnte er seine Stirn an ihre. „Wie ist es dir ergangen?"

Sie zuckte die Schultern, trat einen Schritt zurück. „Ich bin einsam und müde. Müde. Ich habe Julia ein paarmal besucht."

„Ich habe es gesehen. Timofea hält mich meistens auf dem Laufenden. Ich möchte mich für unsere Wohnsituation entschuldigen. Glaub mir, das ist nicht das, was ich erhofft hatte." Er warf ihr ein trauriges Lächeln zu. „Aber ich denke, dass wir im Augenblick wegen der Umstände, aus denen wir geflohen sind, innerhalb der Klostermauern sicherer sind."

Sie nickte leicht. „Ich verstehe, Anton. Ich vertraue dir."

Sie vertraute ihm. Ach, wie wenig er sie verdiente. „Gut. Denn ich habe einen Plan." Er nahm ihre Hände, so klein und zerbrechlich, in seine eigenen, die von der Arbeit rau waren. Beinahe erschauderte er. Sie schaute erwartungsvoll zu ihm auf. „Erinnerst du dich, dass ich dir erzählt habe, dass ich irgendwann nach Amerika gehen will? Wie ich dich darum beneide, dass du Englisch sprichst?"

Sie runzelte die Stirn und nickte ihm argwöhnisch zu.

„Ich habe uns eine Überfahrt auf einem Dampfer von Petrograd aus am ersten März gebucht. Wir müssen ein neues Leben anfangen, Tatjana. Neu anfangen, und ich glaube, in Amerika geht das." Er schenkte ihr ein Lächeln und erwartete das ihre.

Doch ihr Gesicht verzog sich entsetzt, als sie die Neuigkeiten begriff. Er sah, wie sie sich zurückzog, und plötzlich erhob sich aus dieser zerbrechlichen Frau heraus die andere Tatjana, die die still und entschlossen die Schelte seiner Stiefmutter ertragen und sich doch so selbstsicher wie eine Fürstin verhielt. „Auf keinen Fall!"

Er zuckte bei ihren Worten zusammen und spürte sie beinahe wie einen Schlag. Sie riss die Hände von ihm und trat zurück. „Ich werde Russland nicht verlassen! Bist du verrückt geworden? Ich kann nicht gehen!"

Anton legte eine Hand an den Kopf und fuhr sich durch das Haar. „Was? Warum denn nicht? Das ist ... das ist das Beste für uns. Für unsere Zukunft. Keiner wird mehr hinter dir her sein ... oder hinter mir. Wir können in Freiheit leben und neu anfangen."

„Ich möchte nicht neu anfangen! Verstehst du nicht, Anton – ich möchte zu meiner Familie zurück!"

„Sie ist nicht deine Familie! Verstehst du das nicht? Du schuldest ihnen nichts! Dein Dienst für sie ist *vorbei*!" Er hasste es, so hart zu sein, doch begriff sie denn nicht? Er sehnte sich schmerzlich danach, dass sie es verstand. Er war ihre Familie. Sie waren einander die einzige Familie, die sie hatten, besonders jetzt. Seine Augen brannten vor Frustration. Er wirbelte herum und trat von ihr weg, beinahe zitternd.

Tatjana hinter ihm wurde still. Er schloss die Augen, biss die

Zähne zusammen, zwang sich, wieder einen höflichen Ton anzuschlagen. „Spielt es denn keine Rolle, was zwischen uns passiert ist? Verändert das denn nichts?"

Sie schwieg, und er drehte sich um. Sie stand da, die Hände vor sich gefaltet. Tränen liefen ihr über die Wangen. Stumm nickte sie. „Es verändert etwas. Eine Sache. Wir können nicht nach Amerika gehen, Anton. Doch du kannst mich auch nicht verlassen."

Was? Er würde sie doch nie –

„Ich bin schwanger."

Seine Welt blieb stehen. Hörte einfach auf, sich zu drehen, als alle Zeit in einem einzigen Augenblick der Freude erstarrte.

„Schwanger?" Er schüttelte den Kopf und wusste nicht, was er sonst noch sagen sollte.

Sie lächelte und errötete. Nickte.

„Ach Tatjana." Anton kam zu ihr, fiel auf die Knie und schlang die Arme um ihre Taille. Er legte den Kopf an ihren Bauch. Darin war ein Kind. Sein Kind. Er schloss die Augen und spürte, wie sich Tränen in seinen Augenwinkeln sammelten. „Ein Kind."

Sie kicherte. Ihre Hände lagen auf seinem Kopf und wanden sich in sein Haar. „Bist du glücklich?"

Er nickte, beugte sich zurück, grinste. „Ich bin glücklich."

Ihr Lächeln verblasste, und sie seufzte. „Jetzt weißt du, warum wir nicht reisen können."

„Noch nicht. Doch wenn das Kind geboren ist, können wir –"

„Verstehst du denn nicht, Anton?" Tatjana legte ihre Hände ans Gesicht und schüttelte den Kopf. „Es gibt keine andere Möglichkeit, dir das zu sagen, als es einfach auszusprechen." Sie holte tief Luft. Ihre Augen trafen seine, und der Ausdruck in ihnen machte ihm ein wenig Angst. Langsam erhob er sich.

„Ich habe dich angelogen." Sie schluckte. „Zweimal. Und es tut mir leid." Ihr Gesicht wurde blass. „Ich habe sogar Julia angewiesen, dich um unseres Landes willen anzulügen."

Sein Brustkorb begann sich zusammenzuschnüren und er trat einen Schritt weg von ihr.

Sie nickte. „Denk doch nach, Anton. Das Wappen, die Kleider, die Art und Weise, wie ich dich behandelt habe. In deinem Herzen weißt du es schon. Ich weiß, ich hätte es dir beichten sollen, als wir hier ankamen ... aber ich hatte Angst, und ich wusste nicht, ob du –"

Sie schluckte und wischte sich eine Träne von der Wange. „Seit ich ein Kind war, wurde die echte Tatjana dazu erzogen, meinen Platz einzunehmen, sollte ich einmal eine Doppelgängerin brauchen. Und sie dient mir jetzt als mein Ersatz im Exil mit der Familie Romanow."

Er schüttelte den Kopf, doch sie trat zu ihm, nahm seine Hand. „Ich bin das, was ich sagte. Ich schwöre dir hier an diesem heiligen Ort, dass ich die Großfürstin Olga bin." Sie legte eine Hand auf ihren Bauch. „Und dieses Kind könnte wohl der rechtmäßige Thronerbe sein, wenn der Thron zurück an die Romanows fällt." Sie schloss ihre Hand fester um seine. Wahrscheinlich bemerkte sie, dass er von ihr weggetreten war. „Jetzt weißt du, warum wir nicht die kaiserliche Familie verlassen und nach Amerika gehen können."

Er starrte sie an. Der Schock packte ihn und ihm wurde das Ausmaß dessen, was er getan hatte, bewusst.

Er hatte die Großfürstin geheiratet. Er war intim mit ihr gewesen. Sie würden ein Kind bekommen.

Die Last des Wappens und seiner Mission verströmte Kälte in seinem Körper, als er sich umdrehte und hinaus in die Nacht stolperte.

16. Kapitel

Sie fühlte sich wieder wie eine Adlige. Fernab vom alltäglichen Leben. Von hinten bis vorne bedient. Abgeschieden. Verhätschelt.

Allein.

Olga ging zum Fenster, von dem aus sie über die Felder sehen konnte. Obwohl der Winter sich wie gewöhnlich hartnäckig an den Feldrändern festklammerte, schmolz auch der letzte Schnee, als die Junisonne an den Himmel stieg. Sie stand am offenen Fenster und schaute den Nonnen zu, die gebeugt im Garten standen und die Erde umgruben und Kartoffeln setzten und anderes Gemüse pflanzten. Neues Leben. Sie konnte den Wind riechen, beinahe die Tomaten schmecken, deren Aroma sich auf ihrer Zunge entfaltete. Kaum zu glauben, dass sie letztes Jahr um diese Zeit versucht hatte zu lernen, wie man eine Kuh melkt, und dass sie neben Anton Bohnen gesteckt hatte.

Es kam ihr Jahrzehnte entfernt vor. Sie hatte damals ein gewisses Maß an Glück gefunden – irgendwo tief in sich, trotz der Trennung von ihrer Familie.

Sie legte ihre Hände über das neue Leben, das in ihr wuchs, und versuchte sich vorzustellen, wie dieser kleine kaiserliche Prinz aussehen mochte. Als er angefangen hatte sich zu bewegen, waren die federleichten Berührungen in ihr bis in ihre Seele gedrungen – heilend, stärkend.

Sie hatte Anton nicht mehr gesehen seit dem Tag nach dem Abend, als er sie verlassen hatte und in die Kälte hinausgegangen war. Er war eine Weile später wiedergekommen; hatte sich reserviert verhalten, so als ob sie aus Glas wäre. Der rote Rand um seine Augen war ihr nicht entgangen. Selbst sein höfliches

Lächeln hatte seine Augen nicht erreicht. Er hatte sie in eine Decke gehüllt, sie zurück zu ihrer Zelle gebracht, war am nächsten Tag wiedergekommen und hatte sie zu ihrem Entsetzen zu einem Konvent in der Nähe des Klosters gefahren.

Sie hatte wie betäubt neben ihm gesessen, hatte gesehen, wie seine Hände die Zügel hielten, hatte seine starken Arme um sich gespürt, als er sie vom Wagen gehoben und förmlich ins Konvent der Heiligen Maria und Martha getragen hatte. Er hatte sie an der Tür verlassen, ihre Hände geküsst, erst eine, dann die andere, bevor er ihr versichert hatte, dass alles gut werden würde. Dann hatte er sie den Händen der Mutter Oberin überlassen. Olga erinnerte sich an den Himmel, der so dunkel wie die Wolga an einem kalten Tag gewesen war. Ein Spiegelbild ihres Herzens, als er davonfuhr und sie alleine ließ.

Sie wollte ihn hassen. Doch tief in ihrem Herzen wusste sie, dass er sie zu ihrem eigenen Schutz hiergelassen hatte. Er hatte der Mutter Oberin gesagt, dass sie seine Frau war, dass er Arbeit im Kloster angenommen hatte und nicht in der Lage war, für sie zu sorgen. Tatsächlich sorgten die Schwestern im Konvent reichlich für sie. Sie vermisste Julia, Timofea und besonders Anton, doch sie hatte endlich Zeit, Tagebuch zu schreiben und zu lesen, und das tröstete ihre geschundene Seele. Irgendwie fühlte sie sich, als hätte sie Teil an der Gefangenschaft ihrer Familie. Sie trug das Gewicht der Unversöhnlichkeit von ganz Russland auf dem Herzen.

An der Tür klopfte es. Olga drehte sich um und lächelte die Nonne an, die eintrat und ihr Mittagessen auf einem Tablett hereinbrachte: Borschtsch – und ein Glas Dickmilch. „Danke", sagte sie. Die Nonne verbeugte sich und ging.

Olga setzte sich an den Tisch und beugte gerade den Kopf, als es noch einmal klopfte. „Herein."

Die Mutter Oberin kam herein, lächelnd, die Hände in die Kutte geschoben. Sie war eine ältere Frau mit einem breiten, faltigen Gesicht und gütigen Augen. Gelegentlich hatten sie nach der Vesper miteinander gesprochen, meistens über Olgas Gesundheit. „Ich habe hier Besuch für Sie", sagte sie. Olgas Herz tat einen verräterischen Sprung, als die Nonne beiseitetrat.

Julia stand an der Tür und hielt ein eingewickeltes Paket in den Händen. „Hallo ... Tatjana."

Olga verbarg ihre Enttäuschung, erhob sich und breitete die Arme für ihre Freundin aus. Die Nonne verließ sie und schloss die Tür hinter sich, als Julia sie umarmte. „Es tut mir leid, dass ich dich nicht früher besucht habe."

Olga schob sie auf Armeslänge weg und betrachtete sie. Sie sah dünner aus. Ihr langes braunes Haar war stumpf, und unter ihren Augen lagen tiefe Ringe. Kummer stand ihr ins Gesicht geschrieben und erfüllte Olga mit Furcht. „Was ist passiert?"

Augenblicklich füllten sich Julias Augen mit Tränen und sie wischte sie ärgerlich weg. „Es tut mir leid." Doch Olga brachte sie zum Bett und ließ sie sich setzen. Julia legte das Paket auf ihren Schoß und drückte die Hände darauf. „Mein Boris ist gestorben, kurz nachdem du hierher gebracht wurdest."

Ach Julia. Heiße Tränen füllten Olgas Augen und sie zog Julia eng an sich, hielt sie fest. Ihre Kammerzofe fing sich rasch und lächelte durch ihre Tränen. „Er war wahrlich ein Geschenk für mich. Aber mit meiner Arbeit als Amme im Waisenhaus bin ich jetzt vielleicht die Mutter für viele."

Olga konnte nicht anders, als sie für den Mut zu bewundern, der nötig war, um die anderen Kinder zu versorgen, nachdem sie ihr eigenes verloren hatte.

„Ich habe dir etwas mitgebracht." Sie hielt Olga das Paket hin.

Olga band es auf. „Eine Decke! Wie wunderschön. Danke!" Sie war aus Stücken gemacht, die Olga von Julias eigenen Kleidern kannte, und so wirkte die Decke irgendwie wie ein Stück von Julia selbst.

„Timofea hat mich über deine Schwangerschaft auf dem Laufenden gehalten, und weil ich mich nicht um dich kümmern konnte, habe ich dir etwas aus den Sachen gemacht, die ich für Boris genäht hatte."

Olga hüllte sie in eine Umarmung ein. „Du bist wirklich ein Schatz. Ich verdiene deine Güte nicht."

Julia betrachtete sie mit ruhigem Blick. „Ich bin auch mit schlechten Nachrichten gekommen." Sie nahm Olgas Hand. „Dein Cousin Felip wurde in Moskau ermordet aufgefunden."

Olgas Mund öffnete sich und Kummer stieg in ihrem Hals auf. Sie hatte Felip nicht gut gekannt, doch sie erinnerte sich an die wenigen Male, als sie mit ihrem entfernten Cousin gespielt hatte.

„Wie?"

„Das wissen wir nicht. Wahrscheinlich waren es Lenins Scheusale. Man sagt, dass er eine Einheit namens ‚Tscheka' gebildet hat, deren Aufgabe darin besteht, Loyalisten aufzuspüren und zu ermorden." Julia flehte sie mit ihrem Blick an. „Du und Anton müsst Russland verlassen, sobald dieses Kind geboren ist."

Olga riss die Hände weg. „Hat er dich geschickt?" Sie stand auf und ging weg von ihr.

„Wer?"

„Anton! Das war seine Idee, nicht wahr?" Sie drehte sich um, und ein Vorwurf lag in ihrem Ton.

Julia schüttelte mit großen Augen den Kopf. „Nein, ich habe nicht mit Anton gesprochen."

Olga schloss die Augen und rieb die Hände über ihren gewölbten Leib. „Es tut mir leid. Ich bin nur ... Hast du ihn gesehen?"

Julia schwieg so lange, dass Olga sich ihr wieder zuwandte. Julias Gesicht war traurig. „Das habe ich."

Olga war alarmiert. „Geht es ihm gut?"

„Ja, ja. Natürlich. Er arbeitet noch im Kloster. Doch Timofea macht sich Sorgen um ihn. Er wirkt so verzagt, verbringt jede freie Minute im Gebet. Lange Zeit dachte Timofea, Anton hätte ein Schweigegelübde abgelegt." Julia lächelte ihr zu. „Ich glaube, er vermisst dich."

Und wie sehr ich ihn erst vermisse! Der Schmerz war wieder ganz frisch und wollte sie verschlingen.

Julia stand auf, kam zu ihr und nahm Olgas Hände in ihre. Sie seufzte. „Es ist absolut möglich, dass deiner Familie ein dunkles Schicksal droht, Olga. Ich fürchte es." Sie schaute an ihr vorbei und aus dem Fenster. „Du trägst einen zukünftigen König oder eine zukünftige Königin unter dem Herzen. Und du musst diesen Erben Russlands beschützen."

Und Antons Erben. Das Kind, die Familie, nach der er sich immer gesehnt hatte. Dieser Gedanke war Olga nur allzu oft gekommen. Es würde ein Held sein wie sein Vater.

Zumindest hatte sie Anton für einen Helden gehalten. Ihr Herz wurde kalt und sie schob ihn aus ihren Gedanken. Er hatte sie im Stich gelassen. Ihr den Rücken zugekehrt.

Sie hob das Kinn. „Ich bin Russin. Und ich werde in Russland bleiben."

Julia ließ Olgas Hände sinken und schüttelte den Kopf. „Verzeih meine Unhöflichkeit, aber solche Gedanken sind töricht."

Dann drehte sie sich um, öffnete die Tür und ging. Ihre Schritte hallten über den Flur. Wut und Schreck mischten sich mit Angst. Töricht? Julia hielt sie für töricht?

Olga sank auf das Bett, die Hände auf den Bauch gelegt, und spürte, wie das Kind darin sich bewegte. Wie konnte es falsch sein, dass sie zurück zu ihrer Familie wollte? War das nicht ihre Pflicht?

Wie als Antwort strampelte das Kind. Solch ein kleiner Mensch, und doch nahm er so viel Raum in ihrem Körper, in ihrem Herzen ein. Sie hatte angefangen, mit ihm zu reden und ihre Träume und Hoffnungen mit ihm zu teilen.

Sie legte sich hin, die Hände unter dem Kopf verschränkt, und drehte den Ring an ihrem Finger, den Anton ihr an ihrem

Hochzeitstag geschenkt hatte. Sie nahm ihn ab und starrte dieses Symbol an, das so leer gewirkt hatte. Jetzt kam es ihr vor wie ihre einzige Verbindung zur Zukunft. Eine Inschrift auf der Innenseite des Ringes fiel ihr ins Auge. Sie spähte darauf und entdeckte eine Bibelstelle. *Psalm 100,5.* Sie nahm ihre Bibel zur Hand, schlug den Vers auf und las ihn leise. *„Denn der Herr ist gut zu uns, seine Liebe hört niemals auf, von einer Generation zur anderen bleibt er treu."*

Sie hörte Antons Stimme in dem Vers und schloss die Augen. *Von einer Generation zur anderen.* Die Worte linderten den Schmerz in ihrem Herzen, ihrer Seele, und kamen ihr vor wie ein Versprechen. Gott war in diesem Jahr gut zu ihr gewesen – er hatte ihr Anton geschenkt, der sie beschützte, und ein Kind, eine Hoffnung für die Zukunft, ein neues Leben in ihr.

Vielleicht war sie wirklich töricht. Sie hatte sich an die Person geklammert, die sie gewesen war – Olga Nikolajewna Romanowa. Doch diese Prinzessin war sie schon seit einem Jahr nicht mehr, und sie hatte Frieden darin gefunden, Tatjana zu werden, eine Kammerzofe, die von einem Bauern geliebt wurde.

Und war dies am Ende nicht das, wonach sie sich immer gesehnt hatte? Nur als der Mensch geliebt zu werden, der sie war ... nicht wegen ihres Titels oder ihres Reichtums? Tränen sammelten sich in ihren Augen und liefen ihr über die Wangen. „Gott", sagte sie und fühlte sich nackt ohne ihr Kopftuch, ohne Kerzen zum Gebet. Durfte sie überhaupt so beten? Sie stand auf und kniete sich neben das Bett, bekreuzigte sich und wünschte sich, sie hätte eine Kerze. „Gott, zeig mir, was ich tun soll." Sie bekreuzigte sich noch einmal. Vielleicht sollte sie in die Kapelle gehen.

Doch plötzlich wurde ihr bewusst, dass Julia recht hatte. Ihre Worte, ihre Gedanken waren töricht gewesen. Sie war töricht gewesen.

Töricht vor Liebe. „Baby", sagte sie, als sie spürte, wie ihr Bauch sich bewegte, „wir gehen nach Amerika."

Anton schwitzte in der prallen Junisonne. Er richtete sich auf, stützte sich auf seinen Spaten, streckte den Rücken. Alles, bis zu den Zehen hinunter, tat ihm weh. Dafür, dass sie Mönche waren, arbeiteten die Männer des Klosters härter als alle, die Anton vorher kennengelernt hatte. Die Kartoffelfelder erstreckten sich einen Hektar weit und er würde noch nächsten November hier stehen und Erde anhäufeln, wenn er sich nicht konzentrierte. Doch Gedanken an Tatjana, nein, Olga – er konnte sie noch immer nicht als Großfürstin betrachten – drangen ihm in den Kopf, verlangsamten seine Arbeit, brachten ihn manchmal zum Stillstand.

Er machte sich Sorgen um sie. Glücklicherweise hielt die Mutter Oberin ihn auf dem Laufenden. Sie schickte Timofea Nachrichten.

Er hasste sich für das, was er getan hatte. Sie so zu isolieren. Doch in ihrem Zustand und ihrer Position fiel ihm keine Alternative ein. Zumindest keine sichere. Und auch keine, die ihren Erwartungen als Adlige gerecht werden konnte.

Adel. Er hatte eine Frau geheiratet, von der der nächste Thronerbe abstammen konnte.

Allerdings würde man sie vielleicht nach einer Heirat mit einem gewöhnlichen Bürger wie ihm nicht mehr als Adlige betrachten. Was hatte er ihr angetan? Anton nahm seinen Strohhut ab und wischte sich mit dem Ärmel seines schmutzigen Hemdes die Stirn ab. Er roch, als hätte er wochenlang nicht gebadet, obwohl er erst gestern Abend mit Timofea in der Banja gewesen war.

Der junge Mönch konnte nicht verstehen, warum Anton seine schwangere Frau weggeschickt hatte.

„Hast du noch die Fahrkarten für eure Überfahrt nach Amerika?", hatte Timofea gefragt. Schweiß war ihm von der Stirn getropft und hatte sein Haar gekräuselt.

„Ja. Aber ich weiß nicht genau, ob wir sie benutzen werden." Er hatte seine Möglichkeiten sieben Monate lang abgewägt, während der Winter in den Frühling und schließlich in den Sommer übergegangen war. Und jeder Gedanke endete mit einer Frage: Was konnte er Tatjana – Olga – geben, was sie nicht schon hatte? Er war ein Niemand, ein einfacher Bürger. Ein Bauer, ein Mennonit aus der Ukraine.

„Warum nicht? Die Bolschewiken suchen nach Loyalisten und löschen auch noch die letzten Mitglieder der kaiserlichen Armee aus. Anton, ich flehe dich an, noch einmal darüber nachzudenken. Du kannst sie jetzt recht gut in einem Konvent verstecken, aber wenn das Kind geboren ist, musst du ein Zuhause für euch schaffen. Und solange Lenin und seine Tschekatruppen die Kontrolle haben, werdet ihr immer über die Schulter schauen und euch fragen, ob Ärger im Anzug ist."

Anton hatte nichts geantwortet und Wasser aufs Feuer gegossen. Der Dampf hatte ihr Gespräch erstickt.

Selbst jetzt noch fühlte sich sein Gehirn verknotet und müde an. Er schloss die Augen und ließ sich von einem lauen Sommerwind abkühlen.

„Anton! Meister Anton!"

Die Stimme ließ ihn herumfahren, und er sah einen Novizen, der vom Klostertor her auf ihn zugerannt kam. Der junge Mann beugte sich schwer atmend vor und stützte die Hände auf die Knie.

„Was ist los?"

„Deine Frau. Sie ist hier. Sie möchte mit dir sprechen. Sie wartet in der Höhlenkapelle auf dich."

Olga war hier? Schrecken durchfuhr ihn, und er ließ den Spaten fallen. „Ist sie verletzt? Ist ihre Zeit gekommen?"

Der Junge schüttelte den Kopf. „Nein, sie ist in Begleitung von zwei Nonnen gekommen. Und sie sieht gesund aus und ..." Er schnitt eine Grimasse und zuckte die Schultern. „... und sehr schwanger."

Mit seinem Kind. „Danke", sagte Anton und schritt über die Felder aufs Klostergelände zu. Wahrscheinlich sollte er sich gründlich waschen, aber er hatte keine Zeit für eine Banja oder ein Bad. Stattdessen machte er im Waschraum Halt und wusch sich das Gesicht. Es war sonnengebräunt und mit Bartstoppeln überzogen. In letzter Zeit hatte er nicht besonders auf sein Äußeres geachtet. Er zog ein sauberes Hemd und saubere Hosen an und begab sich zu den Höhlen.

Er erwartete nicht die schöne und anmutige Frau, die sich zu ihm umdrehte, als er die Kapelle betrat. Ihr Haar war länger geworden, doch sie trug es zu einem wohlgeformten Knoten zusammengebunden. Ein weißes Seidenband lag um ihren Kopf wie eine Krone. Es ließ ihre Augen noch schöner aussehen, und auf ihrem Gesicht lag ein gesundes Leuchten. Sie trug ein einfaches weißes Kleid, das an der Taille herausgelassen war, um sich ihrer neuen Form anzupassen, und sah wie eine Königin aus.

Er warf einen Blick auf sie und verbeugte sich. „Eure Hoheit."

„Ach Anton, nicht –"

„Ich hoffe, es geht Euch gut." Er stand da und riss seinen Blick von ihr los, von dem offensichtlichen Beweis seines Kindes in ihr. Er konnte sie nicht ansehen. Nicht, ohne dass ihn all das im tiefsten Inneren schmerzte, was zwischen ihnen geschehen war, alles, was sie verloren hatten. „Gibt es etwas, das ich für Euch tun kann?"

„Du kannst aufhören, dich so zu benehmen, und mich küssen."

Er starrte sie an, verblüfft über ihre Kühnheit. Sie hob das Kinn, doch er bemerkte Nervosität in der Art und Weise, wie sie das Kreuz befingerte, das sie immer um den Hals trug.

„Ähm, ich glaube nicht, dass ich das tun kann, Eure Hoheit."

„Olga."

Er schluckte, wandte wieder den Blick ab. Schüttelte den

Kopf. „Ich schulde dir so viele Entschuldigungen, dass ich nicht weiß, wo ich anfangen soll."

„Nein, Anton, das tust du nicht. Ich bin diejenige, die dir etwas schuldet."

Er schloss die Augen. Sein Körper spannte sich an, als sie einen Schritt auf ihn zu machte.

„Ich habe dich angelogen. Mein Vater hat dich angelogen."

Sie legte eine Hand auf seinen Arm, und sofort gingen seine Gedanken zurück zu der Zeit, als er sie in den Armen gehalten hatte – zu jener Nacht, in der seine Welt zerbrochen war. Er holte tief Luft.

„Ich weiß, dass du mich wegen meines Zustands in den Konvent geschickt hast. Und ich hatte viel Zeit zum Nachdenken."

Das war nicht der einzige Grund, warum er sie fortgeschickt hatte. Er öffnete die Augen, begegnete ihrem Blick, sah die Anerkennung darin und fühlte sich schlecht. Er wollte den Kopf schütteln, doch sie fuhr fort.

„Es war töricht von mir zu denken, dass ich in mein Leben in Zarskoje Selo zurückkehren könnte. Ich weiß, dass es sein kann, dass meine Familie ins Exil geschickt wird ... oder Schlimmeres." Sie biss die Zähne zusammen, als müsste sie ihre Gefühle zügeln. „Wir müssen jetzt an unser Kind denken. Und an unsere Zukunft." Sie holte tief Luft. „Ich werde mit dir nach Amerika gehen, Anton."

Er starrte sie an, bewegt von ihrem Mut, und doch war ihm zum Weinen zumute. Er konnte sich nicht bremsen, seine Hand an ihre Wange zu legen, den Daumen über ihre weiche Haut gleiten zu lassen. Sie lehnte sich in seine Berührung, die Augen auf ihn gerichtet.

„Ach Olga, ich habe dich vermisst."

Ihre Augen glänzten feucht.

Er seufzte und ließ die Hand sinken. „Doch ich kann dich nicht mit nach Amerika nehmen."

Ein schmerzlicher Herzschlag verging zwischen ihnen, während er sah, wie ihr Gesichtsausdruck sich veränderte und zu einem Stirnrunzeln wurde. „Warum nicht? Natürlich werden wir warten, bis das Kind geboren ist, doch wir können unmittelbar danach abreisen. Es ist eine kluge Idee –"

„Es ist eine kluge Idee, der Ansicht bin ich auch. Aber ich habe ebenfalls nachgedacht, Olga. Und die Wahrheit ist, wir sollten unsere Ehe annullieren lassen wie geplant."

Er sah, wie aus Verwirrung Schrecken wurde. Sie trat von ihm zurück. „Das können wir nicht tun!"

„Doch. Du hast unter Druck gestanden, als du mich geheiratet hast. Du hast einen anderen Namen angenommen –"

„Du willst unsere Ehe annullieren lassen, weil ich einen anderen Namen benutzt habe?"

„Und du weißt ebenso gut wie ich, dass die Kirche unsere Ehe niemals zulassen würde –"

„Aber ich trage dein Kind unter meinem Herzen! Was, glaubst du, würde die Kirche dazu sagen?" Ihre Augen blitzten, und wieder sah er die Frau, die sich in Petrograd gegen ihn behauptet hatte, die Frau, die das aussprach, was sie dachte. Seine Worte waren wie Rasierklingen in seinem Hals.

„Ich glaube, sie würde sagen, dass du gezwungen wurdest. Dass du unter Schock gestanden hast und deswegen, um dich zu schützen, so gehandelt hast –"

„Du hast mich nicht gezwungen, Anton. Ich liebe dich!" Sie wandte sich bebend von ihm ab, die Hände an den Seiten geballt.

Ach Olga. Auch er zitterte ein wenig, als er ihr die Hände auf die Schultern legte. Sie zuckte zusammen, wich aber nicht aus.

„*Daragaja.* Ich liebe dich auch." Er seufzte. „Aber ich bin ein Niemand. Ich habe dir nichts zu bieten. Kein Zuhause, kein Geschäft. Keine gesellschaftliche Stellung. Nichts. Ich bin deiner Liebe nicht wert. Darum habe ich dich weggeschickt, damit du das erkennst. Ich bin nicht der Mann, den du als Ehemann haben solltest, und wir beide wissen das."

Sie schüttelte den Kopf, drehte sich um, doch er legte ihr einen Finger auf den Mund.

„Ich werde mit Timofea sprechen und ihm die Wahrheit sagen. Ich werde ihn bitten, unsere Ehe zu annullieren."

„Nein!" Sie schlug auf seine Hand und wich von ihm zurück. „Ich kann nicht glauben, dass du mir das antust."

Er kämpfte darum, dass seine Stimme nicht brach. „Wenn irgendjemand je herausfindet, dass du die Großfürstin bist, bist du nicht mehr sicher. Und ich habe nicht die leiseste Ahnung, wie ich dich beschützen soll. Ich bin kein Mann, der dazu ausgebildet wurde, Waffen zu tragen oder zu kämpfen." Er schaute sie fest an. „Sobald das Kind geboren ist, werde ich die Reise nach England zu deinen Verwandten mit der Fahrkarte bezahlen, dich ich schon gekauft hatte. Du und er ... oder sie ... ihr werdet sicher sein."

Er schluckte und kämpfte gegen seine Gefühle an. „Geh zurück in den Konvent, Olga. Und möge Gott über dich wachen." Dann drehte er sich um und stolperte wieder einmal aus der Kapelle, bevor sie ihn weinen sehen konnte.

17. Kapitel

Er beobachtete sie von seinem Spähposten im Baum aus, als sie vom Kloster wegfuhr. Dick war sie geworden, wahrscheinlich von ihrem neuen Leben als Bäuerin. Sie fuhr mit einem Mönch in Kutte weg, der jünger war als er selbst, und sein Gespann aus zwei Pferden mit Leichtigkeit dirigierte. Gleb ließ sein Fernglas sinken und gratulierte sich dazu, dass er sie gefunden hatte.

Es war nicht einfach gewesen. Er hatte sich das Haar wachsen lassen und das Aussehen der Rebellen nachgeahmt. Wütend. Gefährlich. Mit Blut an den Händen. Mit Blut an der Seele.

Er brauchte das Geld, um ein neues Leben zu beginnen. Das richtige Leben, das, in das er hineingeboren worden war. Als Adliger.

Prinzessin Olga glaubte wohl, sie könnte sich in einem Leinenkleid oder unter einer Nonnentracht verstecken, doch er erkannte ihre scharfen Augen, ihre königliche Haltung. Auch sie konnte das Leben nicht leugnen, in das sie hineingeboren worden war.

Beinahe tat ihm die Frau leid, die ihren Platz eingenommen hatte. Die aller Wahrscheinlichkeit nach sterben würde. Jetzt, da der Zar all seiner Autorität beraubt war, war es nur noch eine Frage der Zeit, bis Lenin sie hinrichten ließ.

Und er hoffte, dann schon längst in Frankreich oder Spanien zu sein. Der Tod eines unbedeutenden Bauernmädchens, das zufällig einer Prinzessin ähnlich sah, würde durch das Verbrechen gegen die kaiserliche Familie überschattet werden.

Er sah sie vorbeifahren und konnte seine Flucht schon beinahe vor sich sehen. Sicher hatte sie die Juwelen. Er musste nur in ihre Nähe kommen und sie überzeugen, ihm die Edelsteine auszuhändigen. Vielleicht würde er sie sogar mitnehmen.

Einst hatte er sie zum Lachen gebracht. Sie mit seinen Späßen entzückt, mit ihr und den anderen Mädchen am Schwarzen Meer gespielt.

Er konnte sie wieder verzaubern. Der nächste Zar von Russland werden.

Eines Tages würde man einen neuen Zaren brauchen. Und dann würde er seiner Pflicht sehr gern nachkommen.

„Komm nach Hause, süße Olischka. Es ist an der Zeit, nach Hause zu kommen."

„Timofea, ich muss dir eine schwere Frage stellen." Anton schloss die Banja-Tür hinter sich. Der Dampf stach auf seiner Haut und es bildeten sich bereits Schweißperlen. Nachdem er den ganzen Tag im Mietstall gearbeitet und auf den Feldern Unkraut gejätet hatte, hatte er es eigentlich nicht nötig, dass seinem Körper noch mehr Wasser entzogen wurde.

Er stieg auf die Bank und setzte sich neben Timofea. „Was ist los, Anton? Geht es um Tatjana?"

„Ja." Doch nicht das, was er dachte. Timofea hatte in den letzten Wochen zweimal Nachrichten von der Mutter Oberin überbracht. Täglich konnte Antons Kind geboren werden. Und Olgas und sein gemeinsames Leben enden, obwohl er es eigentlich schon an dem Tag beendet hatte, als er sie in den Konvent geschickt hatte. „Doch zuerst muss ich dir etwas in strengstem Vertrauen sagen." Er wandte sich Timofea zu, die Augen hart, die Stimme leise. „Du musst mir versprechen, niemals, unter keinen Umständen, dieses Geheimnis preiszugeben. So wahr dir Gott helfe."

Timofeas Augen weiteten sich bestürzt. „Geht es dir gut?"

Nein. Wahrscheinlich würde es ihm nie wieder gut gehen.

Doch er nickte. „Ich habe lange und gründlich über meine nächsten Worte nachgedacht, und ich glaube, es ist im besten Interesse meiner Frau, dir die Wahrheit zu sagen. Dir allein."

Timofea schwieg und starrte auf seine Füße. „Gut, Anton. Ich verspreche, dein Geheimnis zu bewahren. Auf mein Wort als Diener des Herrn hin."

Anton seufzte tief. „Die Kammerzofe, die ich geheiratet habe, die Frau, die du als Tatjana kennst, ist in Wahrheit Olga Nikolajewna Romanowa, die Großfürstin über ganz Russland."

Timofea erstarrte neben ihm. Setzte sich auf. Starrte Anton an.

Anton nickte.

Timofeas Mund öffnete sich in angemessenem Entsetzen. „O ... und ... du ..."

„Ja", sagte Anton. Er wusste nicht genau, welchen Fehler Timofea wohl meinte, doch er gestand sie alle ein. „Ich wusste erst, dass Tatjana die Prinzessin ist, als ... nun ja ... erst als wir unser Kind bereits gezeugt hatten. Ich dachte, ich hätte eine Kammerzofe geheiratet."

Timofea schüttelte den Kopf, und sein Blick lag streng auf Anton. „Das ist ein gefährliches Geheimnis, das du mir da bisher vorenthalten hast."

„Ich weiß. Und es ging nicht anders. Meine erste Verantwortung galt dem Zaren und seinem Auftrag, Tatjana zu beschützen, oder eben Olga."

Timofea schürzte die Lippen. „Ich bezweifle, dass die Kirche, selbst jetzt, da die Zarenfamilie in Ungnade gefallen ist, eure Verbindung segnen kann."

Anton ließ den Kopf hängen, und Schweißperlen standen zwischen seinen Schulterblättern. „Ich weiß. Ich ringe seit neun Monaten damit, weil ich weiß, dass ich Olga so viel von ihrer Zukunft geraubt habe. Aber ich habe einen Plan. Ich werde Olga und ihr Kind zu ihrer Familie in Europa schicken. Du annullierst die Ehe aufgrund der Tatsache, dass sie falsches Zeugnis gegeben hat ... oder, wenn es sein muss, aufgrund von Klagen gegen mich."

Timofea runzelte die Stirn.

„Olga wird sicher sein und ihr Kind unerkannt aufziehen. Sie wird einen passenden Ehemann finden, und sobald diese Revolution erstickt wurde, wird ihre Familie sie wieder aufnehmen."

„Und wenn die Bolschewiken an der Macht bleiben?"

„Dann wird Olga leben. Im Exil. Aber sie wird leben."

Timofea schüttelte den Kopf. „Anton, nur weil die Kirche eure Verbindung nicht segnet, heißt das nicht, dass sie nicht Gottes Plan entspricht. Du kannst sie nicht verlassen."

„Glaubst du, ich will das?" Verzweiflung sprach aus seiner Stimme. „Glaubst du nicht, dass ich mich an jedem Tag, der vergeht, danach sehne, ihr Ehemann zu sein, der Vater dieses Kindes? Glaubst du nicht, dass ich mich innerlich krank fühle, wenn ich nur daran denke, sie zu verlassen, und an den Schmerz, den ich ihr zufüge?" Er schüttelte den Kopf und wandte bebend den Blick ab. „Ich liebe sie, Timofea. Aber ich bin ein Niemand. Und sie ist eine Prinzessin."

Timofea betrachtete ihn, die Wangenmuskeln angespannt. „‚Denn die Torheit Gottes ist weiser, als die Menschen sind, und die Schwachheit Gottes ist stärker, als die Menschen sind.'"

Anton schwieg und runzelte verwirrt die Stirn.

„Seltsam, aber das war heute meine Lesung in der Kapelle. Doch ich glaube, sie war für dich bestimmt."

„Ich verstehe nicht."

„Erinnerst du dich, wie du an dem Tag eurer Hochzeit mit einem Vers zu mir kamst und sagtest, Gott hätte ihn dir gegeben?"

Anton nickte, die Brust wie zugeschnürt. „Psalm 100,5. ‚Denn der Herr ist gut zu uns, seine Liebe hört niemals auf, von einer Generation zur anderen bleibt er treu.'"

„Glaubst du, Gott kannte nicht Tatjanas wahre Identität? Natürlich kannte er sie. Und doch hat er durch diesen Vers zu dir gesprochen und dich seiner Liebe für diese Generation und die nächste versichert. Dieses Kind ist deines, Anton. Eine Verheißung von Gott, um deine Sehnsucht nach einem Erben zu erfüllen. Ja, in meinen Augen scheint es töricht zu sein. Und du wirst Gottes Kraft brauchen, um diese Aufgabe zu erfüllen, die er dir gegeben hat. Doch er hat nie vorgehabt, dass deine Ehe vor ihm nur auf dem Papier besteht. Ich wusste das schon in dem Augenblick, als ich euch getraut habe." Timofea stieg von der Bank herunter und goss Wasser über das Feuer. Dampf zischte und erfüllte die Höhle. „Geh zu Olga. Sag ihr, dass du sie in Gottes Kraft lieben und beschützen wirst, wie du versprochen hast. Dann geht nach Amerika und beginnt ein neues Leben. Wenn die Gefahr vorüber ist, könnt ihr nach Russland zurückkehren. Mit dem Thronerben." Er stieg wieder auf die Bank. „Bis dahin ist euer Geheimnis bei mir sicher."

Anton lehnte sich zurück und spürte, wie die Anspannung in Bächen von ihm floss. „Ich weiß nicht, Timofea. So einfach ist das nicht. Ich muss mich auch um das Wappen kümmern. Das kann ich nicht mit nach Amerika nehmen."

„Lass es hier. Bei mir. Ich kümmere mich darum."

Anton betrachtete ihn, das jugendliche Gesicht, in dem so viel Weisheit lag. „Der Zar nahm mir das Versprechen ab, darauf aufzupassen."

„Er hat dich gebeten, darauf achtzugeben, ja. Aber wenn ich mich recht an deine Worte erinnere, sagte er dir nicht, du solltest Tatjana – Olga – um jeden Preis beschützen? Glaubst du wirklich, dass das Wappen ihm wichtiger ist als seine eigene Tochter?"

Anton dachte zurück an jene Nacht, an die kniende Silhouette des Zaren und an seine Worte. *„Ich kann nicht anders als zu glauben, dass es dem Herrn in seiner Barmherzigkeit gefallen hat, mein Gebet um Hilfe zu erhören, indem er uns hier zusammenführte. Manch einer würde es Schicksal oder Zufall nennen, doch ich persönlich glaube, es ist Gottes Vorsehung, die Euch zu mir gebracht hat."*

Er erinnerte sich, dass er sich schon gefragt hatte, warum der Zar ihn, einen Mennoniten, der einem Glauben anhing, der Gewaltlosigkeit predigte, gebeten hatte, seinen kostbarsten Besitz zu schützen. Seine Tochter. Vielleicht war es kein Schutz, den der Zar suchte ... sondern einen Mann, der auf den Schutz des Herrn vertrauen würde. Denn als Mennonit war Anton gelehrt worden, nach oben zu schauen und sein Leben in Gottes Hände zu legen.

Vielleicht erforderte das den größten Mut überhaupt.

Er schaute Timofea an und fühlte sich plötzlich, als hätte sich die Verwirrung gelichtet, die seinen Weg so lange verdunkelt hatte. „Zusammen werden wir das Wappen verstecken. Und dann werde ich Olga holen, meine Frau."

Timofea lächelte, und Schweiß tropfte aus seinem Bart. „Hab keine Angst, Anton. Gott wird seine Verheißungen für Antons Erben erfüllen."

❧

Olga erhob sich von ihrem Bett. Ein Schmerz drückte auf ihren ganzen Rücken und zog bis in ihre Beine. Sie fühlte sich wie ein Elefant oder ein Wal, unförmig und schwer. Das Kind forderte nicht nur ihren ganzen Körper, sondern auch ihre Kraft. Und es war erst Morgen.

Sie ließ sich wieder fallen, die Hände auf dem Bauch, und spürte, wie das Kind sich in ihr bewegte. „Hallo, mein Kleiner", sagte sie sanft. Sie rieb über ihren Bauch, erstaunt über die Liebe, die sie inzwischen für dieses namenlose Kind empfand. Antons Kind. Sie fragte sich, ob es wohl sein blondes Haar haben würde. Würde es Antons Stärke haben, sein Ehrgefühl? Würde es ihre Sturheit besitzen?

Die gleiche Sturheit, die ihr sagte, dass sie nicht zulassen würde, dass Anton ihre Ehe annullierte. Niemals. Er hatte sie vielleicht weggeschickt, aber sie hatte gesehen, wie er über den alten Friedhof geschritten war, sich zwischen die Gräber gesetzt, den Kopf gesenkt und geschluchzt hatte.

Sie hatte dagestanden, hatte gesehen, wie er zusammenbrach, und es hatte ihr in der Seele wehgetan. Wenn sie nur ihr Geheimnis für sich behalten, ihm nie von ihrer wahren Identität erzählt hätte. Seine Worte begleiteten sie auf dem Weg zum Konvent. *„Ich bin ein Niemand."*

Wohl kaum. „Anton, du bist mein Freund. Mein Beschützer. Der, den ich liebe." Sie sagte es laut und wünschte, sie wäre nicht so schwanger, dass die Mutter Oberin ihr nicht gestattete, das Gelände zu verlassen. Wenn es nach ihr ginge, wäre sie ins Kloster zurückgekehrt und hätte ihm gesagt, dass niemand ihr mehr das Gefühl gegeben hätte, geliebt zu sein, als er. Im Palast hätte sie im Komfort gelebt, doch mit Anton hatte sie einen Mann gefunden, der sie ohne die Fallen des Reichtums liebte. Einen Mann, der die echte Olga sah ... die Olga hinter dem Prunk.

Die Olga, die zu sein sie sich sehnte.

Das Kind bewegte sich und sie spürte einen Ellenbogen oder vielleicht ein Knie unter ihrem Rippenbogen. Ihr Magen knurrte.

Sie schob sich wieder hoch und bemerkte, dass der Morgen vorangeschritten war, ohne dass es ihr aufgefallen war. Die Morgendämmerung war schon längst in vollen Sonnenschein übergegangen. Sie stand einen Augenblick lang am Fenster und atmete die Gerüche des Sommers ein, beobachtete die Nonnen, wie sie die Tiere fütterten und den Küchengarten pflegten. Sie beendete ihre Morgentoilette und trottete hinunter in die Küche in der Hoffnung auf etwas übriggebliebenen Haferbrei oder Brot.

Die Mutter Oberin schenkte ihr ein Lächeln und begrüßte sie mit einem Nicken. Im Konvent wurde bis nach dem Morgengebet um zehn Uhr nicht gesprochen. Olga fand es schwierig, alles in ihrem Inneren zu verwahren, und hatte sich angewöhnt, mit ihrem Kind zu sprechen. Sie nickte als Antwort, nahm ein

Glas Milch und eine Scheibe Roggenbrot und ging zum Speisesaal.

Die Glocken zum Morgengebet läuteten und Olga begab sich in die Kapelle. Auf dem Weg dorthin holte eine Novizin sie ein und reichte ihr eine Nachricht.

Sie hatte Besuch. Ihr Herz machte einen Sprung, aber sie kämpfte gegen die Hoffnung an, weil sie wusste, dass es wahrscheinlich Julia war. Ihre frühere Kammerzofe besuchte sie regelmäßig im Konvent, um ihr Gesellschaft zu leisten und dafür zu sorgen, dass sie immer die neuesten Nachrichten von ihrer Familie erfuhr.

Sie bewegte sich langsam über den Korridor, blieb einmal stehen um auszuruhen, stützte die Hand an die Gipswand, die am Flur entlang zum Besucherzimmer führte. Wahrscheinlich würden die Wehen bald einsetzen. Sie konnte nicht leugnen, dass sie große Angst verspürte und sich wünschte, ihre Mutter wäre bei ihr.

Sie wünschte auch, dass ihre Mutter wüsste, dass ihre älteste Tochter bald selbst Mutter wurde.

Olga öffnete die Tür zum Besucherzimmer und erstarrte.

Anton. Er stand dort, gutaussehend und sonnengebräunt. In den Händen hielt er einen Strohhut und er trug eine Kutte wie die Mönche. Sein bescheidener Aufzug konnte allerdings nicht die Auswirkungen auf ihren Herzschlag mindern – seine starken Schultern, seine goldbraunen Unterarme, das Lächeln auf seinem Gesicht. „Hallo Olga."

Er verbeugte sich leicht. Sie seufzte, als sie sich in den Raum schob, die Hände vor sich gefaltet. „Bitte, Anton. Ich möchte nicht, dass du dich vor mir verbeugst."

„Ich kann nicht anders." Er lächelte. „Du bist so schön, dass ich mich verbeugen muss."

Sie schnaufte ungläubig. „Ich bin so riesig wie eine Milchkuh. Versuche nicht, mir zu schmeicheln."

„Ich finde dich atemberaubend." Er trat einen Schritt vor und nahm ihre Hand. „Ich habe ein Picknick für uns. Wie damals, als wir am Begim-Tschokrak waren." Sie sah die Erinnerung in seinen schönen Augen und ihr Herz wagte wieder einen kleinen Sprung. „Geht es dir gut genug, um mit mir zu kommen?"

Sie lächelte und spürte, wie ihre Wangen erröteten, obwohl sie nicht wusste warum. „Ja, ich glaube schon."

„Gut." Er setzte wieder den Hut auf. „Soll ich dich tragen?"

Sie kicherte. „Ich glaube nicht, dass du das kannst. Aber ich werde mich auf deinen Arm stützen."

„Ich kann dich tragen, Olga." Der Ton, der in seiner Stimme lag, ließ keine Fragen offen. Dennoch schüttelte sie den Kopf und schob ihren Arm unter seinen.

Ein Wagen erwartete sie draußen. Er hob sie auf die Bank, ging dann um den Wagen herum und stieg neben ihr auf. Sein Schatten fiel über sie wie ein Schutzschild.

Außerhalb der Mauern des Konvents wirkte die Landschaft saftig und üppig. Die Pappelblätter raschelten in der leichten Brise, die grünen Büschel der Kartoffelpflanzen sahen aus wie Juwelen in der dunklen Erde. Olga roch Blumen und das Aroma von Tomaten, als sie an den Gemüsegärten vorbei und auf die Hauptstraße fuhren.

„Wohin fahren wir?"

„Zum Fluss in der Nähe des Klosters. Ich habe den perfekten Platz gefunden, wo du dir die Füße abkühlen kannst."

Sie hätte sich gern den ganzen Körper abgekühlt, aber das war wahrscheinlich unangemessen, selbst wenn er ihr Ehemann war.

„Wie fühlst du dich?"

Sie lachte leise. „Unbequem. Ich frage mich, ob meine Mutter sich mit mir auch so fühlte."

„Zweifellos warst du ein perfektes Baby."

„Ich finde, unser Sohn ist ein perfektes Baby." Sie legte die Hand auf ihren Bauch. „Er ist ruhig, außer nachts, natürlich. Und doch so aktiv, dass ich weiß, dass er zuhört."

Anton schaute zu ihr herüber. „Was, wenn es ein Mädchen ist?"

Sie kicherte. „Dann ist sie stark und gesund; mutig wie ihr Vater."

„Ihr Vater ist nicht mutig, Olga." Antons Lächeln verblasste.

„Ich glaube doch. Er ist mutig genug, um für mich alles zu opfern, was er hat. Ich finde das mutig." Sie berührte seinen Arm und spürte, wie er erstarrte. Als er sie anschaute, lag die Andeutung eines Lächelns auf seinem Gesicht.

Das Kind strampelte und sie zückte zusammen. Dann lachte sie. „Dein Sohn – oder deine Tochter – ist ganz meiner Meinung."

Sein Blick fiel auf ihren Bauch unter ihrem einfachen Überkleid. „Darf ich?"

Verblüfft nickte sie. Etwas in ihrer Seele wurde ganz weich, als er die Pferde anhielt, sich zu ihr umwandte und seine Hand auf ihren Bauch legte. Olga verschob seine Hand, damit er die kleine Beule spüren konnte.

Sie wartete, und die Wärme seiner Hand strömte durch sie. Die Erinnerung daran, wie sie in seinen Armen gelegen hatte, war so frisch, dass sie die Arme ausstrecken und ihn umarmen wollte. Doch noch wusste sie nicht, was ihn zu ihr führte.

„Warte", sagte sie, als sie spürte, wie das Kind sich drehte. Sie begegnete Antons Blick, der erwartungsvoll stillstand. Dann plötzlich trat das Baby.

Antons Gesicht verriet Erstaunen, und seine grauen Augen leuchteten. Sein Mund öffnete sich zu einem Lächeln. „Das ... das ist unglaublich. Macht er das oft?"

„Vorzugsweise um Mitternacht."

Anton lachte und suchte auf ihrem Bauch nach weiteren Bewegungen. „Das ist ein Wunder."

„Warte, bis er geboren ist. Das wird das wahre Wunder."

Anton schaute sie an und legte seine Hand an ihr Gesicht. „Nein, du bist das Wunder, Olga." Er holte tief Luft, schluckte. „Ich hätte nie geglaubt, dass ich das Glück haben würde, mich zu verlieben und die eine Frau zu finden, die mich so liebt, wie ich bin. Doch du tust das." Er seufzte. „Es tut mir leid, dass ich dich im Stich gelassen habe."

Sie öffnete den Mund, um etwas zu sagen, doch er hob die Hand.

„Lass mich ausreden. Ich hätte dich nie wegen der Schwangerschaft in den Konvent schicken sollen. Ich hätte einen Weg finden sollen, an deiner Seite zu sein. Ich wusste einfach nicht, wie ich für dich sorgen sollte –"

„Sie haben hier gut für mich gesorgt, Anton. Das war die richtige Entscheidung."

Er schüttelte den Kopf. „Trotzdem hätte ich dich öfter besuchen sollen. Ich weiß, dass du einsam warst." Er lächelte schwach. „Ich war auch einsam. Und ich weiß, unser letztes Gespräch war nicht ... Nun ja, ich habe Dinge gesagt, die ich nicht so meinte."

„Wie zum Beispiel, dass du ein Niemand wärst?"

Sein Lächeln wurde ein wenig gequält. „Diesen Teil habe ich tatsächlich so gemeint. Aber Gott hat mich in seiner Gnade zu etwas gemacht. Zu deinem Ehemann."

Sie berührte seine Hand auf ihrer Wange und spürte, wie ihr Herzschlag sich beschleunigte. *Ja, Anton, du bist mein Ehemann.*

„Und nach viel Gebet und einem Gespräch mit Timofea ... Nun, ich glaube, wir sollten nach Amerika gehen ... zusammen. Wir drei."

Sie blinzelte bei seinen Worten, verarbeitete sie, nicht nur seine Entscheidung, nach Amerika zu gehen, sondern ...

„Du hast es Timofea gesagt?"

Er nickte, und sein Blick hielt den ihren fest. „Er ist zur Verschwiegenheit verpflichtet. Ich musste ihm einen Grund nennen, um unsere Ehe annullieren zu lassen. Doch er half mir, die Wahrheit zu erkennen." Anton schluckte und räusperte sich. „Ich muss ihm zustimmen, dass Gott uns vielleicht zusammengebracht hat. Und ich habe deinem Vater geschworen, vor allem dich zu beschützen. Ich kann vielleicht nicht kämpfen, aber ich kann mich dazu entscheiden, Gott zu vertrauen und dich so gut zu schützen, wie ich kann. Ich liebe dich, Olga. Und mit Gottes Gnade werde ich dein Ehemann sein." Seine Stimme wurde feierlich. „„Werde alt mit mir! Das Beste kommt erst noch ...""

Olgas Herz machte erneut einen freudigen Sprung. „Du erinnerst dich."

Anton nickte. „Natürlich. Robert Browning."

Sie lachte, als er die Pferde antrieb, und sie lehnte sich an ihn, an seine Stärke und seinen Schutz. Das war der Mann, in den sie sich verliebt hatte; der Mann, der ihr das Gefühl der Sicherheit und Ganzheit geschenkt, der sie beschützt und geliebt hatte. Der Mann, der sie nicht wegen ihres Adels liebte, sondern trotz ihres Adels.

Lächelnd schloss sie die Augen.

Anton sagte nichts, als sie am Kloster und dem Friedhof vorbeifuhren und schließlich auf eine Wiese südlich des Klostergeländes einbogen. „Ich habe diesen Platz gesehen, als ich von der Brüstung an der Kapelle aus herübergeschaut habe." Er half Olga vom Wagen und trug dann eine Decke und einen Eimer voller Essen über eine offene Wiese, die mit Wildblumen dicht übersät war. Der Klang des rauschenden Flusses lockte.

Sie erreichten einen felsigen Abhang. Olga spähte über den Rand. Drei Meter unter ihnen floss der Fluss frisch und einladend vorbei. „Nach dem Essen helfe ich dir hinunter. Das Wasser ist recht erfrischend."

Er breitete die Decke aus und half ihr sich daraufzusetzen. Sie stützte sich mit den Armen ab und legte den Kopf in den Nacken, das Gesicht dem Sonnenschein zugewandt. Währenddessen zog er knusprige Brötchen, Milch und Bauernkäse hervor. „Warte hier", sagte er mit einem Funkeln in seinen schönen Augen, erhob sich und ging auf die Wiese hinaus. Sie sah zu, wie er anfing Wildblumen zu pflücken. Hin und wieder warf er einen Blick zu ihr hinüber. Sie beobachtete ihn, wie er arbeitete, seinen breiten Rücken, seine sicheren Schritte, ritterlich in seinen Bemühungen, einen schönen Tisch für sie zu decken.

Sie hörte nicht das Scharren von Füßen auf den Steinen, bis ein Körper über ihr aufragte – der lange Schatten eines Mannes, der ihr über die Augen fiel. Sie blinzelte ihn an. Schrecken stieg ihr im Hals auf und schnürte ihr die Brust zusammen. Das Wiedererkennen brachte ein eisiges Gefühl mit sich und ließ sie bis auf die Knochen frieren.

„Gleb? Bist du das?" Sie erinnerte sich an ihren Cousin als Frechdachs, als ausgelassenen Mann. Mit seinem durchtriebenen Lächeln, seinen geheimnisvollen Augen und seinen starken Armen, die die Großfürstinnen ins Schwarze Meer geworfen hatten, sodass sie vor Vergnügen quietschten, hatte er ihr Herz erobert – und das Herz von vielen anderen.

Jetzt trug er einen ungepflegten langen Bart, und sein Haar hing ebenfalls lang über Gesicht und Hals. Er hatte Wollhosen und ein schmutziges Hemd an und sah ganz und gar nicht wie der Mann aus, den zu heiraten sie einst geträumt hatte.

Und er war ganz sicher nicht der Held, zu dem Anton geworden war.

„Hallo, Euer Hoheit", sagte Gleb. Ein Mundwinkel zog sich hoch. „Euch aufzuspüren, Madame, ist eine schwierige Angelegenheit."

Olga holte Luft und runzelte die Stirn. „Ich – ich weiß nicht genau, wovon du redest. Ich bin Tatjana ... Fräulein Olgas Kammerzofe."

Er lachte. Barsch und scharf durchschnitt es die sommerliche Luft, und Angst durchdrang Olga. „Wohl kaum. Ich glaube nicht, dass irgendeine Kammerzofe mit Juwelen im Wert von einer Million Rubel aus dem Palast fliehen könnte; du etwa?"

Sie schluckte schwer.

Er kauerte sich neben sie, und sein Atem war heiß und häss-

lich auf ihrem Gesicht. „Es ist so wunderschön, dich wiederzu-
sehen."

18. Kapitel

So musste der Himmel sein. Anton bewegte sich zwischen den farbenfrohen Sommerblumen und pflückte ganze Hände voll für seine Prinzessin.

Wirklich, seine Prinzessin. Er hatte eine Prinzessin geheiratet und sie würden glücklich bis ans Ende ihrer Tage leben. Er lächelte in sich hinein.

Olga schrie auf. Das Geräusch ging ihm durch Mark und Bein. Er wirbelte herum. Ihm stockte der Atem, als er sah, dass ein Mann über ihr stand. Etwas in seiner Hand reflektierte das Sonnenlicht.

Ein Messer?

Nein! Nach all der Zeit hatte jemand sie aufgespürt? Sein Blick verschwamm und er ließ die Blumen fallen. „Olga!"

Der Mann, der über ihr stand, sah wie einer der arbeitslosen Bolschewiken aus, die um die sowjetischen Gebäude herumlungerten oder protestierten. Unordentlich, mit langem, ungepflegtem Haar und der Haltung, die zu viele Nächte auf der Straße mit sich brachten. Er packte Olga und riss sie auf die Füße.

Selbst aus zwanzig Schritten Entfernung konnte Anton den Schmerz sehen, der auf ihrem Gesicht aufblitzte. „Lass sie in Ruhe!"

„Bleib zurück!" Der Angreifer legte seine Hand um Olgas Hals und zog sie zu sich. Das Messer richtete er auf ihren Bauch. „Bleib zurück!"

Anton blieb stehen, stolperte beinahe, und hob kapitulierend die Hände. „Lass sie einfach gehen. Egal, was du willst, du kannst es haben."

„Ich will die Großfürstin, Mönch. Und ihre Juwelen."

Anton wurde kalt. „Dann bist du im Irrtum, Mann. Das ist nur eine arme Frau, die mit einem Bauern verheiratet ist." Er kämpfte darum, dass seine Stimme ruhig und ehrlich klang.

Der Mann schnaubte und schüttelte den Kopf. Er legte die Hand fester um Olgas Hals und sie schrie auf. „Gleb! Das tut weh!"

Sie kannte ihn. Anton stockte der Atem, als Timofeas Worte in seiner Erinnerung aufblitzten. *Julia kannte ihren Angreifer. Es war jemand aus dem Palast.*

„Du bist der, der Julia vergewaltigt hat."

Glebs Augen verengten sich – Antwort genug für Anton. „Beweg dich nicht, oder die Großfürstin und ihr Kind sterben."

Anton schüttelte den Kopf, trat einen Schritt zurück. Seine Gedanken schwirrten durcheinander. Er sah, wie Gleb Olga unsanft vorwärtsschob, auf den Wagen zu, der am anderen Ende der Wiese stand. Gleb beäugte Anton, das Messer an Olgas Bauch.

Anton stand da. Das Adrenalin schoss durch seinen Körper und er konnte kaum seinem Urinstinkt widerstehen, sich auf den Mann zu stürzen. Schwer atmend ballte er die Hände zu Fäusten und versuchte nachzudenken.

Herr, hilf mir! Ich weiß nicht –

Olga stolperte. Mit einem Schrei fiel sie vornüber.

Anton brüllte los und stürzte auf Gleb zu. Der Mann drehte sich um, Schrecken auf dem Gesicht. Es dauerte nur wenige Sekunden, bis Anton ihn zu Boden geworfen hatte. Seine Reflexe trieben ihn an, während er darum kämpfte, die Handgelenke des Mannes zu packen. „Lauf, Olga!"

Gleb holte aus und versetzte ihm einen Schlag gegen den Kopf. Der Hieb brachte Anton seine Konzentration wieder und er erinnerte sich an seine Ringkämpfe mit Jonas. Er packte Gleb am Hals und drückte zu, als dieser nach dem Messer griff.

Gleb wand sich und fluchte. Anton konnte Olga nicht hören

und hoffte, dass sie zum Kloster rannte und sich in Sicherheit brachte. „Lass das Messer fallen!"

Glebs Gesicht wurde rot. Er rammte Anton das Knie in den Leib. Antons Griff lockerte sich und Gleb versetzte ihm einen weiteren Schlag gegen die Schläfe. Antons Kopf dröhnte und ein schwarzer Streifen durchzog seinen Blick.

Gleb rollte weg und riss sich aus Antons Griff los. Auf dem Rücken liegend, wollte Anton ihn packen, doch Gleb stürzte wieder auf Anton los. Anton konnte kaum das Messer abwehren; es schrammte über seine Wange. Er schlug mit der Faust nach Glebs Unterkiefer und hörte ein befriedigendes Knacken.

Gleb fiel nach hinten und trat nach Anton, noch während er im Gras landete. Anton sprang auf ihn zu, Wut durchflutete ihn.

Auch Gleb hatte sich wieder aufgerichtet. Sie umkreisten einander. Plötzlich sprang Gleb vor und traf Anton mit dem Messer.

Weißglühender Schmerz durchfuhr jeden einzelnen von Antons Gedanken und raubte ihm den Atem, als Gleb das Messer in seine Seite stieß. Anton keuchte, fiel schwer atmend zu Boden und hielt sich die Wunde. Schwärze durchströmte ihn.

Gleb rappelte sich hoch, stand über ihm, keuchte.

„Anton!"

Olgas Stimme riss Antons Aufmerksamkeit auf sie. Sie lag im Gras, eine blutige Hand auf dem Unterleib.

Olga!

Gleb wandte sich seiner Beute zu. Machte einen Schritt.

Anton trat ihm die Beine unter dem Leib weg.

Gleb schlug hart auf dem Boden auf und bewegte sich nicht mehr. Seine Augen waren weit aufgerissen und blinzelten Anton an, während sein Mund sich öffnete. Dann kam ein überraschter Laut über seine Lippen.

Anton rappelte sich hoch und zwang sich trotz des Schmerzes an Olgas Seite. Sie lag schwer atmend da. Ihr Gesicht war weiß.

„Das Kind."

Anton beugte sich hinunter und hob sie hoch. Der Schmerz in seiner Seite machte ihn fast blind. Dann rannte er ohne zurückzuschauen aufs Kloster zu.

Er begann, nach Timofea zu rufen, noch bevor er das Tor erreichte. Ein anderer Mönch öffnete die Tür und Anton raste keuchend an ihm vorbei auf das Gelände. Zweifellos hatte er viel Blut verloren, doch nicht so viel wie Olga, die beinahe regungslos in seinen Armen lag. „Ich brauche einen Arzt. Sofort!"

Der junge Mönch warf einen Blick auf Olga und raste zum Tor hinaus, hoffentlich zu Onkel Maxim. Anton konnte Angst in den Gesichtern der Mönche sehen, die aus der Kapelle und der Küche gerannt kamen.

„Leg sie hin."

„Wir brauchen Verbandszeug."

„Was ist mit dem Kind?"

„Timofea!" Anton bahnte sich einen Weg durch die Mönche, direkt auf seine Zelle zu. Viele folgten ihm über den langen Flur.

Timofea empfing ihn an der Treppe. Sein Gesicht war eine einzige Maske des Entsetzens. „Was ist passiert?"

„Jemand hat auf sie eingestochen. Ich glaube, es war der gleiche Mann, der Julia überfallen hat." Er schob sich an Timofea vorbei, kämpfte gegen eine Welle von Schwäche an und öffnete seine Zellentür mit dem Fuß. „Er ist draußen auf der Wiese. Ich weiß nicht, ob er tot ist oder nicht." Anton legte sie auf seine Pritsche. So viel Blut. Es durchnässte ihr Kleid, tropfte von seinen Armen und stach ihm in die Seele. Seine Beine gaben nach und er fiel zu Boden. „Er kannte sie, Timofea. Er wusste, dass es Olga ist."

Timofea packte ihn am Rücken seiner Kutte. „Wir werden ihn finden. Bist du verletzt?"

„Es geht mir gut. Aber Olga braucht einen Arzt."

Timofea nahm ihre Hand und schloss die Augen.

Das ist recht; bete, Timofea. Denn am Ende können wir nichts weiter tun, als auf den Herrn zu vertrauen.

Anton kroch zu ihr hinüber, neben ihren Kopf. „Olga, bitte stirb nicht."

Sie öffnete die Augen und warf ihm einen schmerzerfüllten Blick zu. „Rette unser Kind, Anton." Tränen liefen ihr über die Wangen. „Rette nur unser Kind."

Nein. Bitte, Gott. Ich möchte Olga. Und unser Kind. Unsere Familie.

„Wo ist sie?" Onkel Maxim trat in den Raum, außer Atem, seine Arzttasche in der Hand, gefolgt von dem jungen Mönch.

Anton erhob sich. Der Raum schwankte leicht. „Danke, Maxim. Bitte hilf uns."

Onkel Maxim kniete sich neben sie und untersuchte die Wunde. „Wir müssen operieren. Sofort. Das Kind holen."

Was? Anton fühlte sich benommen. Er warf einen Blick auf Olga, deren Atem in unregelmäßigen Stößen ging.

„Wie?" Hatte er das gesagt? Er fühlte sich, als könnte er kaum atmen, geschweige denn sprechen. Oder vielleicht hatte Timofea gefragt. Er sprang auf die Füße.

„Ein Kaiserschnitt. Es ist riskant, aber andernfalls könnten sie beide sterben. Ich habe genügend Narkosemittel, doch das ist wohl kaum der richtige –"

„Tu es. Jetzt." Anton stand über seiner Frau und sah, wie sie immer schwächer wurde. „Rette meine Frau, Doktor."

Maxim warf ihm einen düsteren Blick zu; dann nickte er.

Anton hatte seinem Vater schon geholfen, Pferde und gelegentlich eine Kuh zur Welt zu bringen. Er hatte gesehen, wie er Tiere an den Hufen oder am Kopf herauszog. Aber ihm wurde schwindlig und schlecht, als er sah, wie Maxim Olga betäubte, die Anton mit großen, verängstigten Augen anschaute. Der Arzt stach eine Nadel so lang wie sein Zeigefinger in den Bauch seiner Frau. „Ich habe Äther, wenn dir das lieber ist –"

„Nein! Beeil dich einfach!", sagte Olga mit einem Stöhnen.

Nur die Wand hielt Anton aufrecht, während Maxim Olgas Bauch aufschnitt. Sie stöhnte, und Schweiß tropfte ihr von der Stirn. Sie hielt Antons Hand und zerdrückte ihm beinahe die Fingerknöchel. Er wischte ihr Gesicht mit einem Tuch ab.

Dann holte Maxim ein Baby heraus. Ein Mädchen. Blutig, vielleicht sogar verwundet. Anton konnte es nicht sehen; nur, dass sie blau war.

Sie bewegte sich nicht, atmete nicht, und Maxim legte sie auf den Tisch. Er machte ihre Atemwege frei und versetzte ihr dann einen Klaps aufs Hinterteil. Noch einmal. Und noch einmal.

Timofea betete laut. Olga weinte.

Bitte, Gott, bitte, war alles, was Anton zustande brachte.

Dann ein Schrei. Ein erschrecktes, schmerzerfülltes Quietschen, das Antons Herz mit Freude erfüllte.

Olga schnappte nach Luft. „Lebt sie?"

„Vorerst." Maxim wickelte sie in die Decke, unter der Anton geschlafen hatte. „Aber sie ist verletzt. Soweit ich sehen kann, hat sie eine Stichwunde. Diese könnte in der Nähe ihres Herzens sein. Wir müssen sie ins Waisenhaus bringen. Sie haben dort die einzige medizinische Einrichtung in der Nähe, die einen so kleinen Säugling wie diesen versorgen kann." Er reichte Timofea das Kind, der gleich gehen wollte.

Anton stellte sich vor die Tür. „Nein. Ich möchte sie zuerst sehen. Und Olga muss sie sehen."

Timofea schaute Maxim an, der kaum merklich nickte.

Anton nahm das Kind in die Arme. Die Decke saugte sich bereits voller Blut und der Säugling schrie, wand sich in seinen Armen, das Gesicht verzerrt. Seine Augen füllten sich mit Tränen, und es war ihm egal, dass sie ihm übers Gesicht liefen. „Ach meine Kleine. Bitte lebe weiter." Trotz ihrer Wunden war sie vollkommen, mit blauen Augen und einem feinen Haarflaum. „Eine Tochter."

„Anton, ich muss sie mitnehmen."

Anton warf einen Blick auf Maxim, der Olgas Unterleib vernähte. Dann kniete er sich neben Olga und hielt das Kind neben ihren Kopf. „Schau mal, unsere Tochter, Olga."

Sie drehte den Kopf, streckte die Hand aus, berührte den Kopf des Säuglings. „Sie ist wunderhübsch, Anton. Sie ist eine Prinzessin."

Anton nickte, unfähig zu sprechen.

„Anton, ich muss ..." Timofea trat zu ihm und streckte die Arme aus. Anton zerriss es beinahe das Herz, als er seine Tochter in die Arme des Mönchs legte.

„Beeil dich", flüsterte er. „Lauf!" Timofea schaute ihm in die Augen und nickte.

Anton lehnte sich an die Wand. In seinem Kopf drehte sich alles, als Timofea den Raum verließ. Er fühlte sich schwach, und jeder Atemzug schmerzte wie Rasierklingen in seiner Brust. Er kniete sich neben Olga, konnte nicht zusehen, wie Maxim sie nähte. Stattdessen legte er seine Hände an ihr Gesicht und küsste ihre Stirn. „Ich bin so stolz auf dich."

Sie lächelte schwach und schloss dann die Augen. „Eine Tochter. Wie wollen wir sie nennen, Anton?"

„Wir werden sie mit uns übers Meer in ein neues Leben tragen. Vielleicht sollten wir sie Marina nennen, denn sie wird unsere kleine Meerjungfrau sein. Gefällt dir der Name?"

Sie nickte kaum merklich. „Marina Klassen. Das gefällt mir."

Anton drückte seine Lippen auf ihre Stirn und spürte, wie ihn alle Kraft verließ. Er setzte sich auf den Boden; der Raum drehte sich um ihn. Er lehnte den Kopf an die Wand und schloss die Augen.

Müde. Er war so müde. Und was war mit Gleb? War er gestorben? Was, wenn er ihnen ...

„Du blutest ja!"

Anton öffnete die Augen und konnte Maxim, der neben ihm kniete, kaum deutlich erkennen. Eine Blutlache zu seinen Füßen verriet die Wahrheit.

Ohne Vorrede streckte Maxim die Hand aus und untersuchte

Antons Mantel, fand das Loch und riss es auf. „Ein Messer-stich!"

Anton nickte und lehnte den Kopf zurück. „Es geht mir gut." Doch die Wände kamen bereits auf ihn zu. Er hörte Olgas angsterfüllte Stimme, die seinen Namen rief; Maxim, wie er um Hilfe schrie.

Er sackte in Maxims Arme und es wurde dunkel um ihn.

⁂

Alles in ihr schmerzte, bis hinunter in die Zehen. Olga wachte in einer Welle von Schmerz auf. Das Tageslicht strömte durch das Fenster und ließ die Wände der Zelle wie Bernstein ausse-hen. Sie stöhnte, und jemand kam zu ihr, legte ihr ein Tuch auf die Stirn.

„Anton?"

Ein Seufzer ließ sie den Blick auf Julia wenden, die neben ihr saß. Erschöpfung zeichnete ihr Gesicht. „Nein, Olga." Julia lä-chelte schwach. „Wie fühlst du dich?"

Olga schaute sich suchend im Raum um. „Wo ist Anton?"

„Psst ... du solltest dich ausruhen." Julia nahm ihr das Tuch vom Kopf. „Du hattest Fieber. Drei Tage lang. Aber Onkel Maxim hat dir Medizin gegeben und das Fieber ist jetzt herunter. Du musst morgen früh bereit für die Reise sein."

„Reise?"

Julia nickte, aber Olga bemerkte, dass sie ihr nicht in die Augen schaute. „Nach Amerika. Wie ihr geplant hattet."

Sie hatte geplant, bei Anton zu sein. Egal, wo er sie hinbrach-te. Sie versuchte sich aufzusetzen, aber ein Schmerz schoss durch ihren Körper und kehrte ihr Inneres nach außen. „Wo ist Anton?"

Julia stand auf, wandte sich ab, ging zum Fenster und starrte hinaus.

„Wo ist Anton, Julia?"

Olga sah, wie Julias Schultern nach unten sackten und sie kaum merklich den Kopf schüttelte.

Nein.

Olgas Atem ging stoßweise. Trauer umhüllte sie, undurchdringlich und schwer. *Nein.* „Ich verstehe nicht. Es ging ihm doch gut. Er war hier und hatte das Kind im Arm – das Kind."

Julia drehte sich um und Tränen liefen ihr über die Wangen, tropften ihr vom Kinn. „Es tut mir leid. Onkel Maxim hat sie auf die Krankenstation des Waisenhauses gebracht. Sie haben doch kaum eine medizinische Ausrüstung dort ... Olga, du musst mir zuhören. Timofea hat deine Fahrt in einem Zug nach Frankreich gebucht, Erste Klasse. Das ist der schnellste Weg aus Russland hinaus. Ein Arzt wird dich dort betreuen; er reist unter Antons Namen." Sie nahm Olgas Hände und drückte sie. „Du musst abreisen, sofort!"

„Warte. Halt. Hör mir zu. Anton war hier. Es ging ihm gut."

Julia schüttelte den Kopf. „Gleb hat ihm eine Stichwunde zugefügt, Olga. Er hat so viel Blut verloren, als er dich hergebracht hat." Sie schloss die Augen. „Timofea hat es mir erst vor einigen Stunden gesagt. Sie haben ihn begraben. Auf dem Friedhof in der Nähe von Pskow."

Olga konnte es einfach nicht glauben. *Was? Nein.* „Anton kann nicht tot sein. Er hat versprochen, mich zu beschützen." Er hatte ihr versprochen, sie zu lieben und zu ehren.

Ihr Ehemann zu sein. Sie wollten zusammen nach Amerika! Sie konnte Russland nicht ohne ihn verlassen, ohne ihre Familie. Allein?

„Ich kann nicht gehen." Ihre Stimme brach, und die Trauer zerriss sie. „Ich kann nicht gehen ... nicht ohne Anton, nicht ohne mein Kind ..."

„Anton ist nicht hier." Julia fasste Olgas Hände fester. Ihr Gesicht war gequält. „Du musst jetzt für ganz Russland tapfer sein."

Olgas Augen weiteten sich, und Verwirrung schnitt durch ihre Trauer. „Was? Ich ... verstehe nicht."

„Ich weiß. Aber du musst mir vertrauen. Gleb ist entkommen. Er hat nach dir gesucht, seit du den Palast verlassen hast." Sie wandte sich ab, das Gesicht bleich. „Er ist derjenige, der uns in Herrn Borowskis Haus überfallen hat. Es ist meine Schuld; alles ist meine Schuld." Zitternd schlang sie die Arme um sich. „Ich hatte ihm gesagt, dass wir weggehen, dass er sich keine Sorgen machen sollte, weil die Großfürstin in Sicherheit wäre." Die Tränen fielen schwer von ihrem Gesicht, und ihre Stimme brach. „Er und ich ... ich dachte, er liebt mich." Sie wischte die Tränen weg, während Olga sie stumm vor Entsetzen anstarrte. „Es tut mir so leid. Ich hätte nie gedacht ... Wenn es eine Möglichkeit gäbe, das alles wieder gutzumachen, wenn ich mein Leben für deins geben könnte ..."

Olga öffnete den Mund und atmete schwer. All ihre Gefühle hatten sich in ihrer Brust zusammengeballt. Sie konnte kaum Luft holen. Julia hatte sie verraten?

Doch Julia hatte bereits teuer für ihren Fehler bezahlt. Olga starrte sie an, wütend, unfähig zu sprechen. Julia schlug die Hände vors Gesicht und schluchzte. „Du musst Russland verlassen, bevor Gleb zurückkommt. Ich weiß nicht, was jetzt aus dir werden soll, da ... da ..." Sie hob den Blick und schüttelte den Kopf. „Olga, sie haben sie umgebracht. Lenin hat deine Familie umgebracht."

„Was?", wimmerte Olga wie betäubt. Zumindest wünschte sie, sie wäre betäubt. „Tot?"

„Bitte. Hör mir zu. Du musst Russland verlassen."

Am ganzen Leib zitternd, starrte Olga die Wand an. „Sie haben sie umgebracht? Maria? Alexej? Anastasia?" Nein. Sie würden doch nicht ihre Familie umbringen – oder? Doch sie hatte schon beinahe ein Jahr lang solche Gerüchte gehört, und etwas tief in ihrem Inneren wusste, dass es wahr war.

Sie öffnete den Mund. Ein Stöhnen entfuhr ihr. „Was soll ich jetzt machen?"

Julias Schweigen sprach Bände. Sie hatte niemanden. Niemanden mehr, der sie beschützen würde. Sie lieben würde. Ihre Trauer machte sich in einem langen Klagelaut Luft und sie drehte sich zur Wand und schluchzte.

19. Kapitel

Es kam ihr so unwirklich vor. Als ob alles genau so endete, wie es begonnen hatte. Julia packte ihre Taschen, half ihr, ihre Reisekleider anzulegen, versteckte ihr Gesicht und Haar unter einer Perücke. Sie fühlte sich ausgelaugt, hoffnungslos und leer.

Allein.

Olga ließ sich von ihrer Kammerzofe aus dem Bett helfen und ankleiden, stützte sich auf sie, als sie langsam das Quartier im Kloster verließen und zu einer wartenden Kutsche gingen. Draußen erfüllte noch immer der Duft des Sommers die Luft, Blumen und Sonnenschein, Gras, das sich wie Jade färbte. Hühner gackerten in ihrem Pferch, und die Geräusche eines Hammers auf Metall erinnerten sie an Antons geübten Schwung. An seine Arme, die um sie geschlungen waren.

Sie hatte das Gefühl, ohnmächtig zu werden, und streckte die Hand nach der Kutsche aus. Julia half ihr hinein und nickte dem Fahrer zu. Jedes Knarren des Wagens verursachte ihr Schmerzen und sie wusste, dass sie vielleicht nie wieder heil werden würde. Nicht völlig.

Sie bogen nach Pskow ab. Julia hatte ihr gesagt, sie würde mit dem Zug fahren. Olga freute sich nicht auf die langen Stunden, die vor ihr lagen, in denen sie allein sein würde und über alles nachdenken konnte, was sie verloren hatte.

Über alles, was Gott ihr genommen hatte.

Sie war so töricht gewesen, ihm zu vertrauen. So töricht zu glauben, dass er ihr einen Neuanfang geschenkt hatte. Sie verspürte Wut, die sich wie eine heiße Kugel in ihr zusammenballte, und es kam ihr so vor, als wäre diese Wut das Einzige, was sie am Leben erhielt.

„Ich möchte an seinem Grab Halt machen." Sie hatte sich die ganze Nacht gegen alle möglichen Szenarien gewehrt – die Träume, dass Anton noch lebte, wie sein Lächeln in ihre Seele drang, wie er sie in seine Arme zog, wie er ihr sagte, dass alles gut werden würde, dass sie noch mehr Kinder bekommen würden. In ihren Träumen grub sie ihre Hände in sein dickes blondes Haar und ließ sich von ihm küssen. Küssen, wie in jener Nacht auf dem Bauernhof.

In der Nacht, als sie herausgefunden hatte, was das genau für ein Gefühl war, eine Prinzessin zu sein. Eine Frau, die von einem Mann verzaubert wurde, der sie liebte.

„Ich weiß nicht, ob das eine gute Idee ist."

„Ich habe gebeten, zu seinem Grab gebracht zu werden." Olga gebrauchte einen Ton, der ihr ungewohnt vorkam. Doch wenn sie allein überleben sollte, musste sie sich vielleicht daran erinnern, wer sie eigentlich war. Olga Nikolajewna Romanowa, das letzte überlebende Mitglied der Familie Romanow.

Sie hob das Kinn und warf Julia einen befehlenden Blick zu. Die Kammerzofe senkte die Augen und nickte.

Sie hatten wenig über Julias Verrat gesprochen. Olga wusste nicht, was sie sagen sollte, da sie wusste, dass ihre Trauer Julia bis ins Mark schmerzte. Sie hatte mit Olga zusammen bitterlich geweint, bis beide ausgelaugt gewesen waren.

Immerhin wusste Julia, wie es war, ein Kind zu verlieren.

Olga streckte die Hand nach Julias aus und nahm sie. Sie schaute sie nicht an. Das konnte sie nicht. Für den Augenblick musste das genügen.

Sie fuhren schweigend zum Friedhof. Olga lehnte nun doch an Julias Schulter, denn die Müdigkeit drückte sie nieder. Das Gelände wirkte ruhig, als sie hinkamen, überschattet von einem Wäldchen aus Eichen und Pappeln. Die Bäume machten das Tal kühl und boten den Gräbern Schutz. Der Kutscher hielt an und half Olga dann aus dem Wagen. Sie stützte sich auf Julia, als sie zu dem frischen Grab gingen.

Irgendwie dachte sie, dass sein Grab zu sehen ihr ein Gefühl der Endgültigkeit geben würde, ihr helfen würde, Antons Tod zu akzeptieren. Doch als sie den Grabstein sah, legte sie nur eine Hand über den Mund, um ein Schluchzen zurückzuhalten.

Klassen. Anton Klassen. Sie spürte, wie die Wahrheit sie durchschnitt. Ihr Kind war ein Traum gewesen. Etwas Lebendiges, aber Himmlisches. Eine Hoffnung vielleicht. Doch Anton war ihr Atem gewesen, das sehr reale Beispiel, dass Gottes Hand in ihrem Leben wirkte. Wie konnte sie nur ohne ihn leben? Sie ging zum Grabstein und lehnte sich daran.

„Julia, bitte hol meine Kamera."

Julia runzelte kaum merklich die Stirn, bevor sie ging, um die Klappkamera zu holen. Sie kam zurück.

„Bitte gib sie dem Mönch. Ich möchte ein Bild." Sie versuchte zu lächeln, doch die Trauer in ihrer Seele hielt sie in ihrer Starre fest. Stattdessen lehnte sie sich haltsuchend an das Grab.

Julia lehnte sich an die andere Seite, während der Mönch ungeschickt die Kamera betastete und schließlich das Bild machte. So viele glückliche Momente steckten hinter dieser Linse. Olga wusste nicht genau, ob sie es ertragen konnte, sie anzuschauen, sie zu entwickeln. Doch sollte der Tag jemals kommen, wollte sie sich an diesen Ort erinnern.

Der Ort, an dem sie ihre ganze glückliche Zukunft begraben hatte.

Und doch der Ort, an dem alles begonnen hatte. Der Ort, an dem Gott in ihr Leben getreten war und ihr gesagt hatte, dass sie selbst in ihrer Dunkelheit dennoch hoffen konnte. Dass sie im unwahrscheinlichsten aller Helden einen Prinzen finden konnte. Und sie durfte, wenn auch nur für kurze Zeit, wissen, was es hieß, zu lieben und geliebt zu werden.

Was für ein Gefühl es war, in sich die Verkörperung dieser Liebe zu tragen.

Sie schloss die Augen und klammerte sich an die Gefühle, die sie so lange am Leben gehalten hatten. Liebe. Gottes Liebe durch Anton.

Nein, vielleicht würde sie nicht das ewig glückliche Leben führen, von dem sie immer geträumt hatte, auf das sie gehofft hatte. Doch ohne Gott, wen hatte sie da noch? *„Der Herr ist gut. Seine Liebe hört niemals auf."*

„‚Es ist aber der Glaube eine feste Zuversicht auf das, was man hofft, und ein Nichtzweifeln an dem, was man nicht sieht.‘ Halte an deinem Glauben fest, Olga. Mit ihm hast du alles. Doch ohne ihn wirst du nichts haben." Die Stimme ihrer Mutter am Abend von Olgas Abreise aus Zarskoje Selo. Sie schloss die Augen und sehnte sich nach dem Glauben ihrer Mutter, dem Glauben ihres Ehemannes. Sie hatte zwei Möglichkeiten. Mit Gott in ihr neues Leben zu gehen ... oder alleine. Sie wischte sich über die Wangen und erinnerte sich an ihr Gebet vor nicht allzu langer Zeit, ihre Bereitschaft, Gott zu vertrauen. Mit Anton.

Und jetzt ohne ihn. Doch sie wollte Gott immer noch vertrauen.

„Wir müssen auf die Zukunft schauen – manchmal auf die nächste Generation –, doch wir dürfen ihm glauben." Antons feste Stimme füllte ihre Gedanken, beruhigend. Ruhig.

Vielleicht hatte sie Anton nicht, doch sie hatte seine Worte und die Erinnerungen. Vielleicht sogar seinen Glauben. Und das würde sie nicht für ein ganzes Leben in Zarskoje Selo hergeben.

Vielleicht war der Glaube in diesem Moment kein Gefühl, sondern eine Entscheidung, einen Fuß vor den anderen zu setzen. „Ich bin bereit", sagte sie mit einer Stimme, die sie kaum erkannte. Julia half ihr in die Kutsche. Sie fuhren davon, und Olga weigerte sich zurückzuschauen.

Der Zug war bereits am Bahnhof angekommen. Dämpfe von Teer und Öl erfüllten die Luft und drehten ihr den Magen um, als sie näher kam. Sie erspähte Timofea, der in der Nähe der Bahnhofstür wartete, und er kam heraus, um sie an der Kutsche zu empfangen. Sein Gesicht war düster. Er sagte nichts, als er ihr ganz langsam aus der Kutsche half. Julia folgte ihr und legte den Arm um Olgas Schultern.

Timofea griff nach Olgas Taschen und führte sie dann durch den Bahnhof und auf den Bahnsteig. Die Reihe von grünen Wagen mit Goldschrift erinnerte sie an den kaiserlichen Waggon ihrer Familie mit den Samtsitzen und an die privaten Speisewagen, in denen Räucherlachs und Kaviar serviert wurden.

Und an die Zugfahrt mit Anton als ihrem Ehemann, als sie sich geschworen hatte ihn freizulassen, damit er eine andere zu seiner Ehefrau machen konnte.

Und schließlich an die Fahrt in der *Obschje*-Klasse, mit den Bauern, nach dem Mord an Antons Familie, als er nur wenige Meter entfernt wachsam bei ihr gestanden hatte.

Diese würde die letzte Zugfahrt, die sie je unternehmen würde. Das schwor sie sich, als sie Julia umarmte.

„Es tut mir so leid, Olga", sagte Julia leise, während sie sich an ihr festklammerte.

Olga schloss die Augen und zwang sich zu vergeben. „Geh in Frieden, Julia", erwiderte sie sanft. Julias Augen füllten sich mit Tränen, und auch Olgas Hals schnürte sich zu. „Julia", sagte sie, „Gott hat meinem Anton versprochen, dass er gut ist und dass seine Liebe niemals aufhört und dass er von einer Generation zur anderen treu bleibt." Sie drückte Julias Hände. „Ich muss glauben, dass der Allmächtige allein weiß, welche Pläne er hat, und er wird uns, dich und mich, in diese Zukunft tragen."

Julia nickte und wischte ihre Tränen fort. „Gott sei mit dir", sagte sie, als sie Olga ein letztes Mal umarmte.

Olga wandte sich ab und wartete auf Timofea, der bereits in den Waggon gestiegen war, um ihr Gepäck zu verstauen.

Er stieg aus und dann, mit einer Kraft, die ihr den Atem raubte, nahm er sie auf die Arme und trug sie die Stufen hinauf.

Er setzte sie oben ab und stützte sie. Dann schaute er sie an und lächelte. „Ich erinnere mich an den Tag, als du Anton geheiratet hast. Er sagte mir, dass Gott euch einen Vers gegeben hat."

Sie nickte, und die Trauer packte ihr Herz. „„Denn der Herr ist gut zu uns, seine Liebe hört niemals auf, von einer Generation zur anderen bleibt er treu.'" Ihre Stimme kam gebrochen hervor, trotz ihrer Bemühungen, sie zu beherrschen. Ach, wie sehr sie das glauben wollte. *Hilf mir zu glauben, Herr!*

Timofea legte den Arm um ihre Taille und half ihr in den Waggon. Sie bemerkte, dass er ihr einen Platz in der ersten Klasse reserviert hatte, wahrscheinlich ein privates Abteil, eines mit nur zwei Schlafplätzen. Wenigstens hatte sie etwas Privatsphäre, während sie sich erholte. Er blieb vor der Tür stehen. „Gott hat dich nicht verlassen, Olga. Und das wird er auch nie."

Timofea öffnete die Tür.

Olga stand im Gang, und alles in ihr wurde schwach.

Anton schaute von seinem Platz im Abteil auf. Er lächelte sie an, langsam und herzlich. „Hallo Tatjana."

Anton.

Sie streckte die Hand aus, um sich am Türrahmen festzuhalten, doch dann warf sie sich stattdessen in seine Arme. Er fing sie auf und hielt sie fest. Anton. Lebendig, stark, atmend. „Anton."

Tränen strömten ihr übers Gesicht, während sie sich an ihn klammerte.

Anton zog sie noch näher an sich und beruhigte sie. „Ich weiß. Es tut mir so leid."

„Mir auch", sagte Timofea. Olga drehte sich um und begegnete Timofeas traurigem Blick. „Ich hatte das Gefühl, dass Julia es nicht wissen dürfte. Zu deinem Schutz mussten wir das Täuschungsmanöver fortsetzen." Er reichte ihr einen Pass. „Deine neue Identität. Ich hoffe, du wirst dich wieder mit dem Namen Tatjana anfreunden können."

Sie öffnete den Pass und las ihren neuen Namen. Tatjana

Petrowa. Julias Familienname. Timofeas Name. Es kam ihr passend vor. Die beiden waren für sie wie Familienmitglieder. „Ich werde ihn mit Stolz für diejenige tragen, die ihr Leben für meines gab, und mit Ehre für dich und Julia, die diesem Namen ein Vermächtnis des Glaubens gegeben haben."

Timofea verbeugte sich kaum merklich vor ihr, und ein Lächeln stahl sich bei ihren Worten auf seine Lippen. „Möge Gott mit euch sein."

Sie schüttelte den Kopf, konnte nicht sprechen. Dann schaute sie ihren Ehemann an. „Anton. Ich dachte –"

„Psst. Ich weiß, was du dachtest. Es tut mir so leid." So sah er auch aus; Trauer lag in seinen Augen. „Ich habe mich wie ein Mörder gefühlt, als Timofea Gleb begraben hat, besonders als er einen Grabstein mit meinem Namen errichtete. Er hat sogar den Plan entworfen, dich zu täuschen, so sehr mir das auch zuwider war. Doch wir beide waren uns einig, dass andere Mitglieder der kaiserlichen Familie oder Diener, die von eurer Maskerade wussten, dich aufspüren und töten könnten – wegen der Juwelen oder einfach, weil du den letzten Thronerben zur Welt bringen könntest." Sein Gesichtsausdruck verriet seine Trauer. „Es tut mir so leid um deine Familie, Olga. Doch ich kann nicht leugnen, dass ich erleichtert bin, dass du nicht bei ihnen warst."

Er legte schließlich beide Hände um ihr Gesicht. „Ich weiß, dass ich dir Angst eingejagt habe, als ich Gleb angriff. Vielleicht habe ich endlich herausgefunden, was Tapferkeit ist – einen anderen über mich selbst zu stellen. Vielleicht geht es bei wahrem Mut gar nicht darum, Waffen in die Hand zu nehmen ... sondern darum, denen zu dienen, die man zu lieben versprochen hat."

Neue Tränen stiegen ihm in die Augen. „Ich wäre gern gestorben, wenn nur unsere kleine Marina hätte leben dürfen." Seine Wangenmuskeln spannten sich an und er zog sie nah an sich. Sie hörte seinen Herzschlag in seiner Brust und klammerte sich an ihn. Dieser Gedanke erstickte sie, brannte in ihrem Hals, trieb ihr Tränen in die Augen. Sie würden nicht die Zeit haben, sie in den Armen zu halten, sich zu verabschieden. Sie mussten sich darauf verlassen, dass Maxim einen Ort fand, um sie zu begraben. Olga schlang die Arme fest um Anton, und sie hörte, wie er tief Luft holte.

Sie schaute zu ihm auf. „Du bist verletzt."

„Ich werd's überleben." Er schob einen Finger unter ihr Kinn und hob ihren Kopf. „Und du?"

Sie nickte und spürte eine neue Hoffnung unter ihrer Trauer. „Jetzt werde ich es können."

Sie hörte, wie Timofea ging, und ein Teil von ihr wollte die Hand ausstrecken, wollte ihm sagen, dass –

Sie trat einen Schritt von Anton weg. „Timofea, warte. Meine Kamera – ich möchte ein Bild."

Timofea blieb stehen, und sein Gesicht war düster. Er schüttelte den Kopf. „Ich – ich werde deine Kamera mitnehmen müssen, Tatjana." Er trat näher, und seine Stimme senkte sich. „Was, wenn jemand sie findet? Und die Verbindung zu deiner Familie herstellt?"

Sie starrte ihn an, und kaltes Entsetzen schlug Wurzeln in ihr. Sie hatte Bilder von Alexej, Maria, ihrer ganzen Familie auf diesem Film. Aber ... nein ... sie legte eine Hand auf die Brust, schüttelte den Kopf. „Nein, Timofea, bitte nicht –"

„Olga." Antons sanfte Stimme durchschnitt ihre Seelenqualen. „Du wirst sie immer bei dir haben. In deinem Herzen. Lass die Kamera hier, *daragaja maja*. Ich habe auch meine Erinnerungen zurückgelassen, mein Tagebuch – in der Klosterkapelle. Es kann uns belasten, sollte jemand nach uns suchen. Glaub mir, es ist ein Neuanfang für uns und wir werden Gottes bleibender Liebe vertrauen und seinem Versprechen, neue Erinnerungen für uns zu schaffen."

Sie schloss die Augen und spürte seine Hände auf ihren Schultern, die ihr Halt gaben. Es kostete all ihren Mut, Timofea zu gestatten, die Kamera aus ihrer Tasche zu nehmen. „Gott behüte und segne euch", sagte er, als er sich entfernte.

Anton zog Olga ins Abteil und hielt sie in seinen starken Armen. Der Pfiff der Lok ertönte, und sie spürten, wie der Zug anruckte.

Anton trat von Olga zurück und schaute ihr forschend in die Augen, bevor er sich hinunterbeugte, um sie zu küssen. Süß. Mit einem bittersüßen Beigeschmack, der ihr Tränen in die Augen trieb. „Ich weiß, das ist nicht das Leben einer Prinzessin, auf das du gehofft hattest. Aber ich hoffe, ich kann dich eines Tages glücklich machen."

Sie beugte sich zurück. Endlich umfing sie der Friede, bei ihm zu sein. Bei ihrem Ehemann. Dem Mann, der sie in Gesundheit und Krankheit liebte. In Reichtum und Armut. Und sie hatten Gottes Versprechen an Anton und eines Tages an alle folgenden Generationen ihrer Familie.

Sie ließ eine Hand über seine bartstoppelige Wange gleiten und spürte, wie die Heilung in ihrem Herzen bereits begann. „Ich bin keine Prinzessin mehr, Anton."

Anton schloss die Abteiltür hinter ihnen, verriegelte sie und zog sie dann wieder in seine Arme. Er lächelte. Sein Blick war trotz der Trauer herzlich und er lehnte seine Stirn an ihre. „Doch, das bist du", sagte er leise, einen Augenblick bevor er sie küsste. „Für mich wirst du immer eine Prinzessin sein."

Der Tag schien zu schön zu sein, um als Kulisse für so viel Kummer zu dienen. Vögel sangen, die frischen Düfte des Sommers füllten die Luft und die Sonne wärmte Timofeas Gesicht, als er mit Julia nach Petschori zurückfuhr. Er wollte mit seiner Schwester allein sein. Der Sonnenschein, der jeden Morgen durch die Dunkelheit brach, schien ein passender Vergleich für das Vertrauen auf Gottes Güte inmitten allen Kummers zu sein – warum es denen, die an Gott glaubten, möglich war, Herzeleid zu ertragen. Nur wenn sie an das glaubten, was Gott über sich selbst sagte, und wenn sie auf Gottes Güte und Liebe inmitten aller Dunkelheit vertrauten, konnten Anton und Olga – jetzt Tatjana – ihr glückliches Ende erleben.

Gott ist gut, und seine Liebe hört niemals auf. Timofea hob sein Gesicht zum blauen Himmel, schaute an den Wolkentupfen vorbei in die endlose Weite, die Gott in seiner Hand hielt. Anton und Olga würden durchhalten und Heilung und neues Glück finden. Er glaubte für sie an Gottes Worte. Für sich selbst. Für Russland.

Selbst für Julia, die neben ihm saß und der ungehindert Tränen übers Gesicht rannen. Er wusste, dass sie sich die Schuld an Olgas Unglück gab, am Verlust ihres Kindes. Trotz Olgas Worten des Friedens schien Julia gebrochen von ihrem Leid, ihrer Schuld.

O Gott des Himmels, bitte heile deine Dienerin Julia. Timofea legte in einer ungewohnten Geste den Arm um seine Schwester. Sie lehnte sich an ihn, wie sie es in ihrer Jugend am Totenbett ihrer Mutter getan hatte und als ihr Vater sie in den Palast fortgeschickt hatte. Sein Herz verkrampfte sich bei allem, was sie allein ertragen hatte.

„Wenn du jetzt im Waisenhaus arbeitest, müssen wir einander öfter besuchen, Julia." Seine Worte klangen kläglich.

Julia schaute ihn an, und ihre braunen Augen glänzten feucht. „Was soll nur aus mir werden, Tim? Ich habe Gott enttäuscht. Ich habe meine Herrin verraten. Ich habe Boris verloren. Ich habe nichts mehr."

Timofea fühlte ihr Elend, und Schmerz stieg ihm im Hals auf. Er nahm ihre Hand. „Glaube an Gott, Schwester. Er hat einen Plan für dich. Ich weiß es in meinem Herzen. Vertrau ihm."

Sie nickte, machte sich aber nicht die Mühe, ihre Tränen fortzuwischen.

Schweigend fuhren sie durch Petschori auf das Waisenhaus zu. Die Sonne wurde funkelnd von den goldenen Zwiebeltürmen des Klosters zurückgeworfen und er hörte, wie die Glocken zum Abendgebet läuteten.

Sie hielten vor dem Gebäude, und Timofea half Julia vom Wagen. Kinder spielten auf dem Hof; ihre Stimmen waren glücklich. „Du hast ein Leben hier, Julia. Jedenfalls im Augenblick. Gott wird für alles andere sorgen."

Timofea öffnete das Tor und begleitete sie hinein. Er lächelte, als ein kleines Mädchen mit einer Löwenzahnblüte in der drallen Hand auf ihn zu rannte. Eine der Wärterinnen kam Julia im Hof entgegen. Ihr breites, faltiges Gesicht war von einem weißen Kopftuch eingerahmt.

„Ich bin so froh, dass du zurück bist. Ich habe gerade ein neues Findelkind vom Hospital auf die Säuglingsstation gebracht. Das kleine Mädchen muss gefüttert werden. Sie ist in deiner Abteilung."

Timofea nahm diese Worte als Bestätigung. „Siehst du, Julia?"

Seine Schwester lächelte ihn traurig an.

Die Frau wandte sich Timofea zu und verbeugte sich leicht. „Eure Gebete wurden erhört."

Sein Gesichtsausdruck musste seine Frage verraten haben.

„Es ist das Findelkind, das Ihr zu uns gebracht habt", sagte sie erklärend und schüttelte den Kopf. „Sie hat überlebt."

Timofea spürte, wie sich ihm die Brust zusammenschnürte und ihm der Atem stockte. Er öffnete den Mund, doch es kam kein Wort heraus.

Neben ihm legte Julia eine Hand über den Mund. Ihre Augen waren weit aufgerissen. „O nein."

Timofea schloss die Lippen und brachte Julia mit einem Blick zum Schweigen. „Kann ich sie sehen?"

„Natürlich."

Er folgte Julia und der Frau zur Säuglingsstation. Eingewickelt wie Pakete lagen vier Säuglinge Seite an Seite in einem langen, trogähnlichen Kinderbett. Die Frau nahm eines davon hoch und reichte es Julia.

Der kleine Mund öffnete sich, als hoffte das Kind auf Essen, und dann brach es in ein sehr gesundes Weinen aus. Julia wiegte es und beruhigte es sanft.

„Warum hat man uns das nicht gesagt? Wir hatten nach ihr gefragt, und man sagte uns, sie sei gestorben."

Das Gesicht der Frau verriet ihre Verwirrung. „Ich weiß nicht. Vielleicht ... Ja, nun, wir hatten ein Kind, das gestorben ist. Am Fieber. Aber dieses hier ist das, das Ihr zu uns gebracht hattet. Da bin ich mir sicher." Sie streckte die Hand aus und wickelte die Tücher ab. „Ja, seht Ihr?" Timofea sah eine Naht auf der ansonsten vollkommenen Schulter des Säuglings. „Die Wunde war nicht ernst, aber sie hatte so viel Wasser in der Lunge, dass sie hohes Fieber bekam, und wir fürchteten eine Infektion. Wir hatten sie bis heute isoliert."

Timofea legte eine Hand über die Augen. Er fühlte sich schwach.

„Was sollen wir tun?", fragte Julia leise.

Denn der Herr ist gut zu uns, seine Liebe hört niemals auf, von einer Generation zur anderen bleibt er treu.

Timofea drehte sich zu Julia um und Frieden erfüllte sein Herz. „Ich glaube, du hast einen neuen Auftrag, Julia." Er streckte die Hand aus und ließ einen Finger über Marinas weiche Haut gleiten. „Vielleicht beruft Gott dich dazu, deine Pflicht ihm und ganz Russland gegenüber weiterhin zu erfüllen."

Julias Augen weiteten sich. Sie schaute ihn an, dann den Säugling. Sie schloss die Augen und nickte. „Mit seiner Kraft werde ich das tun."

Die Wärterin starrte sie beide an. Verwirrung stand ihr ins Gesicht geschrieben.

„Wenn es Zeit ist, wenn Gott es mir sagt, werde ich Tatjana suchen. Die Familie wird wiedervereint. Bis dahin wurde dir ein heiliges Vermächtnis anvertraut, meine Schwester. Bewahre es im Glauben." Er legte eine Hand auf Julia, die andere auf Marina und schloss die Augen. „Segne und bewahre sie, Herr, unter deiner Hand, durch deine Kraft, in deiner Liebe, in dieser Generation und in allen zukünftigen Generationen."

Anmerkung der Autorinnen

Dies ist keine geschichtliche Chronik, sondern eine fiktive Parallele zu historischen Ereignissen. Aller Wahrscheinlichkeit nach starb die echte Großfürstin Tatjana Nikolajewna Romanowa mit ihrer Familie im Keller des Hauses in Jekaterinburg, in dem sie die letzten drei Monate ihrer Gefangenschaft verbrachten. Allerdings kursieren viele Gerüchte und Theorien über die mutmaßlichen Fluchtpläne, um den Zar und seine Familie zu retten.

Die Charaktere der Personen in dieser Geschichte, sowohl diejenigen, die allein in der Fantasie der Autorinnen entstanden sind, als auch diejenigen, die sich auf echte historische Persönlichkeiten gründen, sind die Erfindungen der Autorinnen und sollen lebende oder verstorbene Personen nicht verunglimpfen oder negativ darstellen.

Worterklärungen

Babuschka – Großmutter
Banja – Dampfbad, Sauna
Batjuschka – „Vater" als Anrede für einen orthodoxen Priester
Bitotschki – Fleischklopse
Da – Ja
Daragaja maja – Meine Liebe, Liebling
Djeduschka – Großvater
Dobroje utro – Guten Morgen
Dublonka – Lammfellmantel
Kanjeschna – Natürlich
Kascha – (Buchweizen)grütze
Krugla – eine Art Kuchen
Njet – Nein
Obschje-Klasse – 2. Klasse im Zug
Parilka – Dampfbad, Schwitzstube
Paschalijsta – Bitte
Piroschki – Gefüllte Teigtaschen mit Gehacktem, Käse, Speck, Obst usw.
Pljuschki – Eine Art Hefekuchen
Priwjet – Hallo
Prodowschiza – Verkäuferin
Ruschnik – Rituelles, meist kunstvoll besticktes Handtuch
Sa tebje – Nach dir
Schapka – Pelzmütze
Schkaf – Schrank
Schuba – Pelzmantel
Sdrasdwuitje – Guten Tag
Spasiba – Danke
Spokojnoj Notschi – Angenehme Nachtruhe, Gute Nacht
Trepak – Russischer Tanz
Tschaj – Tee

Tschebureki – Teigtaschen mit Hackfleischfüllung
Tweeback – Zweistöckiges Brötchen
Walenki – warme Stiefel aus Fell oder Wolle
Wareniki – Teigtaschen mit Quarkfüllung
Werst – Eine Werst war ein zaristisches Längenmaß (1066,8 Meter).
Wjeniki – Bündel aus Zweigen

Russland, mein Schicksal

Gott bleibt von einer Generation zur anderen treu – davon sind Tatjana und Anton zutiefst überzeugt. Lesen Sie selbst, wie Gott die Frauen ihrer Familie bis in die Gegenwart hinein geleitet – in dieser spannungsgeladenen Familienchronik, die von Band zu Band tiefer in die Vergangenheit hinabsteigt. Begleiten Sie Tatjanas Urenkelin Ekaterina ins Russland der Gegenwart, wo sie zwischen die Fronten von Unterwelt und Geheimdienst gerät, ihre Enkelin Nadia, eine CIA-Spionin, ins rote Reich, wo sie verzweifelt versucht, ihren Mann aus dem Gulag zu befreien, und Marina, die Scharfschützin und Partisanin auf ihrer Suche nach einer Heimat und der wahren Liebe.

Ekaterina
Russland, mein Schicksal – Band 1
ISBN 978-3-86122-939-1
304 Seiten, Paperback

Nadia
Russland, mein Schicksal – Band 2
ISBN 978-3-86122-982-7
288 Seiten, Paperback

Marina
Russland, mein Schicksal – Band 3
ISBN 978-3-86827-023-5
272 Seiten, Paperback